글·그림 아방

꼭 재밌는 일이
일어날 것만 같아

상상출판

프
롤
로
그

시간이 빠르다는 말을 깊숙이 실감하는 매일이다. 많은 것이 사라지고 의도치 않게 멀어지고 나 또한 변하는 시간 속에서, 한결같음에 감사하는 마음이 드는 사람들이 있다. 문득 바람에서 온기를 느낀 봄의 끝자락이라든지, 한참 모니터만 들여다 보며 일에 몰두하다 고개를 들었는데 소리도 없이 파아랗게 진해진 하늘에 구름이 귀엽게 떠있을 때라든지, 새벽녘 이슬 앉았던 맑은 풀밭에 자리 깔고 누워 그림이나 그리면 좋겠다 싶을 때, 어김없이 생각나는 내 곁의 좋은 사람들.

침대와 가까운 서랍 가장 아래 칸에는 중요한 것들이 들어있다. 각종 계약서, 도장과 여권, 그리고 줄무늬 상자. 서랍을 열어 계약서와 도장을 넣었다 뺐다 할 때마다 줄무늬 상자가 그대로 있는 것을 보며 안도한다. 상자에는 수백 장의 종이가 들어있다. 종이를 넣을 일만 있지, 다시 꺼내 보는 일은 극히 드물지만 상자 속 종이들의 존재를 수시로 확인하고 든든해진다.

'서랍 속에 잘 있구나. 언제든 꺼내 볼 수 있어.'

상사 속 종이들의 정체는 편지다. 상자 속에 꼭꼭 숨겨둔 편지 꾸러미를 언젠가 뭉텅이로 꺼냈다. 쓱 보아도 100통이 훌쩍 넘는 크고 작은 편지들. 생긴 것도 제각각이다. 그간 생각보다 많은 편지를 받으며 살았다. 절반은 연애편지, 절반은 멤버들에게서 받은 편지다. 미현이는 매해 내 생일마다 그림 편지를 선물했고, 하늘이는 나를 만나기도 전에 애정과 설렘이 담긴 장문의 편지를 보냈다. 혜리는 맥도날드 쟁반 위에 깔려 나오는 전단지 뒷면을 편지지로 선택했다. 이별도 하고 취직 준비도 하는 심란한 가운데 런던으로 유학 가는 나를 응원하며 오프라 윈프리의 명언을 써주었다. 이토록 마음을 썼으니, 오래 이어지지 않았다고 해도 어찌 바로 잊힐 인연이랴.

그렇다. 인연이다. '아방이와 얼굴들'을 꾸려온 지도 어느덧 10년이 넘었다. 셀 수 없이 많은 멤버들과 일일이 기억하기 힘들 만큼 많고 많은 에피소드를 만들어 가고 있다. 회사를 떠나 혼자 뿌리를 내리겠다고 마음먹고부터 그림이라는 단어로 엮인 산뜻한 인연들이다. 긴 세월 곱게 엮은 그물이 행여나 엉키진 않을까, 수업을 잠시 쉴 때조차 사랑하는 마음을 접어두지 못했다. 이 책은 이토록 사랑하는 일, 그리고 사람들에 대한 기록이자, 내가 아방이와 얼굴들을 대하는 태도에 대한 기록이다. 또한 나라는 사람의 하루, 돌고 도는 고민 등에 대한 이야기이기도 하다.

요청한 적은 없지만 건네받았던 수많은 편지를 한 장씩 펼쳐, 과거의 나에게 전해진 서툰 마음들을 천천히 다시 읽었다. 그들이 기쁘고 힘들고 웅크리고 행복한 순간순간에 나를 떠올려 주기 때문에, 내가 동글동글 반짝반짝 단단하게 존재를 빚어가고 있나 보다. 연애 상대가 아니고서야 남을 위한 글을 쓰는 것에 점점 인색해져 답장한 기억은 없는 무심한 나다. 소중한 마음을 받아 귀하게 간직한 것이 전부다. 그럼에도 나를 스쳐간 사람들은 나에게 안녕과 감사를 전하고 사랑한다, 보고 싶다고 말해주었다. 그렇게 만든 인연 속에서 언제나 재밌는 삶을 누릴 수 있게 해주어 감사 또 감사하다.

신아방이 그림을 계속 그리는 이상, 아방이와 얼굴들도 앞으로 쭉 이어질 것이다. 일단 그리자! 뙤약볕 아래에서 나와 함께 그물을 엮어준 이들처럼, 뭐가 되었든 두려움을 떨치고 함께 시도하다 보면 독자 여러분들도 의외의 즐거움을 마주할 수 있지 않을까 싶다.

2022년 5월, 아방

목차

1

초보도 괜찮나요?

"초보도 괜찮나요?"

"그림에 문외한인데 괜찮나요?"

"저 정말 그림 하나도 모르는데 괜찮나요?"

"나이가 많은데 괜찮나요?"

"똥손인데 가능할까요?"

"남자인데 괜찮나요?"

"소질이 없는 것 같은데 괜찮나요?"

"주부도 들을 수 있나요?"

"따라갈 수 있을까요?"

"이런 저도 할 수 있을까요?"

같은 말을 참 다양하게 한다. 나도 처음에는 사람들의 구구절절한 사정과 걱정 다 들어주고, 구구절절 대답도 성의껏 해주었다. 그게 10년째 반복되니 테이프 늘어나듯 내 귀가 늘어난 것 같다. 질문 리스트가 있는 것도 아닐 텐데 질문의 종류가 예상을 벗어나지 않아 나에게도 대답 매뉴얼이 생겼다.

"네, 다 괜찮습니다."

다 괜찮다. 겉으로 위로하거나 성급하게 다독이는 것도 아니고, 대충 둘러대는 빈말도 아니다. "네, 다 괜찮습니다"라는 한 마디를 일일이 풀어서 설명하자면 다음과 같다.

초보도 괜찮나요?

그럼요. 누구나 다 초보 시절이 있잖아요.

그림에 문외한인데 괜찮나요?

죄송하지만 저도 전문적인 지식은 없습니다.

저 정말 그림 하나도 모르는데 괜찮나요?

뭘 알아야 배울 수 있는 것도 있지만, 그림은 아닙니다.

나이가 많은데 괜찮을까요?

연필 쥘 힘 있으면 괜찮습니다.

똥손인데 가능할까요?

똥손 웰컴.

남자인데 괜찮나요?

남자 완전 구합니다.

소질이 없는 것 같은데 괜찮나요?

없는 소질 만들어 드립니다.

주부도 들을 수 있나요?

그럼요. 주부 만세.

따라갈 수 있을까요?

본인 속도에 맞추니 따라오실 필요 없습니다.

이런 저도 할 수 있을까요?

물론이죠.

이십 대 중반에 브라질리언 퍼커션 밴드 '라퍼커션 *Rapercu ssion*' 멤버로 4년간 활동했다. 성인이 되고 나서 했던 첫 취미 생활이라고나 할까.

처음 연습실에 가게 된 계기는 다른 멤버들과 조금 다르다. 보통은 브라질 음악을 좋아하거나, 우연히 공연을 보고 공간을 가득 채우던 북소리가 잊히지 않아 찾아오는 경우가 대부분이다. 아무래도 밴드니까 음악으로 접하는 게 당연하다. 나의 계기는 노란색 책이다. 라퍼커션의 리더를 포함해 여러 직업군의 사람들이 다양하고 행복한 직업 생활에 대해 쓴 책. 그 책을 읽다가 한 문장에 꽂혔다. 40도 가까이 되는 브라질의 날씨와 모래사장을 '따뜻'하다고 표현한 문장이었다. 따뜻. 이 사람은 대체 어떤 사람이길래 쪄 죽겠다고 욕을 해도 모자란 곳을 따뜻하다고 말할 수 있을까? 그 사람이 하는 음악은 대체 어떤 음악일까? 궁금했다.

브라질이라고는 저 글 한 줄 달랑 읽은 게 다여서, 당연히 삼바를 포함해 브라질 음악 역시 한 번도 (찾아서는) 들어본 적 없고, 문화에 대해서도 알 리 만무했다. 그러므로 나는 '브라질 문외한'이다. 타악기라고는 어렸을 적 음악 시간에 캐스터네츠, 성인이 되고 나서는 노래방에서 탬버린 친 게 전부니까 당연히 '똥손'이고. 그러니 소질이란 게 있는지 없는지도 모를 만큼 허접한 '초보'였다. 겁쟁이 3단 콤보를 야무지게 갖추었지만 연습실 문 앞에서 머뭇거리지 않았다. 이런 나라도 괜찮은지 물어보지 않았다. 못하면 연습하지, 뭐. 그렇게 호기심을 앞세운 채 합주를 시작해 악기 사용하는 법을 배우고, 리듬을 익히고 문화를 알아갔다. 그때 밴드하길 잘 했다는 생각을 아직도 한다. 남미 문화라는 게 워낙 타인에게 열려 있고 즐겁고 낙천적이라 악기와 음식이 있는 곳에서는 모두가 친구다. 모르는 사람들을 경계심 없이 친근하게 대하는 태도가 이때 형성된 것 같다.

취미로 밴드를 하면서 행복했던 순간도 너무 많다. 처음으로 퍼레이드에서 역할을 맡았던 일, 하루가 멀다하고 파티를 열어 다 같이 눈에 보이는 악기 하나씩 집어 들고 '떼창' 했던 일. 재즈 페스티벌에 가서 며칠 동안 베짱이처럼 음악 듣고 노는데, 공기가 좋아서 머리를 감지 않아도 냄새가 안 났던 일. 원주에 1박 2일 공연 갔을 때 상쾌함에 눈이 절로 떠져 새벽 산책을 하다가 거미를 발견하고는 자작곡 〈거미〉를 만들었던 일 등. 셀수 없다.

그중에서도 절대 잊지 못할 첫 기쁨의 순간이 있다. 다니던 회사에서 회식을 하러 시푸드 레스토랑에 갔을 때다. 홀에 흘러나오는 음악을 듣자마자, 단번에 내가 "삼바다!!!"라고 외친 것이다. 감동이었다. 처음 듣는 노래였지만 삼바 특유의 리듬과 멜로디를 알아챘다. 쥐꼬리만 한 월급으로는 절대 못 사 먹었을 고급스러운 음식이 쭉 깔려있었지만 잘 기억나지 않는다. 내가 좋아하는 음악을 알아들었다는 사실에 들뜨고 흥분해서, 공짜 음식이 뒷전이었던 기분만 기억난다. 이 기념비적인 날 이후로 브라질 음악을 더욱 사랑하게 되었다. 어렴풋이 가슴을 벅차게 하던 북소리가 갈수록 더 크게 심장을 뛰게 했고, 구슬픈 마음을 잔잔히 어루만지던 마르트 날리아 *Mart'nália*의 〈나모라 코미고 *Namora comigo*〉는 지금도 기분이 구슬프고 울고 싶을 때 어김없이 듣는 노래다.

어느 도시에서 혼자 길게 여행을 할 때면 그곳의 삼바 밴드를 찾아가기도 한다. 한 도시에 한두 개씩은 꼭 있고, 늘 여러 사람을 위한 삼바 워크숍이 열린다. 익숙한 악기와 익숙한 음악, 익숙한 분위기 덕에 타지에서 처음 보는 다국적 사람들과도 통성명이 필요 없다. 삼바를 사랑하고 같은 음악을 연주하는 사람들은 마치 태어날 때부터 한 팀이었던 것처럼 통한다. 나는 지금도 어디서든 삼바가 들리면 장소를 인지할 새도 없이 심장부터 뛰고 난리다. 몸이 잽싸게 먼저 반응하는데, 만약 그때 함께 음악을 알아듣는 누군가가 있다면 밤새도록 춤출 수 있을 것 같다. 음악에 맞춰 삼바 스텝을 밟을 수 있고, 파고지 *Pagode* 문화와 그 감성을 이해하는 내가 자랑스럽다. 책에 적힌 문장하나 때문에 이끌리듯 찾아갔던 망원동 지하 연습실은 짧은 인생에 새로운 세계를 알게 해준, 빼놓을 수 없는 터닝 포인트다.

밴드 합주는 말 그대로 합이 맞아야 한다. 잠깐 리듬을 놓치거나 연습이 부족하면 단번에 티가 나고, 같이 하는 사람들에게 미안하다. 공연 중이라면 더더욱, 도망도 못 가고 어찌어찌 끝을 내야 한다. 그에 비하면 그림은 혼자 하는 연주라서 눈치 볼 필요가 없다. 게다가 그걸로 공연을 할 것도 아니니 실력이 부족한 것을 걱정할 필요도 없다. 똥손이라지만 남의 연습장에 똥칠을 하는 것도 아니고, 기껏해야 친구들 몇 명이 보면서 놀릴지는 모르겠으나 이름 갖고 놀리는 것과 비슷한 정도의 수준으로 마음 쓰지 않아도 되는 놀림이다. 보통은 나만 관심 있는, 나의 연습장에 하는 것이 그림이란 말이다.

"우리 교수님이 그랬는데 저는 그림 그리지 말래요" 등등, 묻지도 않았는데 상처 입은 아기 새들은 곧잘 재능이 없다고 고백한다. 종이에 선 하나 그어 보지도 않으면서 온갖 겁 다 먹고 눈치를 살핀다. 하지만 주문을 미루면 배송만 늦추는 것처럼, 우물쭈물하면 기쁨을 맛볼 시간도 늦어질 것이다.

"마음 활짝 열고 여기로 오세요. 새로운 세상이 열려요! 가슴을 벅차게 하고 스스로를 자랑스럽게 여기기에, 그림이라는 취미 생활은 참 벽이 낮지 않습니까?"

2

쌤이 뭘 가르쳐 주진
않잖아요

나도 소싯적 미술학원 좀 다녀봤고 미술학원에 대한 세 가지 기억이 있다.

1. 때 묻지 않았던 어린이 시절

여섯 살 때인가, 엄마 손 잡고 새로 이사한 집 앞 미술학원에 가게 됐다. 그림 그리는 걸 워낙 좋아했기 때문에 아마 늘 그리던 대로 신나게 그렸을 것이다. 다른 아이들 그림을 보거나 주변을 신경 쓰지도 않았을 거다. 그런데 한 남자애가 내가 그리는 그림을 보더니 "어라, 돌은 회색인데!"하고 소리쳤다. 그

말에 모르는 꼬맹이들이 우루루 몰려와서는 한마디씩 거들기 시작했다.

"맞아, 돌멩이는 노란색 아닌데."
"쟤 돌 이상한 색깔이야. 회색이 아니래."

나는 아무 말도 못하고 그림만 쳐다보면서 혼란스러웠다.

'돌은 회색으로 그려야 하는 건가? 여기 동네 애들은 다 돌을 회색으로 그리나? 돌이 회색이 아니면 안 되는 건가? 왜 돌은 회색이어야 하지?'

내성적이고 소심한 성격의 어린이였던 터라, 돌을 내 맘대로 알록달록하게 색칠하면 안되는 건지 선생님이나 엄마에게 물어보지도 못했고, 그 후로는 돌을 슬그머니 회색으로 그렸는지, 어떻게 했는지 모르겠다. 하지만 그날의 당혹스러웠던 마음은 아직도 생생하다.

2. 고3 때 다닌 입시 미술학원

두 번째 기억은 입시 미술학원에 관한 것이다. 나는 그림 그리는 걸 누구보다 좋아했지만, 학창 시절 교내 사생대회는 물론 그 많던 미술 대회에서 상 근처에도 못 가봤다. 물감 쓰는 것에 자신 없어서 색칠만 하면 망쳐버렸기 때문이다. 그리고 그런 대회에서 상 타려면 나의 '둘리 포스터 칼라'로는 택도 없는 줄 알았다. 진짜 물감 탓인 줄 알았다 그땐.

색칠은 영 별로였지만 연필로 스케치하는 건 내가 봐도 참 잘했다. 교과서 여백에 만화를 그리면 친구들이 예약해 빌려갈 정도로 인기 있었다. 특히 고등학교 수학책에는 당장 상품화해도 될 정도의 캐릭터가 매일 탄생했고 내용도 꽤 위트 있었다. 그 무렵 처음 입시 미술학원에 찾아가 원장 선생님과 상담을 했다.

"수채화, 석고 소묘, 발상과 표현(지금은 다 없어진 시험과목인 것 같다) 중에 어떤 걸 하고 싶니?"

"물감 안 쓰는 걸로요."

"대학 잘 가려면 물감 써야 할 텐데."

"물감 안 쓰고 싶어요."

"그렇다면 석고 소묘?"

"물감만 안 쓰면 뭐든 괜찮아요."

"그럼 석고 소묘밖에 없는데. 연필 쓰니까."

"연필? 그럼 그거요."

"흠, 석고 소묘만 하면 학교 지원할 때 제한이 많은데."

"상관없어요."

나도 수능 스트레스 때문에 두통과 복통을 호소하는 평범한 고3이었지만, 시험 때문에 싫어하는 물감을 억지로 쓸 생각은 전혀 없었다. 대학을 위한 입시 미술학원에서 대학을 쏙 빼, 야무진 결정이었다.

3. 홍대 앞 일러스트레이터 양성 학원

세 번째 기억은 회사를 때려치운 직후다. 그림이라곤 낙서처럼 끄적거렸을 뿐, 한 번도 채색 도구를 써서 제대로 완성해본 적이 없던 터라 약간 쫄아 있었다. 일러스트레이터가 될 거니까 일러스트레이션을 전문적으로 가르쳐 주고 일자리도 연결해 주는 학원에 다녀야겠다고 생각했다. 돈을 왕창 내고 몇 달만 배우면 일러스트레이터가 되지 않을까 하는 작은 소망을 안고 꽤 큰 학원에 찾아갔다.

상담 선생님은 내가 전문인이 되기 위해 학원에서 배우는 기간은 얼마나 되고, 그러려면 얼마의 돈을 내야 하며, 다 배우고 나면 어떤 종류의 일을 하게 될지 찬찬히 알려줬다. 전문적이기보다는 기계적이었다. '내가 궁금한 건 그게 아닌데'라는 생각이 들었다.

그때 상담 선생님이 학생들의 그림을 쭉 보여줬는데 놀라운 점은, 놀라운 그림이 하나도 없다는 것이었다. 전부 한 사람이 그린 것 같은 그림 수십 장이 눈앞에 펼쳐졌다. 완성도가 얼마나 높으며 기교가 얼마나 세밀한지 등은 구별해낼 재간도 없었지만, 아무리 내 기교가 세밀해진다 한들 눈길을 사로잡는 그림 하나 없는 학원에 돈을 주는 건 내키지 않았다. 결국 등록은 안 하고 학원 앞 놀이터에 앉아 드로잉 북을 꺼냈다.

'그림을 배우는 건 좀 아닌 것 같아. 내 그림이 결국 저렇게 될 거라면 안 배울래.'

돌멩이를 원하는 색깔로 칠하고 싶었던 여섯 살짜리 나도, 연필만 써서 그림을 그리고 싶었던 고3 나도, 내 스타일을 살려 일러스트레이터라는 직업을 갖고 싶었던 스물다섯 살 나도 미술학원에서 '그림'을 배운 적은 없다. 집보다 재료가 많아서 간 것이 전부다. 학원에서는 내가 원하는 그림을 배울 수 없었다.

그 후로 어디 가서 다른 걸 배우면 배웠지 그림만큼은 배울 생각이 없었고, 그림은 연습하는 것이지 배우는 것이 아니라는 생각에 확신을 가지게 되었다. 언젠가 우리 멤버 상권이가 나한테 "쌤은 뭘 가르쳐 주진 않잖아요"라고 스치듯 말했다. 회비 받는 선생 입장에서 정곡을 찔려 잠시 당황한 건 사실이지만,

동시에 나의 수업 의도와 포인트를 정확히 짚었다는 생각에 크게 웃었다.

"맞아, 내가 뭘 가르쳐 주지는 않지, 크크크크크."

"네, 쌤은 뭔가 기술적인 걸 알려주지는 않더라고요. 그땐 몰랐는데 그 후에 이런 수업, 저런 수업을 기획해 보니까 쌤 수업 같은 게 없더라고요(상권이는 온라인 클래스 기획하는 일을 한다). 오늘은 이거 했으니 다음 시간에는 이거 하고, 그 다음에는 이걸 하는 식으로 보통 단계가 있거든요. 그런데 쌤은 첫날 워밍업 하더니 두 번째 시간에 그냥 그리고 싶은 거 그리라고 했어요. 언제부터인지 모르겠는데, 언제부터인가 그게 맘에 들었어요. 아무거나 맘대로 그리는데 재밌더라고요. 되게 집중했던 것 같아요."

상권이 말을 들으니 알 것 같다. 왜 스친 미술학원들이 내 마음에 들지 않았던 건지. 그럴 거면 안 가는 게 낫겠다고 생각한 건지. 하고 싶은 대로 못 해서였다. 그냥 그림이 그리고 싶었던 건데 이래라저래라 잔말이 많았다. 그리고 싶은 대로 그리게 내버려 두질 않았다. 못 그려도 즐겁게 그리던 마음이 꼬맹이 시절 동네 미술학원과 학교를 거치면서 쪼그라들었다. 노란색 돌멩이를 보고 멋지다고 말해주는 이는 왜 없었을까? 태어났을 때는 모두가 예술가라 했건만 이런 환경 덕에 예술성을 더 발휘하지 못하고 무난하게 자란 것이리라.

역시 그림은 배우는 것이 아니다. 배우면 쪼그라들 뿐이다(여기서 '배운다'는 것은 개인의 개성을 무시한 천편일률적인 엘리트 교육을 말한다). 고로 나는 사람들에게 기술을 가르쳐주고 돈을 받지 않는다. 누구를 가르칠 만큼 지와 덕을 쌓은 것도 아니고, 나보다 기술이 더 뛰어난 멤버도 많다.

그럼 우리 멤버들에게 무엇을 줄 수 있느냐? 내가 겪은 경험치, 실패를 거듭하며 생긴 노하우다. 멤버들은 눈치 보지 않고 본능에 몸을 맡기는 시간, 자기가 어떤 색깔을 좋아하는지 알아가는 시간을 돈 내고 산다. 가상현실에서 그림을 그리고 가상화폐로 작품도 사는 와중에 연필을 쓱쓱 깎아 무언가를 완성하는 과정, 여행지에서 먹은 브런치를 그림일기로 기록할 수 있는 자신감을 내게 산다. 그리고 나는 연습 과정에 생긴 웃긴 에피소드를 더 많이 얘기해주고 싶어서, 열심히 곤두박질치고 넘어지며 터득한 지난날의 단서들을 모으느라 바쁘다.

"수업에서 뭘 가르쳐드리지는 않지만 그리고 싶은 것을 그릴 수 있도록 연습시켜 드립니다."

3

수업을
왜 하게 된 거죠?

안녕하세요, 아방 씨.

안녕하세요.

드로잉 클래스를 꽤 오래 하고 계시죠?

네, 프리랜서 시작과 동시에 클래스를 열었으니 둘이 똑같이 11년
차입니다.

꾸준히 하셨군요.

저로서는 더욱 그렇다고 볼 수 있습니다.

중간에 쉰 적은 없나요?

유학 기간과 중간중간 여행을 다녀온 2~3개월 정도를 빼면 쉰 적은 없어요.

대단하십니다!

뭘요, 그래도 무언가를 꼬박꼬박 하는 것이 참 번거로운 일이긴 하죠. 특히 저같이 싫증을 잘 내는 유형의 인간에게는 더욱이 그렇습니다. 세상에 재밌는 게 너무 많거든요. 뭔가 하나 제대로 끝내기도 전에 새로운 흥밋거리가 생겨버려 여기저기 기웃거리는 사람이란 말입니다, 제가. 그걸 감안하면 10년 동안 같은 걸 했다는 사실이 대견하긴 합니다. 늘 스스로 칭찬하는 부분이지요.

그렇다면 클래스에 애정이 많겠어요.

명백히 애증입니다. 떼려야 뗄 수 없는 관계요.

수업은 대체 어떻게 시작하게 된 건가요?

물론 시작은 돈을 벌기 위해서였습니다.

자세히 말씀해 주시겠어요?

네, 그때 제가 돈을 벌어야 했어요. 왜 돈을 벌어야 했냐면요. 라면 가게에서 라면 먹다가 운 적이 있거든요. 왜 울었냐면요. 돈이 없었거든요. 아, 물론 라면값 낼 돈이 없었던 건 아니고 통장에서 ㅇㅇ이 점점 없어지던 중이었거든요. 왜냐, 벌지는 않고 벌어 놓은 돈을 쓰기만 했으니까요. 네, 그때 저에게는 ㅇㅇ이 줄어드는 통장과 함께 패기, 열정, 직장 담보로 만들었던 신용카드, 순수하고 낭만적인 남자 친구가 있었어요. 이십 대잖아요. 그림을 업으로 삼고 살아가겠다며 뒷일 생각 않고 회사를 그만두고는, 열심히 살길을 찾으면서 연애도 했어요.

아무튼 그 생활이 몇 달 되지 않았을 때 그 애랑 분식집에서 라면을 먹은 적이 있어요. 잘 먹다가 갑자기 '이 라면값은 누가 내지?' 싶더라고요. 눈물까지 났어요. 고개를 그릇에 들어갈 정도로 숙였더니 눈물이 떨어질 것 같았어요. 그때 그 친구는 가난한 뮤지션, 그러니까 지망생 수준으로 이제 막 시작하는 처지인데 나이마저 세 살이나 어린 친구라 그때까지 거의 모든 데이트 비용은 방배동에서 디자이너로 일하던 제가 냈어요. 그런데 이제는 상황이 다르잖아요. 보고 싶으니까 봤고 배고프니까 같이 밥 먹은 건데 그때마다 밥값은 누가 내죠? 심지어 이건 고작 라면인데. 라면 두 그릇인데.

아까도 말했듯이 당장 몇천 원이 없어서가 아니에요. 군식구 딸린 백수의 앞날이, 뜨거운 라면 국물에 김이 잔뜩 서린 안경처럼 뿌예서 도대체 답을 모르겠으니까 울컥했던 것 같아요. 그날은 그러니까, 동대문 아트 마켓에서 직접 만든 수첩을 팔고 온 날이에요. 아니 정확히 말하면 직접 만든 수첩을 갖고 나가 하나도 못 팔고 돌아온 날이에요. 아마 판매실적 0이라는 사실이 눈물 나는 데 한몫했을 거예요. 막판에 옆자리 셀러 언니가 수첩 하나를 사줘서 그나마 4천 원을 벌었어요. 남은 수첩과 천 원짜리 네 장을 손에 들고 복귀하는데, 동대문 길거리에 핫도그가 널려 있거든요? 그 핫도그가 4천 원이에요. 핫도그의 유혹을 피하지 못하고 수익을 진짜로 0으로 만들어 버린 저는 한창 자랄 나이였습니다.

안 그래도 마켓에서 경험했어요. 목구멍만 지나면 사르르 없어지고 마는 간식거리는 얼마인지 따져 보지도 않고 쿨하게 사면서, 일상을 정리할 수도 있고 상상력을 펼칠 수도 있고 감정을 표현해 삶을 더욱 풍요롭게 만들 수 있는, 이 모든 게 싫다면 적어도 부푼 꿈을 안고 하루 종일 프린터를 가동해 수첩을 만든 청년의 앞길을 응원할 수 있는 작은 희망, 저에게는 수첩이란 그것은 쿨하게 지나치는 사람이 더 많다는 것을요.

저도 핫도그가 맛있더라고요. 그런데도 군것질거리에 졌다는 사실이 뼈아팠습니다. 용맹하게 직장인 타이틀을 버리고 프리랜서의 길에 들어섰는데, 남의 지갑에서 돈 빼오는 일은 역시 쉽지 않고, 핫도그를 이기는 것도 만만치 않겠더라고요. 이 두 가지는 여전히 매우 어렵긴 하지만요. 아무튼 그림으로 어떻게 돈을 벌 수 있는지 아예 몰랐던, 그저 아이였어요. 용맹함이 많이 아까울 정도로요. 속절없이 시간이 흐르고, 그나마 모아둔 월급까지 바닥나려고 하니까 막 초조해지면서 하필 라면 가게에서 겁이 덜컥 났나 봐요. 열정, 패기, 이런 것 따위 모르겠고 결국 라면 그릇에 코 박고 훌쩍거렸어요. 그러다 펑펑 울었는데 앞에서 해맑게 라면 먹던 그 애가 "왜 울어?" 하고 묻는 거예요. 너무 순수한 표정이었어요. 고작 세 살 많다고 덜 어린 행세를 하던 저는 차마 우는 이유를 말하지 못했어요. 책임감 있고 멋있는 전직 회사원 누나로서 그날도 당연히 계산은 제가 했고요. 그림으로 돈 벌 거라고 큰소리쳤을 때 걱정은 되어도 지지해 주셨던 부모님에게 내가 얼마만큼 조급한 마음으로 살고 있는지 알려드리지도 않았지요. 징징대면 퇴사에 대한, 끝나가던 잔소리가 다시 시작될 테니까요. 사실은 뭐 그렇게 가난하지도 않았어요. 그냥 여느 이십 대 초중반처럼 앞이 막막해서 울었던 것 같아요. 집에 돌아오는 길에 '이대론 안 되겠다, 돈을 벌어야겠어'라고 생각했죠.

그래서 수업을 생각해낸 건가요?

네, 맞아요. 과거를 조금 더 이야기하자면, 마지막 회사는 폰트 회사였어요. 회사에 캘리그래피를 담당하는 친구가 있었는데 그 친구에게 점심시간마다 캘리그래피를 배웠어요. 화선지에 붓으로 쓰고 싶은 단어를 꼬불꼬불 쓰는 게 얼마나 재밌었는지 몰라요. 춤이라는 단어를 여러 가지 버전으로 써서 만나는 사람마다 나눠 주기도 했어요. '춤' 좋아하는 취향은 참 한결같아요. 그리고 그 친구는 점심시간에 저에게 드로잉을 배웠어요. 그땐 제 앞가림도 못했을 때인데 도대체 뭘 가르쳤는지 모르겠어요. 아마 가르쳐준 건 없을 거예요. 그 점 역시 한결같아요. 뭘 가르친다고 생각하면 너무 부끄러워요. 그냥 '오다 주웠어' 느낌으로 슬쩍 알려 주는 거죠. 아마 그때도 엄청난 게 아닌 되게 사소한 것들을 알려줬을 거예요. '이렇게 해봤는데 이렇더라, 저건 저렇더라'를 연발하며 날개에 힘이 없어 자꾸 주저앉으려는 아기 새에게 어미 새가 지렁이 사냥하는 법을 알려주는 것처럼 말이에요. 그런데 그 친구가 말하길 '언니가 알려주는 것 귀에 쏙쏙 들어와. 정말 잘 알려주는 것 같아'라고 했어요. 그 말이 딱 기억나는 겁니다. 그래서 수업을 해야겠다 싶었어요. 순전히 그 친구의 말만 믿고요.

그렇게 그냥 시작했다고요?

네! 실은 처음부터 혼자 시작하려던 건 아니고 이미 자리 잡은 곳의 도움을 좀 받아보려고 했죠. 10년 전, 그때는 작가들이 개인적으로 클래스를 여는 경우가 거의 없었어요. 지금처럼 클래스를 한데 모아둔 플랫폼도 없었고요. 뭐 보통 동네 미술학원이나 화실, 입시 미술학원 취미반에서 그림을 그렸을 거예요.

이름을 잊었는데 당시에 자기 스튜디오에서 수강생을 모집해 여러 클래스를 진행하는 유명인이 있었어요. 지금으로 따지면 플랫폼 역할을 했던 건데, 학원이 아닌 곳은 아마도 거기가 유일하지 않았나 해요. 거기에 강사 모집 글이 떴더라고요. 전공 무관, 이력 무관, 경력 무관! 와, 바로 지원했어요. 조건이 파격적이잖아요. 왜 냐면 전 전공, 이력, 경력 다 없으니까 딱이죠. 남에게 보여줄 서류가 하나도 없으니 저만큼 딱 맞는 인재가 어딨습니까.

하지만 전공, 이력, 경력을 안 따지면 다른 무언가를 보겠죠. 그런데 그 생각은 안 했어요. 쥐뿔도 없으니깐 자신만만한 거예요. '나는 인재다! 내 전공 완전 무관하니까 그 강사 자리에 내가 완전 적합하지. 내 포트폴리오 누가 봐도 다듬어지지 않았고 이력도 하나도 없으니까 이건 뭐 거의 나를 위한 공고네! 드디어 이런 준비된 곳이 나를 위한 세계를 펼쳐주는구나!'

감탄하며 희망과 기대를 갖고 기다렸는데 연락이 없었어요. 화가 났습니다. 말만 저렇게 하고 실은 전공, 이력 다 따지는 게 분명하다고 분풀이했어요. 누군가에게 돈을 받고 가르치는 데 검증되지 않은 실력과 아예 없다시피한 커리큘럼이 문제일 거라고는 전혀 생각하지 않았어요. 복수를 꿈꿨습니다. 이렇다 할 프로젝트는 한 번도 해본 적 없지만, 꽤나 독특한 그림체를 이제 막 키워나가려는 유망한 나인데, 연락을 안 준 그들에게 복수를!

지금 되돌아보면 실력이나 커리큘럼도 그렇지만, 아무리 캐주얼하더라도 이런 '듣보잡'을 누가 뽑겠어요? 이렇게 채용 조건에 학력과 이력을 배제한다고 공식적으로 발표한 곳에서조차 거절당한 저는, 줄도 없고 백도 없는 사람이었습니다. 동시에 정말 앞뒤 생각 않는 사람입니다. 그래서 혼자 클래스를 열겠다고 결심했어요. 그림을 알려주는데 어마어마한 자격증이 필요한 건 아니잖아요. 내가 아는 걸, 나보다 더 모르는 사람한테 알려주는 좋은 일을 돈 조금 받고 하겠다는 거잖아요. 특히 제가 그리는 그림은 더더욱 그게 가능합니다. 진짜로 뭐 하나 내세울 것 없는 사람이 무언가를 보여주면 그게 복수라고 생각했어요.

처음에 모집은 어떻게 하고요? '듣보잡'이었다면서요?

그때는 SNS 이용이 활발하지 않을 때여서요. 홍대 앞 전봇대에 포스터를 붙이고 다녔습니다. 전봇대마다 공연 포스터가 붙어 있었거든요? 그 아래에다 제 클래스 포스터를 붙였는데 다른 포스터보다 작았어요. 눈에 안 띌까봐 걱정될 정도로 조그맣고 귀여웠죠. 이름도 〈같이 그림 좀 그립시다〉였어요. 물론 돈을 받겠다고 했지만 진짜 같이 그려야 하는 수준이었어요. 저도 제가 누구를 가르칠 형편이 아니란 건 알았지만, 돈을 받은 것은 무슨 자신이었을까요. 핸드폰 번호도 대문짝만 하게 써 놨죠.

연락이 왔나요?

네, 신기하게도 한 명에게 연락이 왔어요. 동현이라는 친구인데 저보다 한 살 어렸어요.

동현 씨뿐이었나요?

네, 한 명으로 시작했어요. 동현이는 잘 있을까? 아직도 문득문득 얼굴이 떠올라요.

동현이. 걔가 그린 동그라미는 잊을 수가 없어요. 첫날에 동그라미를 그려보라고 했나 봐요. 선생 노릇 한다고 테스트한 것 같아요. 영어 학원에 가도 첫날엔 테스트하잖아요. 안 그러고선 종이 한가득 커다랗게 동그라미를 그릴 이유가 없지 않나요? 동그라미를 왜 그리라고 했는지는 정말 의문이지만 깊게 생각해보지 않았어요. 늘 엉뚱한 것들을 시켜왔기 때문에요.

동현이가 그린 동그라미는 그야말로 동그라미였어요. 정원(正圓), 보름달, 흠잡을 데 없는 똥-그라미. 종이에 연필을 딱 갖다 대더니 한 번에 죽 콤파스처럼 그었어요. 매끄럽고 안정적이고 완벽한 도형이 생기는 걸 보고 흠칫 놀랐어요. 입이 떡 벌어졌는데 시크하게 내려다보려고 애썼어요. 선생님이니까요. 한 살 차이밖에 안 나는 친구인데, 동그라미조차 나보다 잘 그리네요. 어쩌죠? 센 척 무지하게 하고 다닐 때라, 태연하게 물어봤어요.

(다음 장에 계속)

4

패션디자인과
복학생 동현이

"뭐야, 왜 이렇게 잘 그려요?"

"입시 미술 했거든요."

"네? 무슨 과예요?"

"패션디자인과요."

(그렇다. 나보다 한 살 어린 동현이는 그림을 잘 그리는 패션디자인과 복학생이었다.)

"그런데 왜 제 수업에 온 거예요?"

"좀 못 그리고 싶어요."

"(표정 관리하며) 아, 못 그리고 싶군요. 왜 군이 못 그리고 싶어요?"

"패션을 전공하면 도식화를 그리는데 저는 잘 빚은 도자기처럼 딱 떨어지게 그리는 도식화가 싫거든요."

그렇다. 나보다 한 살 어리고 그림을 잘 그리는 패션디자인과 복학생 동현이는 번듯하게 잘 그린 그림이 지겨워, 못 그리고 싶어 내 수업에 온 거라 했다. 못 그리는 거라면 자신 있다. 나는 단 한 번도 딱 떨어지게, 누가 봐도 예쁘게 그려본 적이 없다. 누가 봐도 이상하게, 비뚤비뚤하게 그리는 건 선수다.

대학생 때 친구들은 나보고 실물보다 못생기게 그리는데 천재라고 했고, 엄마는 내심 바라는 눈치였다가도 "얼굴 그려줘요?" 하고 씩 웃으면 그리지 말라고 질색 팔색했다. 동현이는 모집 포스터에 그려진 나의 단순한 펜 드로잉을 보고 수업의 의도와 능력을 꿰뚫어 본 것이다. 못생긴 그림을 본받고 싶어 하는 첫 제자의 눈빛이 대답을 기다리며 반짝이고 있었다. 나는 손가락을 턱에 갖다 대며 한쪽 눈썹을 찌푸리고, 온 얼굴 근육을 동원해 잔뜩 고민하는 표정을 지었다. 그리고 근엄한 말투로, 더욱 멋있는 느낌을 더해 말했다.

"그렇다면 왼손으로 그려봐요."

동현이가 근엄하게 끄덕였다. 먹혔다. 살짝 봤는데 그 끄덕임에 동의와 열의와 약간의 존경 같은 게 있었다. 끄덕임이 꽤 묵직했다.

'와, 나 현명하네.'

그때의 나는 마치 화려한 색깔로 진실을 감추는 한 마리의 무당벌레 같았다. 시종일관 심각하고 진지한 표정을 유지했다. 직장인일 때도 써먹지 않았던 포커페이스다. 앞서 말했듯이 경력과 커리큘럼 따위 없었던 나는 동현이를 실험 쥐 삼아 여러 가지 시도를 했는데, 디자인 회사에서 실장님에게 배운 잡다한 편집 지식과 리서치 기술을 아주 유용하게 써먹었다.

이제 막 학교에 복학한 친구와 회사에서 2년씩이나 혼나본 나는 비교가 안 될 만큼 차이가 컸다. 만약 회사를 안 다녔다면 동현이에게 동그라미를 그려보라고 한 다음에 더는 할 말이 없었을 거고, 동그라미를 그려보라고 말할 때 그렇게 당당한 표정을 짓는 것도 어려웠을 것이다. 살면서 힘들게 터득한 것은 어떻게든 쓸모가 있다.

우리는 석가탄신일에는 절에 가서 바위에 앉아 오가는 사람들을 그렸고, 날씨가 좋으면 한강에 가서 보이는 풍경을 그렸다. 둘이서 수업을 빙자해 그림 그리며 돌아다니니까 내 남자친구와 동현이의 여자 친구가 질투도 했는데, 그런 건 전혀 아랑곳하지 않았다. 그만큼 동현이는 못 그리는 것이 절실했고 나는 학생이 절실했다.

동현이는 단순한 첫 학생이 아니다. 이제 막 정글에 뛰어든, 작고 아무런 영향력도 없는, 누구의 기억에도 남지 않아 아무도 주목하지 않던 보통 여자가 10년 넘게 이어 온, 의미가 큰 일의 시작점에 함께 있었던 사람이다. 누구에게나 미미하고 보잘것없는 시작이 있기 마련이다. 무모하고 미래를 점칠 수 없는 도전의 시작에는 거창하게 응원하거나 왈가왈부하는 사람 말고, 그냥 그 출발선에 함께 서 있던 사람이 분명히 있을 것이다. 동현이는 그런 사람이다. 그간 수많은 멤버들이 스쳐갔고 어마어마한 에피소드가 생겼지만, 그래도 여전히 동현이는 동현이다.

5

처음

첫사랑, 첫 출근, 첫눈, 첫 수업, 그리고 동현이.

'처음'이라는 단어는 순수하고 어설프다. 나중에 돌아보면 창피할 수도, 그리울 수도 있고, 돌아가고 싶을 수도, 돌아가고 싶지 않을 수도 있다. 또 기억이 생생할 수도, 완전히 잊어버릴 수도 있다. 내게도 생생하게 기억나는 첫 순간들이 있는데, 아름답고 가슴 절절한 사연 말고 당황스러운 처음을 떠올려 본다. 모두 나에게 피가 되고 살이 된 경험이다.

회사를 그만둔 후, 처음으로 그림 아르바이트를 구했다. 세계동화 전집에 수록되는 그림을 그리는 일이었다. 면접을 충무로 어디 다방(?)에서 본다고 해서 찾아갔다. 오래된 '커피숍'이 많은 거리 2층에 있던 꽤 큰 다방이었다. 실제로 간판을 '다방'이라고 단 곳은 처음이었다.

혼자 면접을 보는 줄 알았더니, 가장 큰 테이블에 면접 보는 사람들이 동그랗게 둘러앉아 있었다. 다 뭘 한 잔씩 마시고 있고 다방 사장님이 내 주문을 받으러 왔다. 메뉴에 라테는 없고 쌍화차와 블랙커피는 있었다. 면접 보러 와서 쌍화차를 볼 줄이야. 엄밀히 따져, 면접이라기보다 앞으로 이런 일을 할 거라고 대표가 설명하고, 거기에 동의하면 일을 시작하는 것이고 아니면 집으로 가면 되는 자리였다.

사람들은 다 나보다 나이가 많아 보였다. 똘똘해 보이게 안경을 쓴 사람도 많았다. 난 누가 봐도 어리바리한 사회 초년생이었지만, 마음만큼은 야망에 불타고 있었다. 대표는 그림 한 장에 3만 원을 줄 것이며 동화책 한 권에 그림 20장 정도 필요하다고 했다. 책은 랜덤으로 나눠줄 건데 혹시 특별히 원하는 내용이 있으면 이따가 같이 사무실로 가서 고르라고 했다. 대표의 브리핑이 끝나자 전부 해산했고 야망 있는 나 혼자 책을 고르기 위해 대표를 따라 사무실로 갔다. 길눈이 어두운지라 다방을 나와 왼쪽으로 직진해 굴다리 아래를 지나간 것만 기억난다. 사무실 주차장에 서 있던 귀여운 승합차 문을 여니 동화책이 수북했다. 몇백 권은 될 것 같았다. 나는 신중하게 세 권 골랐다. 내 그림이 들어간 동화책이라니, 기대되고 설레었다. 드디어 내 그림이 책에 실려 전 세계로 퍼져나가는구나. 세계동화니까?!

　나의 성공을 지체할 수 없어서 집에 오자마자 재빠르게 시안을 그렸다. 그리는 속도가 정말로 빨라서 '재빠르게' 시안을 보여줬다. 대표는 그림이 무척 마음에 든다며, 바로 일을 맡길 테니 가져간 책을 다 작업해 달라고 했다. 일사천리군. 이 속도라면 2주 안에 세 권은 거뜬히 그릴 것 같은데, 그러면 나 부자 되는 거 시간 문제구나?

　친구가 나의 퇴사를 뜯어말릴 요량인지 뭔지, 프리랜서 수입이 한 달에 얼마나 될 것 같냐고 매우 냉철한 말투로 물어보았다. 나는 동화책에 기반한 계산기를 두드려 "300!"이라고 대답했다. 내 표정이 제법 자신만만했을 거다. 논리적으로 몰아붙이던 친구는 '무슨 믿는 구석이 있길래 저렇게 당돌한 건지' 내심 놀라는 눈치였다.

　탄력받은 나는 단숨에 한 권치 그림을 다 그렸다. 그리고 완성된 그림 원본을 보내주기 전에 돈부터 달라고 했다. 똑 부러졌다. 그러자 돌연 대표가 잠수를 탔다. 묻는 말에 대답도 없고, 자기 책은 내가 갖고 있는데 연락도 받지 않았다. 분해서 시안으로 보내준 그림 다섯 장에 대한 돈이라도 달라고 끈질기게 문자를 남기고 전화도 했다. 그도 끈질기게 나를 피했다. 주변 친구들을 다 동원해 문자, 전화 테러를 했는데 내가 말만 꺼내면 뚝 끊어버리는 식이었다.

지금이야 똥 밟은 셈 치고 넘겨 버릴 만큼 바쁘지만, 그땐 이만큼 재밌는 추격전이 다시 없을 것 같았다. 소문난 길치 신 아방은 충무로 다방으로 다시 갔다. 거기서부터 기억을 더듬어, 믿기지 않지만 왼쪽으로 직진 후 굴다리를 지나 사무실까지 찾아가는 것에 성공했다. 그러나 싸여신 각본처럼 대표의 사무실은 텅텅 비어 있었다. 드라마에 나오는 부도난 회사처럼 딱 봐도 온기 없는 책상들만 남아 있었다. 바닥에 뒹구는 전단지를 보며 '당했구나' 싶었다. 사무실이나 그림 알바는 뭔지 모르겠고, 조그만 승합차에 동화책 무더기로 싣고 다니는, 어쨌든 사기꾼이었던 것 같다. 내가 당한 첫 사기 사건이다.

하지만 여기서 끝내지 않는다. 시간 많고 똑 부러지는 야망가 아방은 어디든 쫓아간다. 사무실은 두 회사가 나누어 쓰고 있었고, 옆 회사 아저씨가 대표와의 전화 연결을 도와주었다. 두 사람이 인사를 나누는 와중에 전화기를 빼앗아 "내 돈 15만 원 당장 주지 않으면 신고하겠어요!"라고 고래고래 소리 질렀다. 암, 받아야지. 그리고 딩동. 드디어 도착한 입금 문자. 이것은 일 시작 전에 계약서를 먼저 작성하라는 메시지를 던져준 사건이었다.

이번에는 아르바이트가 아니라 프리랜서로서의 첫 일에 관한 이야기다. 여행용 캐리어를 만들어 파는 회사가 우연히 내 그림을 보고 귀엽다며 연락을 해왔다. 캐릭터로 패턴을 만들어 주면 캐리어를 만들겠다고 했다. 이번엔 그쪽에서 제대로 된 계약서를 먼저 보내왔고 도장 찍고 계약이 성사되었다. 그림으로 맺은 첫 계약이었다. 이 정도면 나도 성공한 여자 같았다.

완성된 캐릭터도 귀엽고 패턴도 예뻐서 그 회사 대표는 크게 기뻐했다. 제품으로 나온 캐리어 실물은 눈물겹게 예뻤다. 이 캐릭터로 우산도 만들어 달라는 둥, 컵을 만들어 달라는 둥, 주변에서 반응이 좋았다. 특히 핸드폰 케이스를 만들면 안 되냐는 요청이 많아서 나는 쿨하게 그러기로 했다. "캐리어 회사랑 계약했는데 괜찮아? 그런 건 상관없어?"라고 친구가 물었지만 "내 그림인데 뭐 어때!" 하며 쿨하게 넘겼다. 그림 주인의 면모는 이럴 때 과시하는 것이다, 라며 (이것도 쓰자면 좀 길지만) 여차저차 해서 마침내 대량 생산에 성공했다. 그 당시 몇백 개면 나에게 엄청난 대량이었다. 직접 포장해 온·오프라인 편집숍에 입점하는 것까지 성공했다. 개중에는 심지어 곧바로 완판된 것도 있다.

뿌듯한 고공행진을 달리기 시작한 지 얼마 안 돼 캐리어 회사 대표에게 전화가 걸려왔다. 아니나 다를까, "캐리어가 너무 잘 팔려서 큰일 났어요!"가 아니라 차분한 목소리로 이어진 말은 "저기, 작가님. 그렇게 하시면 안 돼요. 저라서 봐드리는 거지, 잘못하면 감옥 가요. 최대한 빨리 핸드폰 케이스 입점처에서 빼주세요"였다. '아, 내 그림이지만 감옥 가는 거구나.' 정신이 번쩍 들었다. 황급히 계약서를 확인해보니 관련 조항이 있었다. 눈물을 머금고 핸드폰 케이스를 모조리 거둬들였다. 그나마 많이 팔리기도 했고, 친구들이 여러 개씩 사주며 의리를 확인한 계기가 되었고, 때마침 원룸에서 더 넓은 집으로 이사해서 재고를 보관할 공간도 충분했다. 이것은 이후 작업에서, 계약서를 꼼꼼히 읽어보는 데 한몫한 사건이었다.

더 거슬러 올라가, 때는 대학생 시절. 해운대 바닷가에서 마치 파리의 센강처럼 초상화 그려주는 화가들이 쭈욱 자리한 길을 지나게 되었다. 저녁이어서 조명을 받은 그들의 이젤이 더욱 낭만적으로 보였다.

'저런 삶이 다 있네.'

드로잉 일기를 쓰는 교양수업에서 교수님에게 칭찬깨나 들어봤고, 친구들과 함께 투고한 패션 잡지 한 켠에 내 그림만 실리는 영광도 얻어본 터라, 나는 조금씩 그림을 공개적으로 그리는 것에 관심이 생기고 있었다. 나도 센강의 화가가 될 수 있을까? 초상화가 아저씨 한 명을 붙잡고 다짜고짜 '여기서 그림을 그리려면 어떻게 해야 하는지' 물었다. 나는 하고 싶은 게 생겼을 때 우물쭈물하는 타입은 아니다. 원하는 대답을 얻을 때까지 거기 있던 화가 아저씨들을 돌아가며 쫓아다녔던 것 같다.

내 드로잉 북을 살펴본 한 아저씨가 "이런 그림이라면 ○○ 공원이 어울리겠네요. ○○공원으로 가 봐요"라고 해줬다. 일러스트레이션이라는 단어가 생소할 때, 낙서에 가까운 내 그림을 보고서도 무시하지 않고 최대한 조언해 준 아저씨에게 고마웠다. 해운대 바닷가가 파리라면, ○○공원은 베를린이었다. 조금 더 실험적이고 젊은 뉘앙스의 예술가 언니, 오빠들이 모여서 뭘 하는지 모를 심오한 작품 활동을 하는 중이었다. 공원 안에 지원받은 공동 작업실을 중심에 두고, 내킬 때 밖으로 나와 초상화를 그리거나 시민들을 대상으로 예술 프로그램을 진행했다.

나도 그곳에 한 자리 얻었다. 펜 하나 들고 그림 그리겠다고 찾아온 꼬맹이에게 파라솔과 테이블을 내어준 그들에게 고맙다. 그날부로 전공 수업은 다 빼먹고 매일 공원으로 출근했다. 여름이어서 날씨도 쾌청했다. 친구들이 얼마나 고생하며 밤 샘 과제를 하는지 알기 때문인지, 덩달아 스트레스성 여드름이 생기긴 했어도 출근길 발걸음만큼은 항상 가벼웠다. 내 그림은 양심상 다른 초상화의 반의 반값이었다. 초상화라는 단어도 오글거려서 〈얼굴 그림 그려드려요〉 같은 제목을 붙였던 것 같다. 그 옆으로 친구들 얼굴 그림을 다닥다닥 샘플이라고 붙여 놨는데, 괜찮은 얼굴도 못생기게 그리는 능력이 있다고 평가받는 그림들이었다.

그렇게 갖출 건 다 갖추고 시작했지만 한 명도 그리지 못한 채 몇 날 며칠이 지났다. 공원을 오가는 사람은 주로 중년의 등산객이었고, 그들은 땡볕에 앉아 하루 종일 손님을 기다리는 내 앞에 와 앉을 정도로 그림에 호기심이 있어 보이지 않았다. 햇볕에 한껏 찡그린 표정을 한 아저씨가 지나가길래, '저런 아저씨는 아마 내 그림을 거들떠보지도 않겠지? 저 얼굴을 그리려면 나도 고생이다'라고 생각하는 찰나, 그 아저씨가 내 앞에 앉은 것이 아닌가. 얼굴은 계속 찡그린 채. 불만이 무척 많아 보였다.

이런 꼰대 같은 아저씨가 왜 나에게? 도무지 매치가 안 되는 탓에 의아하면서도 며칠 만의 첫 손님이라 감사해서 몸 둘 바를 몰랐다. 그리고 곧바로 나 자신과 타협했다. 친구들 얼굴처럼 그렸다가는 돈도 못 받고 야단만 들을 것 같았다. 이제 나도 다 컸는데 야단맞기 싫어서, 아저씨 인상은 워낙 험악했지만 주름도 최대한 없애고 눈도 최대한 반달 눈으로, 마음씨 넓고 너그러운 사람처럼 그려 정중히 건넸다. 염려와 달리 험악한 아저씨는 조금의 불만도 없이 그림을 품에 안고 유유히 돌아갔다. 그 후로도 손님은 없었다. 그 험악한 아저씨는 상업적인 관계 안에서 나의 예술적 신념을 살짝 구부려도 괜찮다는 것을 알게 해준 첫 클라이언트다.

꼴랑 프리랜서 6개월 차였을 거다. 운이 좋았는지 한 출판사로부터 연락을 받아, 단행본의 표지 작업을 처음으로 맡게 되었다. 개인이 아닌 이름 있는 회사와 하는 첫 협업이기도 했다. 담당 차장님과 외주 디자이너와 셋이서 미팅을 했다. 일 얘기가 끝나가던 때쯤, 차장님이 내게 물었다.

"그나저나 작가님은 몇 년 차예요?"
"3년 차요. (거짓말이지만요. 0_ㅇ)"
"오, 어려 보이는데 3년이나 됐구나. 그럼 표지 작업도 많이 했겠네요?"
"네, 뭐…."
"어쩐지 내공이 있더라!"

속으로 내공이 도대체 뭔지 빨리 알고 싶다고 생각했다. 그는 나의 무엇에서 내공을 보았을까? 어차피 말투에서 다 티가 났을 텐데 진짜로 속은 건지 의문이다. 아니면 차장님이 그냥 받아친 말에 내가 여태껏 속은 걸까? 내 말을 믿었든, 안 믿었든, 혹은 그도 내게 내공이 어쩌고 거짓말을 한 것이든, 아니든. '사회생활에서 약간의 거짓말은 애교군' 하며 쓸 만한 어른 기술 하나를 습득한 첫 미팅이었다. 이렇게 잘 알아듣는 척, 그 정도는 식은 죽 먹기인 척하며 사람들을 깜빡 속이다가도, 아무도 몰래 불의와 싸우고, 또 적당히 타협했다가 도리어 불의를 저지르기도 하고, 은근슬쩍 서로 용서를 구했다가, 나도 멋쩍게 용서하며 살고 있다.

6

상수동 드라마

수업을 시작한 지 몇 달 만에 멤버가 무려 여섯 명으로 늘어났다. 공짜로 빌려 쓰던 서교실험예술센터를 나와, 상수동 우리집으로 수업 장소를 옮겼다. 우리 집은 30년 된 3층짜리 주택의 2층이었다. 삐걱대는 나무 창틀과 나무문, 반질반질한 마룻바닥이 있었다. 위층에 주인 가족이 사는 투룸 주택은 회사 근처원룸에 살다 온 내가 보기에 전부 드라마 같았다. 특히 거실은아주 생생한 연두색 벽지 위에 하얀 페인트를 한 겹만 엉성하게덧바른 탓에 연한 하늘색이 돌아서 유니크했다.

주택에 처음 살아본 터라, 여러 에피소드가 생겼다. 영하 20도 가까이 기온이 내려가는 서울의 한파를 미처 대비하지 못한 탓에 창문에 두꺼운 얼음이 끼어 한동안 열지 못한 적도 있고, 꽁꽁 얼어버린 수도관 녹이느라 냉기 가득한 베란다에서 주인 아저씨가 반나절씩 고생한 적도 있다.

그 시절 나는 매일 똑같은 쫄바지를 입고 생활했다. 처음에 구멍이 작게 한 개 생기더니 나중에는 여기저기 제법 많이 생겼던 걸로 기억한다. 지금도 가끔 다시 집에서 쫄바지를 구멍 나고 늘어날 때까지 입어보고 싶다는 생각을 한다. 아무튼 상수동 전셋집에 이사 올 때, 최대한 불쌍한 표정을 지었더니 주인아주머니가 진짜로 불쌍하다며 몇 푼 안 되는 관리비를 없애 주었다. 그리고 그것을 잘 기억해 두었다가 아직도 작업실 계약을 할 때면 불쌍한 표정을 지어 관리비 깎는 기술을 시전한다. 그래봤자 진짜로 깎아주는 정은 드물어졌지만, 일단 낮에 어디론가 출근하지 않고 그림을 그린다는 나를 대체로 불쌍하게 여긴다. 아직도 예술가나 디자이너를 측은하게 본다는 것을 알 수 있는 대목이다. 또 '예술학교에 들어오는 사람들은 엘리트가 아닌, 사실은 불쌍한 아이들이다. 여기 못 들어오면 은행원, 공무원이 될 사람이 아닌 것이다'라며 한국예술종합학교를 세웠던 이어령 전 장관의 말이 실감 나는 대목이기도 하다. 뭐, 어쨌든 그 집에서 한동안 수업을 했는데 겨울의 기억이 아직도 선명하다.

눈 쌓인 상수동 골목길은 얌전하고 예쁘다. 멤버들을 기다리면서 대문을 열어 놓으려 잠시 나가면 집집마다 뽀얀 연기가 피어올랐다. 청초한 골목길에서 손 호호 불며 걸어올 멤버들을 떠올리며 오늘은 어떤 차를 내어줄지 고민하는 게 즐거웠다. 얼마나 그 기억이 좋았는지, 물이 보글보글 끓던 우리 집 부엌의 모습은 '드라마 같은'이라는 단어에 한 장면을 보태게 되었다.

상수역에서 단층 카페들을 지나, 벽화가 그려진 둥그런 골목길을 따라, 마지막 모서리를 돌면 우리 집이 짠하고 보인다. 그 둥근 골목길이 특히 더 드라마틱했던 것 같다. 사람이 갑자기 나타나는 게 아니라, 저 멀리서 작게 보이던 얼굴이 점점 커지면 반가운 표정도 점점 가까워져서, 맞이하고 배웅할 때 점층적인 감정적 효과를 만들어주는 길이다. 이런 상수동 집에 6년이나 살았는데 둥근 골목길보다 훨씬 가까운 지름길이 있다는 걸 이사 나가기 직전에 알았다. 지금 생각해 보면 귀찮게 멀리 돌아서 다닌 꼴이 되었으나 각지고 거리도 짧은 지름길에서 낭만적인 스토리는 없었을 테니 오히려 다행이다.

멤버들이 하나둘 도착하면 작은 현관에 신발들이 옹기종기 쌓였다. 가끔 막걸리를 마시면서 수업할 때는 멤버들이 그림 그리는 동안 난 구멍 난 쫄바지를 입고 열심히 김치전을 구워 나르며 먹여주고 그랬다.

"멤버 님들은 손 멈추지 마세요. 김치전은 제가 입에 넣어 드립니다."

신발이 계단 앞까지 튀어 나가고 현관문을 못 닫을 만큼 멤버가 늘어나자 또 장소를 옮겨야 했다. 그사이 나름 성공해서 상수동에서만 몇 번 확장 이전을 했다. 집 앞에 있던 코딱지만 한 실내포장마차 사장님은 요리 실력도 출중한데 인심까지 좋아서 해물이 산처럼 쌓인 해물라면을 고작 5천 원에 파는 사람이었다. 주먹 두 개만 한 크기의 주먹밥은 다른 데서 파는 주먹 한 개짜리 주먹밥이랑 같은 값이었다. 오다가다 외식하고 싶을 때 친구들을 불러서 식사하듯 안주로 저녁을 먹었는데, 사장님은 매번 달랑 3만 원만 받았다. 이런 아기자기한 정 때문에 풍요로운 이십 대를 보냈다. 비가 오면 비가 온다고 어울리는 안주를 만들어 주고, 날이 좋으면 날씨에 어울리는 음악을 기가 막히게 틀어주었다. 이쯤 되면 나는 단골이고 사장님이랑 친하다고 말할 수 있지 않은가?

그리하여 다음 수업 장소는, 방금 말한(지금은 없어진) 상수동의 '뼝포차'였다. 테이블 세 개와 의자 열두 개가 있어서 한 타임에 열두 명 모여 수업하던 내게 맞춘 듯한 곳이었다. 일요일 오전마다 포장마차 천막을 걷어올리면 비지땀 흘리며 고군분투하는 청년 드라마 주인공이 따로 없다. 그래서 더 오버해서 활기차게 걷어올렸던 것 같다. 달리 이룬 것도 없으면서 늘 주인공이었다.

수업이 끝나면 포차 오픈 시간과 얼추 맞아서 그대로 앉아

회식까지 했다. 이 포차에서 연애도 하고 수업도 하고 흔들리는 청춘들과 하루가 멀다하고 간담회를 나누었다. 짝사랑 고민을 마치 내 일인 양 상담해 줬더니 지금은 그 남자와 결혼해서 잘 산다는 소식을 전해오기도 하고, 앞이 깜깜하다며 힘들어해서 손잡아 줬던 멤버는 벤츠 타고 다닌다. 내 앞길이 구만리라 철없던 때여서 미처 보지 못했던 사장님의 고충을 조금만 더 헤아렸더라면 포차가 폐업하지 않았으려나. 포장마차가 폐업하고 나도 제법 편한 삶을 찾아 이사를 했고, 수업도 여러 시련을 겪으며 자리를 잡았다. 하루는 친구와 대화를 나누다가, 친구의 말에 문득 상수동 옛집이 떠올랐다.

"우리 집에 전신 거울이 없잖아."

"뭐라고? 집에 전신 거울이 없다고? 전신 거울 없이 불편해서 어떻게 살아? 전신 거울이 없다니. 말도 안 돼."

"너네 집에는 세면대 없었잖아."

아 참, 우리 집에 세면대 없었지. 아주 까맣게 잊었더랬다, 드라마 몇 편 찍은 상수동 집에서 세면대 없이 살았던 것을. 불편하긴 했는데 딱히 불편하다는 생각 없이 불편하게 살았다. 우리 멤버들도 항상 불편하게 손 씻었겠구나. 동네가 나의 옛 시절에 이렇게나 '드라마같이' 아름다운 기억만 심어놨네.

BRISE CHALEUSE

Phénine

7

미술학원 옆
술 냉장고

상수동 집이 나를 키운 덕에 한 기수에 백여 명씩 오가는 수준으로 클래스가 번창했다. 입소문을 타고 매해 빠르게 멤버 수가 늘어났건만 나는 여전히 똑같은 열정으로 멤버들을 맞았다. 상수동 뻥포차를 시작으로 홍대 술집 '히피왕', 문화공간 '갈라', 청년문화센터 '다리'와 친구네 공동 작업실, 망원동의 작은 바 등, 지금은 사라진 지인들의 공간에서 수업을 계속했다. 누군가 전화로 "수업은 작업실 같은 데서 하나요?"라고 물으면 "홍대 술집이요"라고 말할 때 너무 재밌었다. "술집이요?" 하고 한 번 더 되물으면 자신 있게 "네, 술집이요!" 하고 다시 대답할 때 나는 굉장히 도도하고 자신감 넘쳤다. 드라마 놀이에서 못 벗어났을 때다.

가끔 대관이 어려울 때는 멤버 아버지 회사에 딸린 직원 휴게 공간, 멤버가 다니던 피자 회사의 가맹점, 멤버 집에서 경영하던 디자인 카페에서 수업을 한 적도 있다. 희한하게 수업할 곳이 갑자기 필요해 쩔쩔맬 때마다 산신령처럼 누군가 나타나 적재적소의 공간을 뿅 하고 쥐여주었다. 덕분에 아주 다양한 곳에서 수업을 진행해보았고 장소마다의 장단점과 특징을 살려 멤버들과 소통하는 경험도 늘었다. 이제 좀 알 것 같다, 싶었을 때 가속이 붙은 수업과 프리랜서 일을 접고 유학을 다녀왔다.

그런데 런던에서 돌아와 보니 내가 수업했던 곳들이 전부 없어져 있었다. 첫 번째로는 지나간 시간이 슬프고 먹먹했고, 두 번째로는 앞으로 어떻게 해야 할지 막막했다. 수업 장소를 새로 구하기 위해 연남동 끝자락에서 망원, 합정을 거쳐 상수까지 걸어 다녔다. 그냥 걷기만 해도 꽤 먼 거리인데 눈에 보이는 술집과 커피숍은 모조리 다 살펴보고 들어가 보고 했으니 하루 종일 걸리기도 했다.

장소를 고르는 조건으로는 일단 테이블이 가장 중요하다. 종이와 채색 도구를 펼치고 편하게 그림 그릴 수 있을 만큼, 널찍하고 표면에 굴곡이 없어야 하며 가슴까지 오는 높이여야 한다. 하루가 멀다하고 가게가 새로 생기는 동네에서 그런 안정적이고 촌스러운 테이블을 갖춘 곳을 찾는 건 쉽지 않은 일이었다.

또 그림을 그리려면 빛이 있어야 해서 조명이 중요한데, 카페는 너무 작았고 술집은 거의 어두웠다. 걷다가 테이블과 조명이 일단 통과되면, 조금이라도 괜찮아 보이는 곳에는 무작정 들어가 상황을 설명했다. 그리고 공간을 빌려줄 수 있는지 문의했다. 하지만 대부분 나와 시간이 맞지 않거나 대관료가 터무니없이 비싸거나, 지인이 아닌 관계로 예전 뻥포차처럼 오픈 전에 쉽게 열쇠를 주는 곳이 없었다.

클릭 한 번으로 빌릴 수 있는 작업실이나 사무실 같은 강의 공간을 제쳐두고 발품을 팔았던 이유는 하나다. 재밌으려고. 그림 그리는 행위의 재미, 수업하는 방식의 재미, 사람들과 함께하는 재미. 언제 남들이 밤에 술 먹는 공간에 낮에 모여 그림을 그리겠는가. 언제 그림 그리다가 목마르다고 영업용 냉장고에서 맥주를 꺼내 마셔 보겠는가. 알뜰하게 짬 내서 왔을 테니 최대한 '홍대스러운' 곳에서 취미 생활 하는 신선함을, 남의 술집 냉장고 속 맥주의 신선함만큼 느끼게 해주고 싶었다.

뻥포차에서의 수업은 아직 오픈 전인 가게에서 눈치 보지 않고 다른 일을 한다는 사실만으로도 재밌었고, 동네의 정취가 가득 담긴 공간이 주는 의외성도 재미를 더했다. 자식 공부시키려면 공부하는 분위기를 만들어 줘야 한다며 벽 색깔도 집중 잘 되는 초록색으로 바꾸고 텔레비전도 없애는 것과 같다. 그처럼 공간과 분위기는 '뭘 가르쳐 주지 않는' 내 수업에서 가장 중요한 포인트라고 할 수 있다.

이렇게 어렵게 공간을 구하러 다니는 것을 누가 특별히 알아주지는 않았다. 일러스트레이션 학원에 찾아갔다가, 책상과 컴퓨터가 일렬로 정렬된 끔찍한 광경을 보고, 그림은 배우는 게 아니라고 생각했던 것이 아무래도 발단이 된 것 같다. 모름지기 창작이란 몸과 마음이 굳은 상태에서는 제대로 될 리 없다. 내 생각에 '우리는 일요일마다 그림을 그리는 것뿐인데 꼭 재밌는 일이 일어날 것만 같잖아' 같은 기대감을 심어주는 공간이 좋고, 그런 경험들이 창작이란 취미 생활을 더 즐겁게 만드는 것 같다. 동현이와 석가탄신일에 절에 가고, 멤버네 회사 피자가게에서 피자를 먹으며 수업할 때처럼 요즘도 날씨 좋을 때는 더러 야외 수업을 한다. 한 멤버가 그 기억을 떠올리며 말했다.

"그냥 재밌었어요. 소풍 간 것 같고."

8

2호선 지하철을
함께 탄 사람들

처음에 만들기는 쉽지, 이어가기가 어렵다.

심심해서 지난 일기장을 훑어보다가 이런 메모를 발견했다. 새롭고 재밌는 만남이 넘쳐나서 약속을 구걸해본 적 없던 시절에 적은 메모다. 새 인연은 이렇게 쭉쭉 늘어갈 것만 같았는데, 별안간 그렇게 절친했던 친구들과의 연락이 하나둘 끊기고 영원할 줄 알았던 사이가 틀어지는 관계 지각변동을 겪게 되었다. 그래서 지금은 조금 달라졌다. 이어가는 것보다 친구를 만드는 것이 더 어렵다. 어렵사리 친구가 되었다 하면 그냥 그렇게 이어가는 거다.

내친김에 메모를 더 넘겨 보는데 외로운 감정에 대해 적은 것이 눈에 띄었다. 늘 그런 것은 아니고 가끔, 아주 가끔 있는 일이다.

세상 참 차갑고 매섭다. 내 것이 아닌 작은 불씨를 쥐고 손끝 살짝 뜨뜻한 느낌이 드는 고작 그걸로 등까지 따듯해지길 기대하며 산다.

아까 낮에는, 친구들이랑 노니까 같이 놀게 나오라며 전화했더니 여자 친구랑 있어서 못 간다고 소곤소곤 말하는 J를 생각하며 '아참, 연애할 때는 지금 내가 가진 자유가 부러웠지' 하고 새삼 중요한 요점을 잊고 있었다는 듯 혼자인 게 괜찮았는데, 저녁에는 길에서 술 취한 여자들을 부축해주는 남자를 보며 누구 하나 믿고 쓰러질 만한 놈 어디 없냐며 입이 삐죽 나왔다. 심심해서 친구들에게 메신저로 말을 걸었다. 뭐 하냐고. 말 걸고 싶은 사람이 사실 더 있었는데 참았다. 뭐 하냐고 묻긴 했어도 진짜 뭐 하는지 궁금하거나 그 친구들이랑 꼭 얘기를 나누고 싶다거나 놀고 싶은 건 아니었다. 정말 심심해서 말이나 한번 걸어본 것이다. 그래도 방바닥 굴러다니던 나에게 때마침 너무 반갑게 "내가 거기로 갈게!" 하는 친구가 있진 않을까, 내심 기대했다. 운수 좋은 날엔 뭘 해도 되는데 오늘

같은 날은 그 누구도 시간 맞는 사람이 없다. 같이 일하는 팀도, 미혼이면서 가까이 사는 단짝 친구도, 불러낸다고 냉큼 나오는 한가한 동네 친구도 없(어졌)다. 서울에 혼자 사는 싱글에게 날씨 좋은 토요일은 고문이다. 하루 종일, 아니 며칠 내내 노래 하나를 무한 반복으로 들으면서 그림을 그리거나 계속 방바닥이나 굴러다니는 게 일이다. 바쁠 때도 마찬가지다. 종일 영혼 탈탈 털리고 아침에 일어났던 그 자리에 다시 누우면 하루가 순식간에 지나가 있는데, 주절주절 하소연할 곳도 없다 느껴지면 그냥 다 집어치우고 사랑이나 하고 싶다는 생각이 든다.

때때로 이렇게 어찌할 바 모르겠는 감정을 붙잡고 허우적댄다. 자기 숨소리가 들리는 방 안에서도 나에게 예의 차리느라 외롭지 않은 척을 한다. 나는 혼자 있는 시간을 즐기지만, 모르는 사람만 잔뜩 모인 곳도 좋아한다. 그런 데서 살아있음을 느끼고 에너지를 받는다. 아, 정확히 말하면 모르는 사람이 잔뜩 모인 곳에서 혼자 시간을 보내는 것을 즐기는 것 같다. 그래서 아는 사람이 여는 파티에 가거나 좋아하는 공연을 보러혼자 공연장에 가는 것으로 기분을 풀기도 한다. 고요함에 순응하며 가만히 있다가 한 번씩 외출해서 요란을 떨고 나면 허기가 조금 채워진다. 만약 연달아 그런 식으로 배를 채운다면 다시 조용한 구석으로 기어들어 가야 한다. 다시 내 숨소리만 들리는 방 한구석에 쭈그리고 누워, 머리에 꽉 찬 어제의 소음과 낯선 얼굴들을 밀어낸다. 그것을 반복한다. 딱 한 사람만 있으면 좋겠다. 실제 떠도는 감정을 전부 티 내도 괜찮은, 유일하게 어떤 척을 하지 않아도 되는 한 명과 조용히 이야기 나누면서, 아니, 거의 내가 들으면서 테이블 위에 턱받침하고 가만히 시간을 보내고 싶다. 그런 한 명이 아니고선 웬만한 감정들은 사사건건 드러내지 않는다. 엄마에게는 괜찮은 척, 친구에게는 외롭지 않은 척, 모르는 사람에게는 센 척을 한다. 솔직한 편인데도 잘 생각해보면 별 척을 다 하고 산다. 솔직하려 애써도 어쩔 수 없이 하루에도 몇 번씩 척을 한다. 말을 부풀리든, 과민반응을 하든, 어쨌든. 그러면 아무래도 연약한 감정이 조금 덜 다치나 보다. 서점에나 가야겠다. 책 세 권 정도를 돌려 읽으면 내가 이긴 기분이 들지도 모른다. 누구에게 이기는 건지 몰라도, 이런 게 바로 센 척이라면 외로울수록 강한 척을 하는 것 같다.

8년 전 멤버 미현이는 이제 그냥 매일 통화해도 괜찮은 사이가 되었다. 미현이가 일본 유학하던 시절, 집 근처에 있던 바 이야기를 해준 적이 있다. 45년 된 작은 재즈바인데 마스터는 최소 75살 쯤 되어 보이는 꼬부랑 할머니라고 했다. 진토

닉을 주문하면 주름지고 마른 손으로 아이스픽을 쥐고 얼음부터 깬단다. 그런 다음 술을 다 만들면 손님한테 주기 전에 면봉 같이 생긴 스푼으로 맛을 본단다. 그 속도가 너~~~~~~무 느~~~~~~려서 보는 사람도 덩달아 느려진다고 했다. 바 2층은 할머니 집인 것 같은데 온 가족이 같이 사는지 스피커에서 음악이 끊길 때마다 위층에서 밥 먹는 소리도 들리고 TV 소리도 들린단다.

미현이를 보러 도쿄에 갔을 때 그 바에 들렀다. 소설책에 나올 것 같은 오손도손 귀여운 가게를 상상한 것에 비해, 여섯 명가량 앉을 수 있는 가게는 술병과 꽃과 어두운 조명이 있는 평범한 술집이었다. 미현이는 거기에서 혼자 온 다른 손님과 얘기를 나누었고 그 손님이 나가고 나서는 마스터 할머니와 얘기를 나눴다. 과연 타지에서 온 손녀딸 같은 모습이었다. 아마도 포근한 할머니 친구를 자랑하고 싶었던 걸까. 미현이는 내가 그 바를 분명 좋아할 거라고, 꼭 같이 와야 한다고, 술도 많이 즐기지 않는 내게 여러 번 말했었는데 역시나 좋았다.

나에게도 미현이의 재즈바 같은 곳이 있다. 정확히는 있었다. 언제 가든 늘 보던 얼굴이 있고 엉덩이 닿는 부분이 많이 닳아 맨들맨들한 의자와 선호하는 자리가 있고 어느 시간대에 햇빛이 잘 드는지, 어느 시간대에 손님이 많은지 다 아는 그런 동네 단골 가게. 꾸미지 않은 모습으로 들러 사장님에게 가볍게 인사하는 것 정도로 외로움이 털어내지고 친한 친구를 데려가 그런 편안한 감정을 자랑하고 싶은 곳. 번화한 동네에 사는 탓에 그런 곳이 세월 따라 거의 없어졌다. '이런 게 외로움이라는 감정'이라는 걸 또렷이 알 만큼 나이를 먹고 나니, 움켜쥐고 있던 많은 것이 내 것이 아님을 알게 되었다. 좋아하던 동네 단골 가게와 처음 작별할 때는 울었는데 그 후부터는 쉽게 울지 않는다. 그렇게까지 슬픔에 빠질 필요도 없는 일이고 굳이 감정을 티 내고 싶지 않아졌기 때문이기도 하다. 하나둘 잃어가며 아무렇지 않은 표정을 짓게 된다. 단골 가게뿐 아니라 소중한 것이든, 설레었던 감정이든, 기대감이든…. 외로움을 버티는, 또는 흘려보내는, 또는 함께 가는 내 나름의 방법이다.

갑자기 너무 익숙해서 낯선 기분일 때가 있다. 예를 들어 언제냐면, 대낮에 덜컹거리는 지하철 2호선에 앉아서 을지로입구역으로 가고 있는데 어쩐 일인지 내 방처럼 편안한 것이다. 희한하다, 희한해. 띄엄띄엄 맞은 편에 앉아 있는 저 사람들은 당연히 모르는 사이인데 왠지 어딘가 익숙하다.

왜지? 다 같이 한 방향으로 가고 있어서 그런가? 룸메이트처럼 지하철 한 칸을 공유하는 사이여서 그런가? 그러니까, 아는 사람이 모르는 사람처럼 낯설어 보일 때랑 반대인 거다. 특히 아침이라면 다 같이 샴푸 향기가 나서 출근하지도 않는 나지만 함께 출근하는 심정이다. 마치 우리 멤버들이 지하철의 같은 칸에서 우연히 만난 사람들 같다는 생각이 든다. 우리는 직업도 나이도 다 다른, 서로 모르는 사이인데 같은 차에 올라타 일정 시간을 함께 보낸다. 속마음을 터놓을 만큼 친밀하진 않지만 매주 만나 얼굴을 알아보고 인사를 건네고, 목적지가 다르지만 함께 내릴 공통의 목적지가 있을 수도 있는 그런 사이다. 연주가 지난주에 있었던 황당한 일을 얘기하면 누리가 맞장구친다. 내가 영준이를 놀리면 비슷한 또래의 아들이 있는 해정 언니가 "영준 씨, 쌤한테 욕해도 돼요"라며 편들어준다. 적당한 애정을 주고받으며 거절과 사과를 굳이 할 일이 없는 편안하고 아늑한 시간이다. 변화무쌍한 시대에 살면서 혼자 망망대해에 고립되어 있거나 엉뚱한 길에서 헤매고 있는 것이 아니라는 위안을 익숙한 우리 멤버들의 얼굴을 보며 얻는다. 지하철 2호선에 마주 앉아 있는 생판 남에게서도 느끼는데, 하물며 우리 멤버들이야.

이번 주도 스트레스를 받으며 그럭저럭 보냈다. 수업 역시 나에겐 일이기 때문에 조금은 중압감을 갖고 멤버들 맞을 준비를 하는데, 반가운 얼굴이 문을 열고 들어오면 마음이 확 놓인다. 최강의 멤버 여덟 명이 몇 주 연속 결석이 없다. 지각하는 연주는 있어도 결석하는 이가 없는 건 엄청난 일이다. 대게 일요일 아침이면 갑자기 가만 있던 휴대폰에 늦잠을 잤다, 술병이

났다, 장에 탈이 났다, 결혼식을 까먹었다, 등 사연 많은 문자가 쌓이곤 하기 때문이다. 지난주에는 다 함께 입으로 몽골 여행을 다녀왔고, 오늘은 날씨 얘기로 시작해 영화 추천, 변비와 쾌변, 직업 만족도, 유학과 이직과 휴직 등에 대해 이야기했다. 일 안하고 돈만 받아간다는 부장님 뒷담화도 듣고, 자존심은 높은데 너무 히스테리를 부려서 팀원들의 미움을 한몸에 산 팀장님 얘기도 듣고, 그녀가 갑자기 사직서를 내고 이튿날 출근을 하지 않아서 미처 못 받은 점심값 8천 원 때문에 3주를 고민하다 결국 받아낸 이야기도 듣고, 금요일만 출근하는 프리랜서에게 이번 연휴 빨간 날이 죄다 금요일이라는 슬픈 소식도 들었다.

그러다 줄기차게 험담을 늘어놓아도 이상하지 않을 만큼 이상한 팀장 밑에서 맷집을 다져온 연주가 평소 선망하던 회사로 이직을 하게 되었다. 코로나바이러스로 세계가 흉흉한 와중에도 일본이며 중국으로 출장을 가야 해서 자주 결석했던 누리는 서른 넘어 네덜란드 유학을 가게 되었다. 우리는 햄버거로 축하 파티를 할 것이다. 모두 축하할 일이 하나씩은 있을 것이다.

이렇게 수업 시간마다 두 시간 남짓 열띤 대화로 서로 격려하고 응원하고 칭찬하고 욕도 대신 해주고 모든 주제에 진심이다. 나중에는 오디오가 물리고 내 말은 들리지도 않는다. 일요일 수업은 정말 따뜻하다. 쏟아지는 햇살 받으며 당산 철교 지나가는 2호선 지하철 같다.

9

장점

심심해서 메모장에 번호를 매기고 내 장점을 나열했다. 꼼꼼히 적다 보니 100개가 넘었다. 이런, 장점 일색이군. 혼자 보는 거지만 약간 민망해서 단점도 적기 시작했는데 50개 정도였다. 장점이 딱 두 배다. 나 괜찮은 사람이었다.

나의 장점 100개 중에는 '설명을 잘한다'가 있다. 왜 설명을 잘한다고 자부하냐면, 내가 모르는 게 많아서다. 딱하게도 사람들이 너무 당연하게 아는 것을 나는 몰랐던 적이 많다. 생일이 빨라 남들보다 한 살 일찍 초등학교에 들어갔는데 그 탓인지, 어릴 때도 그랬지만 스무 살이 훌쩍 넘어서까지도 또래에 비해 이해가 느려 여러 번 되물어야 했다. 생일도 생일이지만 원래 이해 속도가 느리고 오랫동안 반복해야 조금 습득하는 아이로 태어난 것 같다. 이쯤이야 알겠지, 하며 얼렁뚱땅 설명하는 것을 남들은 대부분 잘 알아듣나 본데, 나는 그러지 못해 의기소침하기도 했다. 어쨌든 '잘 모르는 사람이 설명을 듣는 입장'을 잘 알기 때문에 설명을 잘하게 된 걸지도 모르겠다. 그리하여 수업할 때도 어떻게 하면 멤버들이 쉽고 간편한 재료로 그리고 싶은 걸 조금이라도 더 잘 그릴지 기가 막히게 안다.

물론 연구도 한다. 평소 개인 작업을 하면서 수많은 시행착오를 통해 얻은 알맹이 팁을 전부 기억하고 메모했다가 수업 시간에 풀어놓는다. 그럴 때마다 설명하기 힘든 무형의 방법을, 이해가 착착 가도록 설명하는 것이 아방 그림 수업의 장점이라고 많은 멤버들이 감탄하며, 구전으로 내려온다. 나 스스로도 인정하는 바다. 이게 직업이니 당연한 일이긴 하지만, 항상 진심을 다하기 때문에 칭찬을 받으면 기분 좋게 고개를 끄덕이게 된다.

집에서는 내 장점에 대해, 수업 시간에는 멤버들의 장점에 대해 생각한다. 왕초보로 시작한 민서의 연습 기록을 넘겨 본다. 연습장을 뒤로 넘길수록 일주일씩 흐른다. 맨 처음 물감통을 찌그러진 지우개처럼 그린 걸 보며 추억에 젖었다. 투시와 입체를 다 무시하고 아주 매력적으로 그려났다. '민서는 계속 나아갈 것이며 똥손들의 희망이 될 것'이라고 얘기했었다. 두 달이 지나 민서는 정말로 똥손계의 리더가 되었다. 새로 오는 똥손 멤버들이 민서의 오른팔, 왼팔이 되어 똥손파 명맥을 이어 가고 있다. 그 말인즉슨 민서가 그렸던 찌그러진 지우개 물감통이 날이 갈수록 세련된 선과 얼추 비슷해져 가는 형태 같은 것으로 탈바꿈 하며, 리더의 자질을 충분히 보여주고 있단 소리다. 이제 똥손 신입 멤버가 오면 민서가 어느 정도 요령을 알려줄 수 있다. 선배로서 그럴 자격이 충분하다.

연습을 하나도 안 하고 출석만 꾸준히 해도 컬러 감각이 좋아진다는 것을 연주를 통해 알게 되었다. 3년 걸렸다. 모로 가도 서울에 도착한다는 사실이다. 단순한 것들만 그리던 연주가 처음 여행 드로잉에 도전했을 때 분명 코웃음 칠 만한 수준이었던 것을 똑똑히 기억한다. 허접한 구도와 하나도 안 어울리는 색 조합은 집짓기로 치면 시멘트 휘젓는 단계였으며, 아이돌 연습생으로 치면 팀은 꾸려졌으나 춤 연습이 하나도 안 된 수준이었다. 여행 드로잉 이후, 일주일에 한 번씩 똑같은 잔소리를 했더니 이제는 구도, 컬러 정도는 지적할 데가 없다. 요즘엔 비웃을 일이 거의 없어지고 매주 놀람의 연속이어서 칭찬으로 입이 마를 날이 없다. 3년간 연주가 한 건, 결석 안 하고 수업에 참여한 것뿐. 연습 좀 해오라는 나의 잔소리를 이렇게 꾸준히도 허투루 들으면서 실력이 차곡차곡 쌓인 멤버는 연주가 유일하다. 다 키웠는데 출가하지 않은 자식 같다. 내 잔소리에 상처받지 않으면서 꾸준히 한 가지를 하는 것이 연주의 장점이다. 이렇게 꼬박꼬박 해 나가는 것이 그림의 완성도와는 상관없이 취미 화가 한 명이 완성되는 길이라는 걸 알았다.

혜경이는 겉보기에도 얌전한데 그림도 신중하고 끈기 있고 차분하게 그린다. 그리고 느리다. 반면에 굉장히 파격적이고 과감한 컬러들을 선택한다. 그리고 센 컬러를 잘 조합해 유치하거나 화려하지 않은, 본인만의 감성이 담긴 그림으로 완성한다. 반전 매력이 있는 친구다. 또 어떤 멤버는 인물을 주로 그리는데 사실적으로 그리지는 않지만 묘하게 닮았고, 어딘가 회화적이면서 만화 같은 분위기도 있고, 대세를 따르거나 다듬어진 것도 아닌데 표정이 살고 매력 있기까지 하다. 연습한다고 되는 것도 아니고 아무나 가질 수 없는 장점이다.

모든 그림은 장점이 있다. 못 그리는 게 아니고 장점을 발견하지 못한 거다. 자기 그림의 장점을. 하도 사람들 그림을 많이 봐서 그런지 남의 그림의 무수한 장점과 특징은 잘도 알아낸다. 문제는 내 그림의 장점을 찾는 게 어렵다. 아니, 웬만큼 뭔지 알고는 있으나 수시로 잊어버린다. 다 그런가 보다. 내 건 객관적으로 보기 어렵다. 그것이 사람들이 클래스에 오는 이유다. 스스로 알기 힘든 걸 누군가 알려주니까.

장점을 잘 발견한다고 해서 칭찬만 하는 것은 아니다. 나는 이상하면 이상하다고 솔직하게 얘기하고 웃기면 웃기다고 배꼽 잡고 웃는 사람인데, 어느 날 한 멤버의 그림이 크게 발전한 게 눈에 보여 칭찬을 안 할 수가 없었다. 그래서 열심히 칭찬을 해줬더니 그 멤버가 그랬다.

"너무 즐거워서 요즘, 그림 그리는 것뿐 아니라 사는 것까지 즐거워요."

사소한 것 하나까지 즐겁다는 피드백에 내 기분도 좋아졌다. 스치듯 내뱉은 말을 들은 사람은 두고두고 기억할 수도 있고, 그림에서 찾아낸 작은 장점 하나가 일상까지 즐겁게 만들 수도 있다. 그리고 멤버들의 그림을 봐주다가 내 장점도 하나 더 추가하게 됐다. 남의 그림의 콩알만 한 장점도 기똥차게 잘 집어내는 것! 그리고 "전 정말 그림엔 소질이 0이에요"라고 말하는 사람들에게 "소질이 0이 아니고 자기 그림에 어떤 장점이 있는지 알아볼 기회가 0이었던 거예요"라고 말해주고 싶다.

10

월요일은 무서운데

친구들과 이야기하다가 발견한 꽤 신선한 사실은 생각보다 죽음을 무서워하거나 죽음을 염려하는 사람이 많다는 것이다. 내 친구들 대부분이 그랬다. 나는 죽음에 대해 깊게, 또는 무섭다고 생각해 본 적이 거의 없다. 친구들 이야기를 듣다가 어쩌면 내가 소수에 속하는 것일지도 모른다는 생각이 들었다. 그럼 너는 죽는 게 안 무섭냐고 묻는 말에 이렇게 대답했다.

"사는 게 더 무서워. 여기저기 아파 죽겠는데 아픈 채로 살아야 하잖아. 무서워."

"아아, 왜 또 아침이냐. 깼으니까 살아야 하잖아. 어쩔 수 없이!!!!"

하루를 사는 게 귀찮을 때가 있다. 월요일이다. 잠은 깼으나 침대에서 나가면 사람이니 밥을 먹어야 한다. 밥 먹었으니 사람으로서 운동도 해야 하고 친구들 SNS 훑어보면서 내가 노트북을 옆구리에 끼고 낄낄거리던 금요일 밤에 어떤 일이 벌어졌는지 확인도 해야 하고, 물도 마시고 영양제도 먹고 개가 없으니 개 산책은 안 해도 되고. 아무튼 할 일이 잔뜩이다.

비록 주말, 밤낮 가리지 않고 시도 때도 없이 일하는 프리랜서지만 시도 때도 없이 누워 있을 때가 더 많다. 시도 때도 없이 누워 있을 수 있는 주제에 왜 월요일마다 특히 부담을 느끼는지 모르겠다. 심장이 찌릿찌릿하고 가지가지 한다. 남들 놀고 일하는 시간 따위에 구애받지 않아서 좋고 또 그런 직업의 특성을 사랑하면서, 남들 노는 시간에도 개미처럼 아주 열심히 일한다. 물론 남들 일하는 시간에는 나 역시 놀지 못하고 깨어있어야 한다는 강박도 있다.

"바빠?"

"뭐 급한 일이 있어서 바쁜 건 아닌데, 알잖아. 그렇다고 안 바쁘다고 하기엔 설명하기도 애매한 할 일이 맨날 있어. 알지?"

"알지. 나도 매일 뭔가 하긴 하는데 그게 뭔지 모르겠어."

"이게 약간 엔진 같아서 끌 수가 없네. 계속 부릉부릉하고 있어야 언제든 부아앙 나가거든."

그럴 때면 월요병도 심각해서 아주 웃기다. 나 같은 경우는 주말에 수업을 하기 때문에 월요일을 공식적인 휴일로 정하기까지 했는데도 이 모양이다.

'일상이라는 말은 어찌 보면 참 지루해. 왜냐? 몇 번만 반복되면 그게 일상이거든. 아무리 피하고 싶어도 그 반복은 피할 수 없어. 오늘도, 내일도 언제나 그렇듯 포근히 몸을 감싸는 침대 위 이불은 내 마음까지 안심시키는 최고의 일상 사물이지만, 반대로 그것을 덮으면 일상 밖 어디든 갈 수 있어. 어떤 상상이든 할 수 있다는 말이지. 그러니까 잠시 이불을 덮고 어디론가 떠나볼까?' 따위의 잡생각을 하며 말똥말똥한 눈을 억지로 감아본다. 남자 꼬맹이가 엄마 따라 여탕에 갔다가 같은 반 여자애를 맞닥뜨려 두 손으로 얼굴만 가리고 자기가 안 보일 거라 생각하는 꼴이랑 비슷하다. 그나저나 직업병 때문에 돌아누우려 목을 드는 것조차 불편하다. 인생 고달프다. 내 목 하나 가누기 힘든데 오늘도 살아야 한다니. 휴.

느즈막히 어기적어기적 기어 나와 방 불을 켜고 채소 주스를 갈아 마신다. 웃을 일이 하나도 없지만 조커처럼 입술을 가로로 쭉 찢어 광대뼈를 자극한다. 얼굴 근육을 푸는 거다. 살아 있으면 언젠가 인터뷰 촬영을 할 거고, 그때 노화를 못 이긴 얼굴로 사진 찍힌 다음 후회하지 않으려면 해둬야지. 아침밥을 먹고 요가 매트를 편 다음 스트레칭을 한다. 살아 있는 한 목과 어깨는 계속 아플 거니까 스트레칭을 해야 한다.

급하게 해야 할 일이 없는 월요일은 정신을 더 시끄럽게 만든다. 할 일이 없는 수요일과는 아주 다르다. 머리맡에 다섯 권이나 놓인 책을 폈다가 덮었다가 폈다가 덮었다가, 이런저런 상념이 맴도는 허공에 연기 날리듯 손을 휘적휘적하고 미드를 켜둔다. 영어 공부나 해야지 싶어서. 하루를 그냥 지나가게 내버려 두질 못한다.

'너의 월요일은 남들의 월요일과 같을 필요 없고 하루쯤은 그냥 시간이 가도록 가만히 내버려 둬도 돼'라고 속으로 재차 말해도 잘 안 된다. 말하는 나와 듣는 내가 따로 있지 싶다.

그림 수업이 번듯해진 만큼, 인턴에서 과장으로 승진한 사람처럼 의기양양 출근한다. 하지만 재킷 속에는 여전히 사직서를 품고 있다. 매주 엄마에게 전화해 그만하고 싶다고 징징댔고, 여차하면 당장 그만둬 버리겠다며 협박 비슷한 것도 했다. 그럴 때마다 엄마는 "누가 뭐래? 누가 시켰어?"라지만, 나는 내년에는 진짜 진짜 그만두고 개인 작업에 집중할 거라고 혼자 평떵 엄포를 놓았다. 그럼에도 그만두기는커녕 몸살이 나 수백 번 고민할 때조차 한 번을 쉽게 취소해 본 적이 없다. 지난 10년간 딱 네 번 취소를 했다. 교통사고 났던 날, 개인전 준비로 몇 주 밤을 꼴딱 샌 후 이틀간 설치를 하고 돌아온 날, 갑작스럽게 폭설이 내려 길거리가 엉망이었던 날, 코로나바이러스로 조심 또 조심할 때에 몸살 기운이 있던 날.

취소는 그렇지만 쉰 적은 있다. 가끔 '저 두 달 쉬겠습니다' 하고는 서랍 속에 넣어뒀던 사직서 툭 던지고 훌쩍 여행 가버리기도 했다. 심신이 지쳤을 때는 세 달까지도 쉬어 본 것 같다. 그렇게 쭉 쉬다가 자연스럽게 그만둬 버려야지 했다. 그런데도 혼자 뭘 하다보면 우리 멤버들에게 알려주고 싶은 것들이 막 생각나거나 같이 해보면 재밌을 것 같은 커리큘럼이 나를 등 떠밀어 결국 다시 선생 자리로 돌아간다.

몇 년간 함께하는 멤버들이 있다. 내가 지쳐서 쉬겠다고 얘기할 때마다 언제 다시 시작할 거냐고 집요하게 묻는다. 그럴 때마다 내가 "너 이 그림 도대체 언제 완성할 셈이니?"하고 집요하게 물을 때 숨 막혔을 것 같아 좀 미안해진다. 어쨌든 수업 그만두느니 어쩌니 징징대다가도, 안 보면 어느새 따분하고 멤버들 얼굴이 떠올라서 다시 만날 날짜를 체크하고 있다. 수년간 엄마를 귀찮게 하면서도 내뱉는 다짐을 지키지 못하는 이유. 그것은 이렇게 누군가 나의 컴백을 기다리고 있다는, 내심 기분 좋은 사실 때문일 것이다. 체념하듯 이다음엔 멤버들이랑 같이 뭘 해볼까 궁리한다. 어차피 계속해야 한다면 무얼 하면 좋을까?

지난 메모를 뒤적거리다가 내가 썼을 리 없는 문장을 발견했다.

치맥이 먹고 싶었다. 날씨가 더워서 그런지 치맥이 그렇게 매일매일 생각나서 '치맥 먹고 싶다, 치맥 먹고 싶다' 노래를 불렀더니 아빠가 '치킨 시켜라' 그랬는데 아닌 거야, 그게. 가만 보니까 내가 바닷가에서 먹고 싶은 거였어, 치킨을. 철썩이는 파도 소리를 들으면서 말이야. 그래서 바닷가 가서 먹고 싶다 그랬지. 그러고 나서 ○○네 아줌마한테, 우리 좀 신나게 살아야 하지 않겠나 싶어서 '치맥의 날을 정해서 치킨을 싸 들고 바닷가 가자' 이래 된 거라. '돗자리도 챙기고 치킨을 사서 가자!' 이래 된 거지. 근데 버스 타고 가려니까 냄새가 좀 부끄럽잖아, 아줌마들이. 그래가 어짜꼬 싶었는데 치킨이 마침 온 거야. 치킨 냄새가 솔솔 나니까 너무 먹고 싶대. 치킨 냄새를 못 참고 그 자리에서 먹었다. 하하하. 맥주도 한 캔씩 따고 너무너무 맛있게 먹고 행복한 거야. 그래 배부르니까 바닷가는 안 가고 그냥 온천천 따라 쭈욱 걷다 왔지. 날씨도 좋고 걷기 딱 좋았다.

엄마가 글을 쓰고 싶다고 한 적이 있었다. 그래서 있었던 일을 말해주면 내가 일기처럼 기록해 주겠노라 했었는데 그때 적은 글, 아니 옮겨놓았던 엄마의 말이다. 바다가 가까운 부산에 사는 엄마의 어느 날이 상상되는 귀여운 메모다. 먹고 싶었던 치킨도 먹었고 바깥 공기도 쐬었고 바다는 못 봤지만 친구들은 보았을, 읽기만 해도 만족스러운 엄마의 하루가 느껴진다. '만족'이라는 단어에 주목해 볼 필요가 있다. 얼마만큼의 만족을 느껴야 잘 살았다고 느끼려나.

그렇다고 엄마가 늘 그렇게 만족스러운 하루를 보내는 건 아니다. 한 번은 내게 전화로 "오늘은 뭘 한 번 해보지, 나물을 한 번 볶아볼까? 하고 막 생각을 해. 그거라도 안 하면 하루를 이렇게 보내도 되나 싶은데, 나물이라도 볶으면 오늘 하루 좀 잘 살았다, 싶은 거지"라고 했다. 엄마도 아무것도 하지 않으면 오늘이 아깝다는 생각을 하는구나.

목욕탕에서 처음으로 세신을 받은 날. 그간 보기만 했던 입장에서는 내 때가 국수 가락처럼 나올까 봐 무섭고, 모르는 이 앞에 실오라기 하나 걸치지 않은 채 대자로 누워있는 모양이 우스워서 한 번도 받아볼 생각을 아니 했다. 자고로 목욕이란 폐쇄된 욕실 안에서 느긋하게 음악 들으며, 뜨거운 물과 함께 혼자만의 시간을 즐기는 행위라서 여유롭고 비밀스럽게 행해져야 한다는 입장이다.

아무리 우아한 변명을 해본들 통하지 않아, 엄마 손에 끌려가는 동안 별의별 반항은 다 한 것 같다. 결국 세신사의 작업대 위. 이모님이 얼굴에 오이즙부터 올려주기에 그 참에 눈을 꾹 감아버렸다. 내 피둥피둥한 몸이 어떻게 보이든, 얼마나 기다란 때 가락을 뽑든, 안 보면 그만이다.

처음엔 아팠지만 이모님의 손놀림은 갈수록 놀라웠다. 항해하는 배의 키를 돌리듯, 한 팔로 내 사지와 목을 척척 돌리는데 어찌나 박자가 딱딱 맞아떨어지는지. 마치 나는 도마 위의 큰 생선이고 그녀는 생선 손질의 달인 같았다. 이모님이 내 가슴에 손을 척척 얹어가며 상반신을 이리저리 문지를 땐 나체를 이렇게까지 공식적으로 맡기는 것이 가능하다니, 싫어 실실 새어 나오는 웃음을 겨우 참았다. 양손에 낀 때수건으로 쓸어올렸다 내리는 기술을 쓸 때는 섬세한 강약 조절 덕분에 깜빡 잠이 들 뻔했다. 혈액순환이 돼서 뭉친 어깨도 시원하게 풀린다며 꼬드긴 엄마의 말에, 오만상 찌푸리며 귀찮아했던 게 무색할 정도다. 어느새 나는 삶을 포기하고 요리사에게 손질을 맡긴 얌전한 횟감이 됐다.

일도 마찬가지다. 만약 '오늘은 월요일이니까 출근한 사람들로부터 메일이 오겠지. 메일함을 열어보니 역시 아무것도 오지 않았네. 나에게는 메일을 보내지 않았지만 누군가에게는 보

내겠지. 나는 오늘이 휴일이지만 너희들은 일하니까 나라고 쉴
수만은 없지'라는 생각이 든다면 세신사의 작업대를 떠올려야
겠다. 도마 위에 드러누운 살 오른 참치는 이모님의 손에 인생
을 맡깁니다. 될 대로 되어라.

Bonjour
Madame

11

한 달 드로잉 북

'인생을 거는 일은 파도처럼 밀려온다. 그것도 밤 사이에.'

조명도 없는 어두운 밤. 바위에 '철썩' 부딪히는 소리가 들려야만 멀리서부터 검은 파도가 밀려왔다는 것을 알아챌 수 있다. 인생을 거는 일 역시 그와 같다. '나 이거 해야 해!'라며 걷잡을 수 없는 속도로 결정하는 것 같아도, 파도처럼 모르는 사이에 자신 깊숙한 곳에서 오랫동안 준비되어 온 일일지도 모른다.

내가 인생을 건 일도 마찬가지다. 파도가 바위에 부딪히는 찰나의 순간에 겉으로 드러났어도 순간적으로 이루어진 일이 아니다. 언제부터인지 모르지만 그림을 매일 한두 장씩 꾸준히 그렸고, 그것이 이 직업의 파도로 이어졌다. 그 파도를 인지한 후에는 작업하는 방에서 잠자는 방으로 출퇴근하는 매우 규칙적인 일상을 지키며 살았다. 꽤 오랫동안 그랬다. 하고 싶을 때 언제든 할 시간이 있고, 따스한 햇살과 커피 살 돈을 그림 그리는데 다 써버려도 아깝지 않은 여유와 열정도 있었다. 매일 그리 대단한 드로잉을 하는 것도 아니다. 그런데 손가락도 까딱하기 싫은 요즘 같은 날엔 갑자기 노트를 펼치고 자세를 고쳐 앉으면, 그것이 실로 대단한 의지와 에너지가 필요한 일이었다는 걸 깨닫는다. 그림을 마음껏 그릴 수 있다는 사실만으로도 행복하던 때엔 동료 작가가 나의 루틴을 듣고 놀라는 걸 전혀 이해하지 못했다. 그리고 재수 없게도 이렇게 말했다.

"그럼, 그림을 안 그리면 뭐해?"

진지하게 궁금해서 물어본 거다. 아니, 작가가 그림 안 그리면 무얼 하는지?

"친구도 만나고 볼일도 보고. 은근히 시간 잘 가."

나는 친구도 안 만나고 볼일도 없나? 아닌데. 친구와 만나고 돌아온 날에도 두 장씩 꼭 그렸다. 어떻게 그렇게 매일매일 정해진 양을 그렸을까? 딱히 스트레스 받거나 피곤하거나 억지로 했던 적은 없다. 그때부터 모은 드로잉 북들이 내 보물이다. 그렇다고 정말 보물로 여길 만큼, 한 장 한 장 볼 만한 그림으로만 채워진 것도 아니다. 영감이 쏟아져 오른팔이 신들린 것처럼 움직여준 날도 있지만, 끙끙대기만 하다가 후딱 해치워버린 날도 물론 있다. 어떤 드로잉 북은 낙서와 기록이 절반이다. 맨 앞 장에는 연도가 적혀 있다. 매해 달라지는 그림체 보는 것도 재밌고 관심 있는 주제가 바뀌는 것도 관전 포인트다.

한 가지 주제로 드로잉 북 한 권을 채웠을 때의 보람은 이만저만이 아니다. 일단 첫 장부터 끝 장까지 다 채우는 게 결코 쉬운 일이 아니므로 주루룩 손으로 넘기는 행위만으로도 기분 째진다. 내용물이 허술하든 어떻든, 사실 그게 전부다. 첫 장부터 끝 장까지 내 손으로 다 채웠다는 것. 한 권 후루룩 채운 드로잉 북은 어찌 보면 멋 부린 문장으로만 쓴 B급 소설과 다를 바 없다. 그래도 쓴 건 쓴 거라, 아무것도 쓰지 않은 이와 성취도 측면에서 비교가 안 된다.

앞서 말했듯이 클래스에 오가는 여러 사람 중에 가장 대단하다고 느끼는 멤버는 연주다. 4년이 넘도록 결석 한 번 하지 않았다. 그림 그리는 것에 특별한 목표는 없는 것 같고, 욕심도 별로 없고, 따로 연습은 절대 안 하는 게 분명한데 실력이 매우 늘었다. 그녀의 드로잉 실력이 늘어온 과정을 아기의 성장을 기

억하는 부모처럼 아주 잘 기억하고 있다. 예전에 상수동 주택에
살 적에, 방음에 취약한 집이라 옆집 아기가 처음으로 '아빠'라
고 말하는 순간을 본의 아니게 함께 했다. 그때 나는 그 집 아빠
만큼이나 크게 감동 받았었다.

딱 그런 기분이다. 연주가 스페인인가, 이탈리아를 여행하
고 돌아와 처음으로 직접 찍은 사진을 그렸을 때 그림이 너무
어설퍼서 애를 언제 키우나 했었다. 카페에서 전시를 준비할 때
는 맘마미아를 그렸는데 구도나 컬러 선택을 도와주지 않을 수
없었던 기억이 난다. 그즈음 시바견이 그리고 싶다 하여 다양한
표정을 한 시바견 얼굴 그리기에 도전했는데, 동물 표정 캐치하
기가 여간 어려운 일이 아니어서 안타깝지만 중도 포기하였다.

시간이 흘러 연주는 클래스에서 선배가 되었지만 텃세나 잘
난 체 일절 없이 매주 그리고 싶은 그림을 그리다 돌아갔다. 전
에는 분명히 여기저기 아쉬운 부분이 보여 나도 잔소리를 늘어
놓게 되었는데, 잔소리가 어느 순간 '앗, 잘했는데? 고쳐줄 필
요 없겠는데? 그럴싸한데?'로 바뀌더니 곧 '잘했네, 괜찮네, 그
럴싸하네!'로 바뀌었다. 이제는 어련히 잘 알아서 하겠지 싶어
믿고 본다. 그리고 그녀는 드디어 진짜 고참이 되어, 내 잔소리
에서 해방되었고 자기가 좋아하는 판다 '푸바오'도 알아서 척척
그린다. 시바견 그리기 어려워했던 건 아마 기억도 안 날 거다.

오랜 시간 꾸준하게 무언가를 하는 것은 굉장한 일이다. 연주의 그림은 시간이 만든 거라고 본다. 그렇게 적당하고 미지근하게 노력과 정성을 들여서 어디 시바견 근처에나 가겠냐고 줄기차게 핀잔을 들었지만 연주가 이겼다. 박수를 보낸다. 수업이 없을 때, 혼자서도 그리고 싶은 걸 그리는 그를 보면서 새삼 반복이 주는 멋진 대가를 실감한다.

나도 그림 그릴 때는 연주 같다. 일에는 목표도 있고 욕심도 있지만, 그림 자체에는 목표도 없고 욕심도 없다. 그냥 시간이 있으니까 그리는 거다. 설령 마음에 들지 않더라도 찢지 않고 꾸준히 그리는 편이다. 그동안 실력도 늘고 생각도 바뀌고 앓던 고민이 해결되었다가, 다른 고민이 또 생기고 그런다.

어느 정도 수강한 멤버들에게는 드로잉 북을 한 권씩 마련하길 권한다. 두껍거나 비싸지 않은 걸 사라고 한다. 가방에 넣기 편하고 손에 쥐기 쉬운 사이즈가 좋다. 기왕이면 커버도 예쁜 것이 좋다. 자주 꺼내 보고 펼치고 싶어야 할 테니까. 나는 커버가 평범한 것을 사서 직접 꾸미는 것을 선호한다. 그리고 가장 좋아하며 질리지 않을 만한 주제를 하나 정해 매일 한 장씩 그리기로 한다. 이름하여 '한 달 드로잉 북'이다. 이것은 질리거나 지치지 않는 것이 관건이다. 그러니 주제는 당연히 애정 가득한 것이어야 한다.

나에게는 의자만 그린 드로잉 북이 있다. 의자의 아름다운 모양에 홀딱 반해 연필로만 그린 그림들인데 6H부터 6B까지 다양한 연필을 썼다. 일하려고 책상에 앉으면 그렇게나 의자가 눈앞에 아른거리고 당장 그리지 않으면 못 배길 것 같아 드로잉 북을 펼쳤다. 할 일이 산더미처럼 쌓였을 때 특히 아름답게 그려져 스스로 감탄하며 시간이 잘도 흘렀다. 이 아름다운 의자 드로잉 북은 멤버들이 하도 돌려보는 바람에 너덜너덜해지긴 했으나, 그것을 계기로 의자에 대해 더 공부해보고 싶은 마음이 들었다. 그런 주제면 된다.

다음은 한 달 드로잉 북을 마친 멤버들의 반응이다.

"하라고 해서 했어요. 그런데 하다 보니까 재밌었어요. 느는 게 보였어요. 느는 게 아니라, 하여튼 뭐가 보였어요. 사람 그리는 걸 두려워했는데 두려움이 사라졌어요. 가장 중요한 건 그거예요."

"내가 변하는 게 보여서 좋았어요. 처음보다 자신 있게, 또 빨리 그리게 되더라고요. 이제는 조금 더 단순하게 그려보고 싶어요."

"별 생각 없이 할 수 있어서 좋았어요. 다 그리고 나니까 한 권이 전부 내가 좋아하는 맥주로 채워져 기분 좋아요. 이제 맥주는 다 그릴 수 있을 것 같아요."

거의 모든 멤버가 의욕적으로 한 달 드로잉을 시작하며 고민을 거듭해 주제를 정한다. 하지만 한 달이 지난 시점에 당당하게 드로잉 북을 내미는 멤버는 많지 않다. 완성한 멤버들은 내게 피드백을 받고 새로운 주제로 또 다른 드로잉 북을 만든다. 그렇게 습관을 들이면 습관성 드로잉 북을 몇 권이고 만들 수 있다. 그림을 그리고 싶다고 하면서도 뭘 그리고 싶은지 모르겠다는 사람이 많고, 막상 종이를 던져주면 막막해하는 경우도 많다.

빈 종이 앞에 두고 고민하기보다, 무턱대고 그리다 보면 손이 자연스레 답을 찾아줄 때가 있다. 매일 어떤 행위를 반복하다 보면 제자리에 있는 것 같아도 꽤 큰 변화가 생긴다. 그 재미를 알았으면 한다. 게다가 노트와 펜만 있으면 되니 돈도 얼마 안 든다.

"요즘 카메라 한 대 얼만지 알죠? 성취감 사는 데 몇천 원과 한 달의 시간만 있으면 됩니다!"

다음은 멤버 유라와의 대화.

"선생님, 그림을 통해서 나만의 무언가를 나타내고 보여줄 수 있는 게 있을까, 장기적으로 봤을 때 내가 이뤄낼 수 있는 게 있을까, 라는 생각이 들어요. 계속하다 보면 분명 도움 된다는 건 알고 있지만요."

"그림을 통해서 무엇을 나타내고 보여주고 싶은데?"

"사실 얘기하다 보니까 원하는 게 뚜렷하지 않다는 걸 알았어요. 그래서 요즘 매일 그리면서 찾아보는 중이에요."

"그래서 답을 좀 얻었어?"

"음, 항상 디자인 일을 그만두고 싶었거든요. 그런데 그림 그리면서 디자인하는 걸 아직 좋아하는구나, 하고 느꼈어요. 그래서 최근에는 일할 때 대충 넘기지 않고 더 신경 쓰려고 해요. 자신감도 생기고요. 마음먹고 잘 해보자, 하고 있어요. 그림 수업이 여러모로 도움이 많이 돼요. 이게 제가 지금까지 찾은 답인 것 같아요. 그림도 즐기면서 계속 그리다 보면 뭔가 또 다른 답이 나오지 않을까 생각해요. 고민을 말하는 것만으로도 생각해볼 기회가 되고 좋네요. 그것처럼 머리가 답을 못 찾을 때는 손이라도 반복적으로 움직여서 머리를 기다려 주는 것도 괜찮은 방법인 것 같아요."

그렇다. 그녀의 말처럼 손이라도 반복적으로 움직여 보면, 우리도 월간 윤종신, 할 수 있다.

12

뇌

이상한 질문에 꽂힐 때가 있다. 원래는 호기심이 별로 없는 편이랄까, 관심이 별로 없는 편이랄까, 평소 주변 많은 것에 무덤덤한 것 같은데 어쩌다가 희한한 주제에 꽂히면 결론이 날 때까지 물고 늘어진다. 예를 들면 거의 모르는 사람에게 반하는 경우는 운명이나 기운처럼 과학적 설명이 안 되는 것 때문인지, 아니면 뇌의 작용 때문인지? 겨울에 더 자주 화장실에 가고 싶은 이유는 땀이 안 나서인지, 오들오들 떠느라 방광이 쪼그라들어서인지?

그런 게 궁금하면 다른 사람들 의견이 또 궁금해진다. 나는 논리적인 근거를 찾아 궁금증을 풀기보다, 만나는 사람들에게 주제를 던진 후 의견 듣는 걸 더 좋아하는 타입이다. 맨 처음 돌아오는 대답은 주로 "그런 건 딱히 생각해본 적 없는데"다. 사람들 대부분이 내가 궁금해하는 주제에는 관심이 없어 보인다. 그렇다면 그들은 무엇을 궁금해하는지, 그것이 궁금하다.

몇 년 전, 내가 꽂힌 단어는 '숙명'이었다. 새로 나온 카메라를 한 대 샀던 가을. 작지만 비싼, 모두가 추천한 그 카메라로 열심히 영상을 찍고 갓 배운 프로그램으로 영상 편집에 심혈을 기울이던 때다. 그게 꽤 재밌었는지 어느 날은 열다섯 시간을 꼼짝 않고 앉아서 영상 편집에 몰두했다. 그만하고 자야지, 하고 컴퓨터를 끄고 돌아서면 남은 부분들이 눈에 아른거렸다. 조금만 더 하면 완벽해질 것 같은 욕심에 결국 다시 컴퓨터를 켜고 밤을 새게 되는 그런 피곤한 스토리. 이것을 며칠 반복하다가 이러다 죽겠다 싶었다.

영상 편집뿐만이 아니다. 다른 작업을 할 때도 마찬가지다. 일이 끝날 때까지 코 박고 집중하는 버릇이 점점 심해지더니 나중에는 깨알 같은 부분까지 죄다 신경 쓰였다. 자기 직전까지 작업하던 것을 들여다보다 어렴풋이 잠들고, 눈 뜨자마자 노트북부터 켜는 식이다. 무언가 하고 싶은 일이 생겼을 때는 끊임없이 생각이 맴돌고, 그 생각을 굴리느라 가끔 숨이 찬다. 1초 단위로 시간을 촘촘히 쓰기 때문에 삶의 속도가 아주 빠르게 느껴지기도 한다. 생각을 지금 당장 실현할 수 없는 것도 아는데,

번갯불 스치듯이 아이디어가 스치는 날은 잠자기 글렀다.

이건 혹시 숙명인가? 동화 〈빨간 구두〉의 소녀가 떠오른다. 나는 한 번 신은 구두를 벗지 못하고 평생 빙글빙글 돌며 춤추는 숙명을 타고난 걸까? 뭐든 생각이 떠오르면 쉬지 못하고 손가락을 굴려야 하는 빨간 구두를 신고 태어난 걸까? 며칠 밤낮 밥도 먹는 둥 마는 둥 열중하다가 방구석에서 수분 다 빠진 몰골로 죽고 싶지는 않아서 수업 가는 시간만 눈 빠지게 기다린 적이 있다. 멤버들 그림 그리는 모습 가만히 보면서 내 고민을 털어놓아야지.

"나 이러이러한 습관이 생겨버렸어요. 너무 힘들어요. 죽을 것 같아요. 혹시 나 같은 분 있어요?"

절망적이게도 아무도 없었다.

"없구나. 쭉 생각해 봤는데 이건 숙명인 것 같아요. 빨간 구두 알죠? 구두 한 번 살못 신었다가 죽을 때까지 춤춰야 하는 소녀요. 걔 같아요. 이렇게 힘들면서도 재밌어서 멈출 수 없는 요상한 감정 느끼면서 죽을 때까지 일하는 숙명을 타고난 거면 어쩌죠?"

드로잉에 집중을 하는지, 딱히 해줄 말이 없어서인지, 불쌍해서인지, 다들 조용한 가운데 한 멤버가 말했다.

"쌤, 그건 숙명이 아니고 뇌예요."
"네?"
"뇌라고요."
"숙명이 아니라?"
"네, 책 한 권 빌려줄 테니 읽어보세요."

빌려온 책을 하루 이틀만에 다 읽었다. 첫 장부터 마음을 후비더니, 끝까지 하나도 빠짐없이 곱씹을 정도로 와닿았다. 정신적 과잉 활동, 다각적 사고 뭐 이런 내용이 나온다. 어린 시절, 친구들과 다른 것 같은 기분에 내가 잘못된 줄만 알고 컸다. 나의 말과 행동이 곧이곧대로 전달되지 않아 때때로 답답했는데, 이 책에 의하면 뇌 구조가 달라서 그런 것이다. 나와 비슷한 뇌 구조를 한 사람의 비율이 상대적으로 적기 때문에 살면서 자주 볼 일이 없고, 그래서 공감을 얻기도 어려웠을 것이라고 한다. 논리적인 설명 덕에 왠지 감정적으로 위로받은 기분이었다. 그리고 이게 운명 따위의 문제가 아니고 뇌가 그리 생겨 먹었기 때문이라는 사실을 알게 되었다.
숙명의 굴레에 갇혀서 쩔쩔맸는데, 숙명이고 나발이고 그냥 생물 과학 문제였구나. 전부 다 뇌 때문이구나. 사람에게 반하거나 기운을 감지하는 것은 논리적으로 뒷받침할 수 없는 에너지 덩어리가 아니라 뇌의 역할이고, 겨울철 소변이 더 자주 마려운 이유도 뇌의 작용이라는 것이 일리 있어 보이며 모든 문제에 명쾌한 해답을 찾은 것 같았다.

그런데, 내 뇌는 휘몰아치는 신경 세포 하나 제대로 다루지 못하고 왜 이렇게 생겨 먹은 걸까! 문제는 그 책이 반복적인 나의 내면의 갈등은 완화했어도, 생각의 꼬리를 자르거나 잠 설치는 걸 막진 못했다. 그럼에도 그 후로 나는 거의 모든 문장에 '뇌'를 덧붙였다.

"나 요즘 위가 아파."
"어머, 그거 뇌 때문이야."

"남자 친구랑 싸웠어."
"헐, 그거 뇌 때문이야."

그리고 고민을 안고 있는 안타까운 친구를 볼 때마다 이 책을 추천했다.

"야, 그거 다 뇌 때문이야."

그래, 이게 숙명이 아니고 뇌 문제라면 인생은 더 쉽다. 숙명은 갖고 태어나는 것이다. 태어날 때 부여받고 끝이다. 피할 수 없다. 피하고 싶어도 결과는 정해져 있다. 그리고 그 결과가 뭔지 몰라서 무섭고 답답한 것이다. 뇌도 갖고 태어났다. 그러나 이건 태어나면서 시작이다. 피하지 못하지만 정해져 있지는 않다. 내가 어떻게 쓰느냐에 달렸을 뿐이다. 그러니까 뇌가 숙명보다 쉽다. 뭔지도 모를 무언가에 붙잡혀서 끌려가는 숙명보다 확실히 낫다.

"있잖아, 얼마 전에 별자리 운세를 봤거든? 금성은 사랑을 관장하는 별인데 11월까지 금성이 순행한다고 했으니까, 그 사람한테 연락 한 번 해볼까?"

"푸하하하, 이때까지 그렇게 뇌 구조 운운하더니 갑자기 금성 순행?"

13

수영

멤버들에게 때로는 친절하고, 때로는 불친절하다. 대체로 친절한 것 같은데, 이럴 때는 불친절하다. 예를 들어 "이 옷 빨간색으로 칠하면 좋을까요, 노란색으로 칠하면 좋을까요?" "줄무늬를 어떻게 그리면 좋을까요? 좀 얇게? 아니면 좀 두껍게?" "이 사진을 그리고 싶은데 저 사진을 그리고 싶기도 해요. 선생님, 어떡하면 좋을까요?" 같은 질문을 받을 때.

"네 그림이니까 그 정도는 네가 알아서 하세요."

보통 이렇게 대답했다. 쏘아붙인 건 아니고, 그런 사소한 선택은 취향 차이기 때문에 내가 정해주는 건 지나친 간섭이라고 생각했기 때문이다. 그림에는 정답이 없다. 내가 일일이 지시하면 그건 내 그림이지, 그의 그림이 아니니까 그렇게 말한 것이었다. 자립심을 키워주고 싶었는데 그 방법이 너무 거칠었던 것 같다. 또 다른 불친절 사례로는 이런 것도 있다.

기수로 수업할 때는 당연히 실력 차가 조금씩 있기 마련인데, 어느 기수는 우연히도 단체로 왕초보 수준이길래 다들 그림 되게 못 그린다고 매주 면박을 준 모양이다. 나는 기억이 나지 않는다. 아마도 "얼마나 더 연습해야 늘까? 연습 좀 하세요" 같은 느낌으로 놀리는 것 반, 부탁 반이었을 텐데 멤버들은 속상했는지도 모른다. 수업 끝나고 다 같이 집에 가는 길에 "휴, 우리 진짜 못 그리나 보다"라며 풀이 죽어 갔다는 이야기를 나중에 듣게 되었다. 그런 의도가 아니었는데 기운 없게 한 것 같아 미안했고 반성했다.

그러던 어느 날, 발목을 심하게 다쳐서 할 수 있는 운동이 없게 되었다. 몇 개월 고생한 후 발목이 조금 좋아지자마자 기다렸다는 듯이 수영 강습을 등록했다. 눈 내리는 1월이었고 평소 수영에는 관심도 없었고 물놀이를 좋아하지도 않는데 할 수 있는 운동이 수영뿐이었기 때문에 칼바람을 헤치고 새벽반 수영을 다녔다. 그만큼 운동이 간절했다.

고등학생 때 이후로 풀빌라는 물론이요, 그 흔한 피서철 야외 수영장도 가본 적 없던 나는 이날을 위해 수영복과 물안경을 처음 사보았다. 말 그대로 수영 왕초보. 돌고래 할머니들이 유연하게 물살을 가르며 나를 앞서갔다. 나는 할머니들을 부러워하며 한 달이 넘도록 둥둥 뜨는 구조 장치를 어깨에 메고 선생님에게 질문을 퍼부었다.

"선생님, 물속에서 숨이 너무 차요. 왜죠?"

"앞으로 빨리 안 가서 그래요. 속도가 안 나서요."

"왜 빨리 앞으로 안 가는 거죠?"

"발을 더 세게 움직여야 해요."

"어떻게 더 세게 움직이나요?"

"이렇게, 이렇게요."

"왜 이렇게, 이렇게 잘 안 되죠?"

"아직 발목이 뻣뻣해서 그럴 거예요."

"선생님, 그런데 수경 안으로 물이 자꾸 들어가요. 어쩌죠?"

"그럼 좀 더 조이세요."

"조이면 너무 꽉 껴요. 눈이 아파요."

"그럼 좀 푸세요."

"그럼 물이 들어가는데."

"그럼….."

질문을 계속하다가 깨달았다. 우리 수영 선생님 진짜 착하구나. 친절한 선생님의 가르침에도 불구하고, 나는 물안경 조였다 풀었다만 반복하다가 얼마 못 가 수영을 그만두었다. 할머니들에게 꾸준히 추월당하는 게 자존심 상했다.

그제야 깨달았다. 우리 멤버들도 정말 궁금하고 정말정말 몰라서 물어보는 거였구나. 그 후로 멤버들이 그림 그릴 때 색깔이든 무늬든 갈팡질팡하면 그냥 다 골라 준다. 내가 사소하고 개인적인 선택이라 생각했던 것들이 왕초보에게는 몹시도 어려운 일이라는 걸 알았다. 참고로 가끔 왕초보가 아닌 멤버도 색깔 선택을 특히 어려워해 물어보는 경우가 있다. 그럴 때는 골라주지 않고 여러 옵션을 사례와 함께 던져준 다음, 본인 그림에 대입해 보라고 한다. 점점 티칭 스킬이 업그레이드 되고 있다. 그래도 "제가 스케치를 너무 진하게 했죠…?"와 같이 사소한 것에 겁낼 때는 여전히 "네 그림이니까 나한테 물어 보지 마세요"라고 하는데 그건, 괜찮으니 눈치 보지 말라는 뜻이다. 스케치가 조금 진하다고 해서 뭐라고 할 사람 한 명도 없으며 물감이 조금 번졌다고 야단치거나 비웃을 사람도 없다. 다만 스케치가 진하면 나중에 색칠해도 티가 날 수도 있고, 지우개로 지워도 다 안 지워질 수 있다. 그게 싫다면 다음부터는 스케치를 연하게 하는 연습을 하면 되는 거니까, 너무 안절부절못하거나 쩔쩔매지 않았으면 좋겠다.

god - 길

친구와 술 한잔 하는데 얼마 전에 가수 god의 노래 '길'을 듣다가 울었다고 했다. 친구는 감성과 거리가 멀어서, 사는데 눈물이 왜 필요한지 모르는 놈인 줄 알았다.

> 내가 가는 이 길이 어디로 가는지
>
> 어디로 날 데려가는지
>
> 그곳은 어딘지
>
> 알 수 없지만 알 수 없지만 알 수 없지만
>
> 오늘도 난 걸어가고 있네
>
> ⋮

나는 왜 이 길에 서 있나

이게 정말 나의 길인가

이 길의 끝에서 내 꿈은 이뤄질까

이 노래를 처음 들었을 때는 세월에 장사 없어 머리가 벗겨지고 배가 불뚝 나와버린 아저씨같이 지루하고 고리타분했다. 그도 그럴 것이 나는 당시 중학생이어서 가사에 담긴 질풍노도를 전혀 알아채지 못했기 때문이다. 그렇지만 우리 오빠들 노래니까 당연히 좋은 거야, 라며 외웠다. 노래가 흥하고 입으로 하도 흥얼거리다 보니 그런대로 괜찮은 노래라는 생각이 든 것이 전부다. 지금 가사를 들어보니 웬걸, 내 일기장을 그대로 갖다가 베껴 놓았나 싶다. 이 노래를 듣다가 울었다는 친구는 어떤 가사에서 눈물 버튼이 눌렸을까. 인생 사는 것을 걷는다고 표현하니 길이 우리 삶에서 뺄 수 없는 단어인 것은 분명하다.

살짝 샛길로 빠지자면, 회사에 들어가고 싶다고 주변에 얘기하고 다닌 적이 있다. 듣는 이야기는 웬만하면 그에 반하는 이야기투성이인데도, 누가 시키는 일을 하고 싶다고 간절히 느낄 정도로 프리랜서의 삶이 녹록지 않음을 실감하던 때였다. 혹시라도 누군가 '자기 회사에 나 하나쯤 앉힐 자리가 있다'고 말해줄지도 모른다는 뜬구름 같은 기대도 살짝 했다. 뜬구름보다는 남는 지푸라기가 더 적절한 표현인 것 같다. '꼭 잡지 않아도 죽지는 않지만 남는 지푸라기라면 한번 잡아보면 어떨까?' 하는 심정이었지만, 친구들은 야속하게도 하나같이 "네가 뭘 할 수 있을까?"라고 답했다. 나 역시 그 말에 곧바로 응수하지 못하고 '그래, 치열한 소굴에서 여러 사람 비위 맞춰가며 성취감 낮은 일을 하는 것보다야 혼자 자유롭게 길을 만드는 게 나을지도 몰라'라고 내심 인정했다. 내가 이것 말고 뭘 할 수 있겠어.

근래 내가 들은 수백 마디의 말을 한마디로 요약해도 '내가 뭘 할 수 있을까?'다. 최근에 만난 친구들은 사진작가, 대기업 디자이너, 도시공학 박사, 영상 디자이너, 출판사 직원의 신분으로 다양하게 살아가는 30대다. 요즘 우리의 대화는 "뭐 먹고 살지?"로 시작해서 "그러니까 뭐 먹고 살지?"를 거쳐 "그래서 뭐 먹고 살지?"로 똑같이 끝났다. 뭐 하면서 먹고 살지?

이 말은 곧 내 길은 무엇이냐로 이어졌다. 이 흐름은 '뾰족하게 다진 송곳으로 열심히 구멍을 팠더니 겨우 내 한 몸 누일 자리 만들어져 한숨을 돌린 나'나, '일머리 없는 풍보 부장님이 쥐여주는 일을 하는 직장인 친구들'이나 마찬가지였다. 올해로 10년 차 프리랜서. 수없이 스스로를 담금질한 후, 이제는 들쭉날쭉한 수입의 편차와 불안정한 삶의 파도를 제법 대수롭지 않게 탈 수 있다. 또 어쩌다 찾아오는 일의 공백 같은 것도 느긋하게 웃어넘길 수 있게 되었다. 일이 있다가 없거나, 돈이 있다가 없는 것쯤은 별일도 아니다.

하지만 불규칙한 패턴의 삶을 즐기기로 한 것과 별개로 꾸준히 고민중인 것은 있다. 홍수처럼 범람하는 그림들 사이에서 무슨 수로 내 자리를 뜨듯하게 데울지 말이다. 생계가 달린 문제라 엉덩이 가볍게 이리 기웃, 저리 기웃할 수만은 없기 때문이다. 그리하여 와르르 쏟아지는 업무를 벅차게 받아내며 허우적댈 때나, 예고 없이 찾아오는 널널한 시간 위에 붕 떠서 허전해진 저축 통장을 외면할 때에는, '어떻게 살면 좋을까? 내 길은 뭘까?'라고 말한다.

다음은 2020년 2월의 메모.

걸핏하면 길을 잃는다.
아니면 길을 자주 찾기 때문에 그만큼 자주 잃어버리는 걸까.
아니면 너무 많은 갈래의 길을 가졌나.
아니면 이 길에 대한 확신이 두텁지 않아서일까.
아니면 사실 길이 아니고 왜 가야 하는지 이유를 잃어버린 걸까.
아니면 애초에 길이 없었던 걸까.

그래도 나는 '그림' 또는 '글'처럼 좋아하고 할 수 있는 1차 행위가 있다는 것에 작게나마 위안을 얻는다. 나에게 그림이나 글은 돈 버는 수단 이전에, 숨 쉬기 때문에 서 있고 그렇기 때문에 바닥에 찍히는 최소한의 발자국 같은 것이다. 또는 아주 깊은 곳에 가라앉은 침전물 같은 것으로 윗물이 아무리 출렁이며 변덕을 부려도 점잖게 자리를 지키는 그런 친구라 할 수 있다. 그러나 굳건하다고 믿었던 이 친구조차 흔들린 적이 있었다.

때는 유학 시절, 어느 날 문득 영문도 없이 그림 그릴 이유를 잃어버린 것이다. 잘 하던 일도 뒤로 한 채 그림 하나 보고 유학을 갔는데, 그간 모은 돈 다 털어서 심기일전하고 갔는데. 기가 막혔다. 믿었던 도끼에 발등 찍히고 당황한 나머지 사흘 내내 침대에 누워 어린애처럼 꽝꽝 울었다. 이때껏 걸어온 선명하던 길이 마치 신기루였던 양, 하루아침에 사라졌던 며칠은 지금 생각해도 하얗고 갑갑하다. 눈이 퉁퉁 부어 더 짜낼 눈물이 없을 것 같은데도 어찌나 서럽게 쏟아지던지…. 그 후 아무 일 없었던 것처럼 다시 그림 그리는 일상을 살고 있다. 그림을 그리는 이유도 많고 너무 당연하게 그림이라는 걸 그리며 살고 있다. 런던에서의 일은 '고작 3일간의 낯설었던 기분'이라는 안주거리가 되어 어쩌다 한 번 술자리에 올라오는 게 다다.

그렇다고 내가 흔들림 없이 가는 자동차가 된 것도 아니다. 여전히 내가 가는 이 길이 어디로 가는지 꾸준히 헷갈린다. 그때마다 꾸준히 마음을 다잡는다. 색칠을 하고는 있는데 초점 없이 흐리멍텅한 눈일 때도 있고, 설레지 않지만 하던 일을 멈추지 않는 날도 있다. 분명히 나아가고 있을 텐데 도무지 티가 안 난다. 물론 너무 재밌어서 내 시간만 세상과 다르게 갈 때도 있다.

어찌 되었든 매일매일이 봄날 오기 전 약간 코 시린 꽃샘추위였다가, 낙엽 사이로 하늘이 높고 화창한 가을날이었다가, 이랬다 저랬다 한다. 아무튼 지금은 코끝이 시리고 멈춰 있는 것 같고 때때로 흔들리고, 정신 차리면 팔을 움직이고 있고 그놈의 길은 뭔지 모르겠고, 차라리 길이란 게 애초부터 없으면 좋겠고 그렇다는 말이다. 졸음이 밀려와서 잠투정을 하는 건가 싶었는데 아니다.

솔직히 말하면 어느 재능있는 사람의 그림을 보았을 때 헷갈리는 마음이 증폭된다. 물론 재능을 가진 사람들과 그것을 닦아 윤기 나게 풀어내는 사람들을 존경한다. 나도 재능으로 먹고 사는 사람이다. 행위가 얼마나 원초적인지를 떠나 재능이 발휘되는 곳에서 길을 찾기 때문에, 뛰어난 사람을 보았을 때 존경심과 질투심이 동시에 드는 것이 사실이다. 재능의 개수가 우주 만물의 개수와 같아서 어찌 하나하나 질투하겠냐마는, 그 무형의 두 글자가 숫자로 입증되기까지 하면 내 재능도 재능인가 싶어 그다지 즐겁지 않다. 그럴 때 인정하고 싶지 않은 진실하며 어리석은 감정이 생겨나 멍하네, 어쩌네 하면서 일기나 쓰고 있는 것이다. 쳇, 그 잘난 숫자 때문인가. 숫자에 민감하고 싶지 않은 만큼이나 숫자에 민감해진다.

"수치는 객관적이고 합리적인 거니까 가시적인 사건의 증거로 사용할 수는 있어도 눈에 보이지 않는 알맹이는 숫자 따위에 휘둘릴 수 없는 법이지. 암, 그렇고 말고. 넌 좀 괜찮은 알맹이를 갖고 있잖아, 안 그래? 내세울 것이 마땅히 없으면 더더욱 숫자에 연연하게 돼. 작은 것에 우쭐하고 작은 것에 바닥으로 치닫는 약하디약한 마음으로 너의 고귀한 알맹이를 부끄럽게 할 테야? 그럴 필요 없잖아. 숫자 때문에 초라해지는 사실이 가장 초라해. '좋아요'가 몇 개, 구독자가 몇 명, 작품 가격이 얼마, 그래서 내 나이는 내년에 몇 살, 애인이 없은 지 몇 년, 살고 있는 집값이 얼마, 이 집을 샀어야 했는데 누군 사고 나는 안 사서 결국…. 그만하자, 초라하다. 숫자 같은 것이 너의 작업과 정신을 저울질하도록 두지 마. 넌 그것 말고도 내세울 것 많잖아? 사람의 그릇은 크기, 무게, 연식 같은 것 말고도 잴 수 없는 무수한 것으로 만들어진 거야. 너의 그릇도 그래. 자세히 보지 않으면 찾지 못하는 세련됨이 있고 항상 분주히 움직이니 전도유망하며, 절제된 마음가짐도 갖고 있지."

스스로를 제법 잘 안다고 자부했으나, 상반된 감정이 함께 차올라 이리저리 헷갈릴 때면 나도 나를 잘 모른다는 결론이 났다. 나로 산 지 30년이 넘었는데도 아직도 모르는 부분 천지라는 걸 알고는 놀란다. 어쩌면 몰라도 됐거나, 모르고 싶어 덮어두었던 부분일지 모른다. 긍정적으로 합리화를 해보자면, 나는 스스로도 모를 만큼 다채로운 사람이라는 말이다. 그리고 내 길도 분명히 그렇다. 내친김에 바라는 바도 이야기한다면, 가슴속에 두텁고 단단한 씨앗을 하나 심고 숨차지 않을 정도로 그걸 잘 키우는 길을 선택하고 싶다. 그림이든, 글이든, 여행이든. 그런 걸로 씨앗을 키워나갈 것이다.

관심사가 많은 만큼 나 자신을 무엇 하나로 표현할 수 없다. 내가 할 수 있는 한 많은 것으로 표현하고 싶다. 하고 싶은 것 200개 하면서 살겠다는 공수표 같은 선언을 하고 몇 년이 흘렀다. 진짜로 하고 싶은 건 많지만, 결국 그중 하나도 다수를 기죽일 만큼 뛰어나게 하지는 못한 것 같다. 엄마 말이 맞았던 건가 하고 잠시 풀이 죽기도 했지만 요즘 시대를 살기에는 더없이 좋은 마음가짐이라고 생각하기로 했다. 문득문득 이 길 끝에 무엇이 있으며, 길이 있기나 한 건지 궁금함과 답답함이 올라오긴 할 테다. 내가 가는 이 길이 만약 길이 아니라면 키운 씨앗들로 알록달록한 공원을 만들어야지. 다채로운 나에게 정말 잘 어울릴 것 같다.

15

괜찮아,
치킨 사 먹을 돈이면 돼

우리는 각자 어떠한 모습이기를 염원하지만 주로 그 반대의 모습으로 살아가기 때문에, 염원은 실현할 수 없기도 하다. 또한 가져본 적 없는 공간을 상상하며 그곳에 있기를 소원하지만, 현실에서 그런 곳이 펼쳐지면 그럴 리 없다며 제풀에 포기하기도 한다. 하지만 전혀 가질 수 없는 건 아니다. 염원하는 모습이 될 수도, 현실에서 원하는 식탁이 차려졌을 때 냅다 즐길 수도 있다는 말이다. 어떻게? 뭉치면!

혼자서 해내려면 여러모로 피곤한 것이 사실이다. 피곤하기만 하면 양반이지, 끝끝내 완결짓지 못하는 만화책과 완주하지 못하는 마라톤 경기가 수두룩할 것이다. 앞바퀴, 뒷바퀴 최소한

바퀴 두 개는 있어야 차가 끝까지 굴러가는 법이다.

아마 한국에서 그림을 업으로 삼는 사람이 초등학생 수 정도는 될 것 같다. 그런 생각이 들면 기가 죽는다. 그 틈새를 기어코 비집고 들어가려는 건가 싶어 헛헛해지기도 한다. 그럴 때마다 확신이 필요하다. 상업 예술을 하는 사람으로서 작업물의 가치가 돈으로 환산되는 일이 자주 주어진다. 그럴 때마다 내 작품이 스스로를 치유하는 수단을 넘어 어딘가 혹은 누군가에게 필요하다는 것을 다시 한 번 확인한다. 그것은 가끔 지치더라도 생산 활동을 계속할 수 있는 또 한 통의 기름이 되고, 그렇게 확신을 얻을 수 있음에 감사하다.

그런 의미에서 근래, 내 프리랜서로서의 경험의 가치가 가장 크게 발휘되는 곳은 꾸준한 애정으로 꾸리는 그림 수업이다. 작게나마 여는 멤버 전시나 이벤트도 마찬가지다. 나의 개인적 경험을 나눔으로써 돈 대신 타인의 꿈을 이끌어줄 수 있는 기회를 얻는다. 갈수록 바빠진 관계로 요즘 좀 소홀해지긴 했지만, 이 기회는 매우 명예롭게 느껴지기까지 한다. 지금은 늘상 하는 일이 되어버렸지만 내 그림을 걸고 전시하는 것이 나에게도 꿈 같은 일이었다.

처음 멤버들과 망원유수지 플리 마켓에 참가했던 날, 내 꿈도 같이 이뤄지는 것 같았다. 나무와 나무 사이에 그림을 매달고, 테이블 위에 엽서를 펼쳐두고 팔았다. 판매하지 않는 멤버들의 드로잉 북도 자유롭게 구경할 수 있도록 했다. 바다 생물만 그린 드로잉 북도 있고 좋아하는 사람을 그린 드로잉 북도 있었다. 우리 그림이 있는 공간은 특히 더 살아 움직이는 것 같았다. 우리는 엽서를 100여 장 팔았고 수익으로 치킨 파티를 했다. 이후 몇 번의 전시를 더 했다. 전시를 준비하면서 멤버들이 서로의 그림에 조언하는 걸 볼 때면 어미 새의 기분으로 뿌듯하다. 자기 그림은 언제나 자신 없어 하면서 남의 그림은 언제 봐도 예쁜지 칭찬이 끊이질 않는다. 그리고 이렇게, 저렇게 해보면 좋을 것 같다고 어느 때보다 진지한 톤으로 훈수를 두면 나는 내 할 일 다 했다, 싶은 거다.

호랑이 담배 피우던 시절, 휘뚜루마뚜루 전시에 참여하게 되어 화실에 잠깐 다녔다. 화실 선생님이 이런저런 조언을 해주었다. 물론 좋은 말이 분명한데 머릿속에 그리고 싶은 게 줄을 서 있었기에 솔직히 좀 성가셨다. 선생님은 "공장처럼 그림을 뽑아내네요"라는 말을 남기고 다른 학생에게로 떠났다.

그때의 경험 탓인지, 웬만하면 전시 작품을 준비하는 멤버는 최대한 그 시간을 즐기도록 내버려 둔다. 나도 개인 시간을 쪼개가며 할 일이 많다. 전시를 열어줄 공간을 찾아 이 동네 저 동네 발품을 팔고 다니는 것은 기본이요, 포스터도 만들고, 색연필도 깎아주고, 그림 그리는 모습 예쁘게 사진도 찍어주고,

손 느린 친구는 색칠도 같이 해주고, 멤버들 투정 들어주며 멘털 관리도 하고, 지루하지 않게 재밌는 얘기도 끊임없이 해준다. 이것 안 한다고 누가 뭐라고 하는 것도 아닌데 멤버들이 전시하고 싶다는 의견만 내비치면 늘 바로 실행했던 것 같다.

우리는 나이도, 직업도 다 다르다. 학생, 마케터, 광고 회사 대표, 컬러리스트, 승무원, 디자이너, 서점 주인, 간호사, 바리스타…. 셀 수 없이 많은 이름으로 시간을 보내지만 우리가 사랑하는 취미는 하나, 드로잉이다. 우리 멤버들이 드로잉으로 두 번째 페르소나를 실현할 수만 있다면 나는 기꺼이 함께 하고 싶다.

어느 겨울에는 멤버들과 캘린더를 만들어서 펀딩을 받았다. 전시를 열어 봐서 안다. 앞서 말했듯 멤버들을 모아 뭐 하나 만들려면 일이 좀 많은 게 아니다. 그래도 늘 소망하던 일이기도 하고, 적극적으로 따라주는 멤버들이 있으니 안 할 이유가 없다. 큰돈 되지 않을 돈보다는 우리가 함께 무언가를 만드는 것에 의미가 있으며, 각자 멋진 작품을 남기는 것을 목표로 하기로 했다. 나는 이를 기회로 클래스에 또 한 줄의 이력과 멤버들의 소원성취, 펀딩 리워드로 내세운 실크스크린 판과 캔버스백을 얻을 것이다. 그리고 우리 멤버들은 좀 더 자유롭게 스스로를 표현하고 평소 꿈꾸던 작은 소망을 하나를 펼칠 수 있을 것이다.

혹시 시작이 두려운 사람이라면 우리를 보고 자기표현의 즐거움을 찾았으면 좋겠다. 당장 시작하지 않아도 된다. 우리가 취미를 즐기는 방식을 보면서 저렇게도 가능하다는 걸 알기만 해도 된다. 나는 그들이 각기 다른 겉모습과 성격만큼이나 다양한 색깔로 그리는 그림을 보면 즐겁다. 역시 남이 보기에 잘 그리고 못 그리고는 그리 신경 쓸 바가 아니며, 칭찬과 비난 또한 아랑곳하지 말아야 한다. 얼마나 자신 있게 '나'를 표현하느냐가 가장 중요한 점이다.

우리의 작품은 깊은 철학이나 피나는 노력을 담은 그림이 아니다. 그저 좋아하는 행위로 채운 잔잔한 결과물이다. 그러나 혼자 보기 아까울 정도로 개성 넘치기 때문에 상품으로 제작할 수밖에 없었다. 나를 포함해 뜻 맞는 멤버 일곱 명이 포스터 캘린더를 만들었다. 이로써 조용하게 즐기던 우리의 취미 생활이 세상 밖으로 나오게 되었다. 펀딩 사이트 상세 페이지에 이런 걸 적었다.

우리는 왜 드로잉을 사랑할까?

"그 순간을 기억하고 나중에 추억할 수 있어서요."

"잡생각이 사라지고 하나에만 집중할 수 있어서 좋아요."

"말로 하기 힘든 표현을 전달할 수 있어서 좋아요."

"싫증 내지 않고 끈덕지게 하는 유일한 취미예요."

"돈으로 사지 않고 선물할 수 있어서요."

"마음에 평화가 찾아와요."

나이가 바뀌면서 생각도 바뀌고 마음에 와닿는 영화도 바뀌는 것 같습니다. 영화 속의 한 장면, 대사 한 줄이 때로는 꿈을 품게 하기도, 때로는 어지럽던 머릿속을 시원하게 하기도, 때론 따뜻한 위로가 되기도 합니다. 그림처럼 말이에요. 특히 좋아하는 영화는 몇 해에 걸쳐 여러 번 보기도 하는데, 그때마다 인상 깊은 대사와 장면이 달라지는 것도 재밌습니다. 여러분은 좋아하는 영화를 어떤 방법으로 기억하고, 소개하고, 간직하나요? 우리는 연필과 색연필로 그려서 소개하고 싶어요.

이렇게 소개 글도 쓰고 단체 사진도 찍고 하고 싶은 건 다 했다. 어디 내놓아도 손색없는 제품을 위해 제작에 애정을 쏟았고 선물을 만들고 포장하는 과정까지 함께 했다. 이번에도 예상대로 치킨 사 먹을 정도의 돈만 벌었지만 상관없었다. 좋아하는 영화를 손수 그려 만든 달력이 어찌 문방구에서 손만 뻗으면 살 수 있는 달력에 비하랴.

우리는 일주일에 한 번, 그림을 그리고 전시를 하고 마켓을 여는 것 외에도 곱씹을 만한 이야깃거리를 많이 만들었다. 업무

차 촬영장에 갔는데 담당자가 '아방이와 얼굴들' 멤버여서 반가운 마음에 둘이 펄쩍펄쩍 뛴 적도 있고, 아예 나와 협업을 한 멤버도 있다. 몇 년이 지나 명함 주고받는 자리에서 사회 구성원으로서 마주치는 기회도 종종 있어 그렇게 든든할 수가 없다. 과거 앳된 병아리였던 서로를 이제는 책임자의 위치에서 한 자리 차지한 미소로 서포트한다. 이 책 출간을 위한 미팅에서도 책 한 권을 선물 받았는데, 아무래도 작가 이름이 낯익은 것이다. 평범한 여자 이름이었는데도 불구하고 책장을 한두 장 넘겨 보다가 역시나, 작가가 우리 멤버라는 것을 알았다. 같은 동네, 그것도 작업실에서 얼마 떨어지지 않은 곳에서 작은 책방을 하고 있었다. 책은 영화를 주제로 한 산문집이었다. 재밌는 건, 책에 나오는 영화가 몇 달 전에 아방이와 얼굴들 이름으로 펀딩받은 달력 속 영화와 대부분 일치한다는 사실이다. 당장 달력을 챙겨 멤버가 운영하는 책방에 선물하고 왔더랬다.

이런 우연 같은 사건으로 따스하게 이어지는 인연이 있는가 하면 오랜 시간 끊기지 않고 좋은 경험을 주고받는 관계도 있다. 매해 생일을 챙겨주거나 취직해서 지방에 발령 난 멤버를 보러 다 같이 여행을 떠나고, 결혼식에 몰려가 축하를 해주거나 새로운 이벤트가 생길 때마다 입을 모아 응원한다. 그림은 그저 시간을 보내는 한 가지 방법에 불과하다. 하지만 우리는 그림을 통해 평소에 하고 싶었던 많은 것들을 하고 있다. 그게 전시든,

달력이든. 혼자라면 아무도 못 했을 프로젝트다.

　예전에 혼자 작은 책을 만들어서 펀딩 사이트에 올렸다가, 왠지 자신감이 떨어져 곧바로 취소한 적이 있다. 누군가 "괜찮아, 치킨 사 먹을 정도의 돈만 벌어도 네가 직접 만든 거잖아. 내가 도와줄까?"라고 얘기해 줬다면 용감한 말 한 마리가 되어 포기하지 않았을지도 모른다.

I paint flowers
so they will not die.

abang.

MORE THAN FRIENDS

16

꿈

차승원 씨와 가위바위보를 했다. 믿기지 않게 내가 계속 이겼
다. 그는 가위바위보에 지는 것도 모자라 갈수록 힘이 빠지고
눈도 초점을 잃어갔다. 건전지를 갈아 끼워줬더니 눈에 힘이
생기고 가위바위보에 이기기 시작했다. 이상 건전지 광고 꿈.

독수리만큼 커다란 까마귀가 다 죽어갈 듯 길에 쓰러져서 앓고
있는 걸 발견했다. 까마귀를 살리려고 생수병을 건넸고, 까마
귀가 두 날개로 그걸 받았다. 생수병 양쪽을 날개로 꽉 누르니
물줄기가 위로 높이 솟아올랐고, 까마귀는 고개를 젖혀 분수처
럼 솟은 물을 받아 마셨다. 그리고 기운이 금세 팔팔해졌다.

백된장으로 두부를 만드는 장인 할아버지가 있었다. 할아버지는 50년 전, 화학조미료를 써야만 신뢰를 얻는 사회 분위기 때문에 백된장의 가치를 인정받지 못했고, 조미료의 힘을 빌려 두부를 만들었다. 두부는 날로 날개 돋친 듯이 팔렸고 그는 조미료의 아버지로 거듭났다. 성공한 할아버지는 진짜 하고 싶었던 일에 대해 생각했다. 그건 바로 백된장을 숙성시켜 만드는 족발이었다. 조미료의 아버지라 칭송받던 할아버지는 원래의 꿈에 도전했고, 그것 또한 크게 성공했다. 특허 낸 족발 브랜드 이름은 100(백)족발.

복도를 지나가는데 한가운데에 바나나껍질이 쓰러져 있었다. 뭔가 교묘하고 야비한 사람에게 속아 넘어가는 것처럼 찜찜한 기분과 인기척이 느껴졌다. 뒤를 돌아봤더니 글쎄, 바나나껍질이 나 몰래 일어나 도망가려고 폼을 잡고 있었다.

다시 고등학교에 입학했다. 4분단 마지막 줄에 앉아있었고 짝은 내가 자주 가던 카페의 사장님, 송민호 씨였다. 이런, 난 생처음 겪어보는 남녀공학이로군. 어쨌든 이사 전에는 거의 매일 드나들던 카페였지만 이사 후에 거의 가보지 못했고, 그 때쯤 카페의 인기도 치솟아서 빈자리가 없었기 때문에, 이래 저래 사장님과 꽤 오랜만의 만남이었다. 신나서 송민호 사장님과 묵은 수다를 오랫동안 떨었다. 그러다가 갑자기 장면이 스릴러 드라마 현장으로 바뀌었다. 나는 카메라로 현장을 내려다보는 입장이었다. 검은 선글라스에 검은 정장을 입은 사내들이 동그랗게 둘러서서 대치한 상황. 판타지가 가미된 스릴러여서 그런지 실제로 일어나기 힘든 의문스러운 장면들이 지나갔다. 그리고 사내들 중 가장 막내가 어떤 임무를 받고 급히 그곳을 뛰쳐나가는데 가만 보니까 연예인 송민호였다. 송민호 연결 고리 꿈.

소개팅 프로그램을 기획했다. 여성 출연자가 문을 열고 입장하면 남성 출연자 네다섯 명이 앉아있고, 성대한 음악이 흘러나온다. 여성 출연자가 전동 의자에 앉아 남성 출연자와 눈을 맞추면 심박수를 감지해 호감도를 결정한다. 이어 전동 의자는 바닥에 깔린 레일을 따라 호감도 1순위 남성에게 여성을 데려다준다. 기막힌 시스템이다. 이 프로그램을 잘 다듬으면 방송국에 거액을 받고 팔 수 있을 것 같다며 큰 꿈에 부푼 꿈이었다.

독특한 라인과 파워 숄더가 돋보이는 흰 재킷을 걸친 여자가 총총 걸어가는 뒷모습을 보았다. 그걸 보면서 엣지있는 옷이 사고 싶어졌다. 쇼핑하다가 어이없을 정도로 아름다운 구두를 발견했다. 전체가 스터드로 덮여 있는데 앞코가 매우 길쭉하고 납작하며, 끈으로 조일 수 있는 펑키한 스타일에 신사적인 느낌까지 가미되어 있었다. 심지어 그 디자인이 변형된 시리즈가 여러 켤레 있었다. 발목 근처에 큰 리본이 달린 구두가 가장 마음에 들어 사려는데 깼다.

영어학원에 등록했다. 안내데스크에 도우미 할아버지가 있어서 강의실 가는 길을 물어봤는데 내가 마스크를 끼지 않은 걸 깨달았다. 어쩐지 사람들이 쳐다보더라. 할아버지가 책상 서랍에서 마스크를 한 장 꺼냈다. 그런데 마스크가 담긴 패키지가 양말이었다. 양말은 그라데이션 된 바닷빛이고 발가락 부분에는 노란 폼폼이 달려 있었다. 양말이 너무 유니크하고 귀여워 한 짝을 마저 갖고 싶었다. 마스크를 잃어버렸다고 하고서 또 받으러 갈지 말지 고민했다.

손바닥만 한 새끼 호랑이곰을 주웠다. 안아주고 사랑해주었다. 처음에 안았을 때는 호랑이곰의 발이 땅에 닿지 않았는데 어느새 발이 땅에 닿아서 슬쩍 몸을 들어 올리는 애교도 부렸다. 그리고 엉덩이를 팡팡 쳐주면서 "잘했어요~"라고 하면 앵무새처럼 내 말을 곧잘 따라 해 그 모습이 너무 귀여워 어쩔 줄을 몰랐다. 깨기 싫었다.

고등학교 청소시간에 어찌 된 영문인지 수학 수업도 같이 하고 있었다. 어수선했다. 수학책이 없어서 여기저기 빌리러 다니는데, 교실 끝에 앉아있던 남자애가 자기 책을 몰래 나에게 전해주었다. 아주 독특하고 달콤하고 비현실적인 방법으로. 그리고 이어진 진실의 시간. 교실에 사람 몸만 한 알이 배달되었고, 수학 선생님이 알에서 편지를 꺼내 읽었다. 한참을 듣다가 아까 그 애가 나에게 고백하는 편지라는 걸 깨닫고 심장이 철렁했다. 정말이지, 기분이 너무 좋아 이 기쁨을 우리 멤버들에게 전해줘야겠다는 생각으로 신나게 달려갔다. 그런데 도중에 그것이 꿈이라는 것을 알며 순식간에 기쁨이 식었다. 정신을 더 차리고 나서는, 수업에 가는 이 길도 꿈이라는 걸 알고 더욱 슬프게 깼다.

'꿈에서 독일에 갔다 왔다'고 말하는 꿈을 꾸었다. 그리고 그 꿈에서 외국의 예술학교에 다니는 꿈도 꾸었다. 꿈속에서 꿈 얘기를 하며 "얼마나 외국에서 학교생활이 하고 싶으면"이라고 혼잣말도 했다. 그리고 세면대가 꽉 막혀 물이 내려가지 않고 가득 차있는 게 계속 신경 쓰여 힐끔거렸다.

본의 아니게 자주 시답잖은 꿈을 꾸고, 가끔은 심리상태를 반영한 꿈을 꾼다. 초등학교 때부터 고등학교 때까지, 학창시절에 교실 찾아가는 일이 나에겐 참 어려운 일이었다. 음악실, 과학실 같은 특별실 찾아가는 것은 물론이고 학교에 새로운 교실이 만들어지거나 신축 건물이 생기면 그곳에 찾아가는 것도 난제였다. 그래서 그런지, 일상에서 쫓기는 기분이 들거나 스트레스를 받으면 어김없이 꿈에 학교가 나온다. 줄곧 뜬금없는 순간에 초등학교의 중앙계단과 몇 개의 출입구 이미지가 떠오르는데 실제 내가 다녔던 학교 건물인지, 꿈에 항상 나오는 허구의 학교인지 구분이 희미하다.

꿈에 나오는 학교는 어마어마하게 넓은 기숙학교여서 길 찾는데 몇 배로 애를 먹는다. 만약 공중화장실이라도 나오면 그날은 고생 예약이다. 볼일이 급해 죽겠는데 꼭 칸이 다 차 있어서 문제다. 어렵사리 빈칸을 찾아내면, 문이 없거나 안 닫히거나 투명이거나, 동전을 넣으라는데 동전이 없거나, 동전 바꾸는 기계 앞에 줄을 섰는데 줄이 끝이 안 보인다. 어쩌다가 고장도 안 나고 투명하지도 않고 동전을 넣을 필요 없는 곳이라 다급하게 들어가면 웬걸, 문이 짧아서 달랑 얼굴만 가려진다. 어쩐 일로 문이 다 정상이라 두근대는 심장을 다잡고 들어가면, 변기가 못 쓸 정도로 더럽거나 막혀 있어서 좌절한다. 그렇게 애를 실컷 먹고 잠에서 깨면 막힌 변기 뚫리듯 속이 다 시원하다. 잠을 망쳤다는 생각에 곧장 짜증이 나버리지만.

이야기를 이어가자면 이런 적도 있다. 꿈속에서 친구 둘과 만났는데 굳이 따지자면 나만 좀 덜 친한 느낌이 드는 관계다. 우리 셋은 어떤 프로젝트를 같이 하는 중이었는데, 개인적으로 작곡 공모전에도 참여했다. 나는 입으로 흥얼거리고 메모장에 가사 몇 줄 끄적인 게 전부인데, 친구는 기계를 뚱땅거리면서 거의 전문가 수준으로 곡을 만드는 게 아닌가. 또 다른 친구는 공모전에 도전도 안 하면서 코드랑 작곡 프로그램 다루는 법을 다 알고 있었다. 질투심에 휩싸인 나는 아무렇지 않은 척했지만 속으로는 작곡 프로그램을 배워야 할지 초조했다. 그러다가 여럿이 앉는 큰 테이블의 내 자리로 갔더니 배우 조인성 씨가 거기 앉아있었다. 심지어 남의 그림을 열심히 베끼며 연습을 하고 있었다. 조인성 씨를 카페에서 본 것도 신기한데 굳이 내자리에 앉아있는 것도 당황스럽고, 게다가 그림을 그리고 있다니? 여러모로 황당했지만 제법 침착하게, 그리고 귀여운 표정으로 "제 자리니 비켜주시겠어요?"라고 말했다. 조인성 씨는 맞은편으로 자리를 옮겼고, 나는 그가 그리는 그림을 유심히 보다가 또 말을 걸었다.

"왜 하필 그 그림을 따라 그리는 거죠?"

"좋아하는 요소들이 있어서요."

"따라 그리는 것보다 자기만의 그림을 그리는 게 좋은데."

"그러니까요."

"여기서도 가르치려 하네."

친구가 불쑥 끼어들었다. 물 흐르듯 자연스럽게 공짜 수업을 이어가며, 가장 자신 있는 부분을 어필하려던 참이었는데 말이다. 공모전에 참가하지도 않는데 코드를 다 아는 그 친구다. '이봐, 조인성 씨와 친해질 기회를 만들어낸 건 네가 아니라 나라고! 그것마저 가로채려 하다니! 하지만 나는 작곡 프로그램도 잘 못 다루는걸' 하는 마음에 갑자기 의기소침해졌다. 모든 것에서 밀리는 통에 뭘 어떻게 해야 할지 모르겠어 우왕좌왕하는 꿈이었다. 바쁘게 이것저것 하긴 하는데 결실이 없다고 느껴질 때였는데 이런 식으로 눈앞에서 조인성 씨를 빼앗기는 꿈을 꾸다니.

또 아주 가끔은 나의 상황과 상관없이 메시지가 뚜렷한 꿈을 꾼다.

새해를 맞아 산에 올랐다. 티베트였다. 지팡이를 짚으며 한 발 한 발 힘겹고 외롭게 올라갔다. 거친 숨을 내쉬며 잠깐 고개를 들었다가 놀라운 광경을 보았다. 사람들이 쭈욱 한 줄로 걸어가고 있는 것이다. 같은 모습으로, 같은 목적지를 향해 가는 중이었는데 끝이 보이지 않았다. 스님 한 분을 만나러 가는 길이다. 언제 도착할지, 정말 아득한 기분이 들었다. 포기하고 싶은 순간을 여러 번 지나고 겨우 산꼭대기에 다다라 스님을 만났다.

"스님, 좋은 말씀 부탁드립니다."

"대가로 나에게 줄 것이 있느냐?"

"네? 죄송한데 저는 맨몸으로 올라오느라 아무것도 드릴 게 없습니다."

"그렇다면 나도 너에게 해줄 말이 없구나."

"스님 말씀 들으려 여기까지 온 건데 해주실 말씀이 없다면 저는 어떡하죠?"

"할 수 없다. 네가 줄 것이 없다고 하니."

"이대로는 못 갑니다. 제발 도와주세요."

눈물이 날 것 같았다. 말씀 한마디 듣자고 그 고생을 한 것 같은데 작은 소원 하나도 못 이루고 다시 빈손으로 산을 내려가려니 허탈하기 짝이 없었다. 말씀을 듣는 게 얼마나 절박한 일이었던지, 앞이 깜깜해지고 세상을 다 잃은 기분이었다. 그런 나를 보며 스님이 뭐라고 했냐면,

"너는 남에게 준 것이 없고, 그러니 대가로 받은 것이 없을 테고, 받은 게 없으니 나에게 줄 것도 없고, 그러니 나도 너에게 대가로 줄 것이 없다."

깨고서도 한참 멍하게 앉아있었다. 나는 불교가 아니다. 음, 내가 그렇게 이기적으로 살았나. 힘들게 산을 올라가 듣고 싶었던 한마디를 결국 듣고 꿈에서 깨긴 했구나.

"엄마, 내년에 차 사려고요."

"하하하, 뭐 살 건데?"

"90년식 포르셰요."

"90년식? 포르셰?"

"네, 올드 카인데요, 스포츠카고요, 2억이고요, 그거 아니면 안 탈 거예요."

"네가 살 수 있니?"

"열심히 해야죠."

"하하하, 네가 열심히 하면 되는 거니?"

"되지 않을까?"

"그래, 꿈…"

"깨라고?"

"꾸면 된다. 꿈꿔라."

이렇게 꾸기를 응원하는 꿈도 있다. 이때의 꿈은 현실에서 꾼다면 이루어질 수도 있는 것이다. 반면에 현실에서 이루지 못하고 사라졌더라도, 누군가의 기억 속에 또렷이 남아있는 꿈도 있다.

17살 때 나를 미술학원에 처음 데려갔던 친구의 꿈을 아직 기억한다. 그 친구의 꿈으로부터 내 인생도 시작되었기 때문이다. 친구와는 연락이 끊긴 지 아주 오래되었다. 친구의 인생은 그 꿈에서 이어지고 있는지 어떤지 모르겠다. 그는 자기의 어릴 적 꿈을 누군가 지금도 기억한다는 것을 알까? 그때 꿈꾸던 인생은 지금 없을지 모르지만, 서로 공유했던 꿈은 자국처럼 남아있다. 나 역시 몇몇 꿈들로부터 멀어졌을 것이다. 수많은 사연에 덮였을 것이다. 그렇지만 지금 인생을 있게 한 꿈을 기억하는 친구는 아마 내 곁 어딘가에 있을 거라 생각한다. 꿈에서 출발한 인생. 이루었든, 이루지 못했든, 꿈에서 멀어지기 마련이지만 출발점을 기억하는 사람이 있는 한 꿈은 빛 바라지 않을 것이다.

"아방, 너 책 내는 게 꿈이었잖아."

"응?"

"책 내고 싶다고 노래 불렀었잖아."

"아…"

17

산다는 건
언제나 시작이야

자타공인 사고뭉치다. 사고뭉치로서의 자부심은 실수를 대하는 태도에서 온다고 본다. 뻔한 곳에서 길을 잃거나, 어이없는 지점에서 물건을 잃어버리거나, 유리병을 깨트리거나 음식물을 시원하게 쏟아버리는 것 등은 입문 단계에 불과하다. 고작 그런 사소한 일로 당황하거나 짜증을 낸다면 하수다. 실제로 내가 전시 입장권을 잃어버린 현장에 같이 있던 친구는, 존경 어린 눈빛과 더불어 도대체 어디서 어떻게 잃어버린 건지 상상도 가지 않는다는 표정으로 고개를 절레절레 흔들었다. 나야 뭐, 어깨를 한 번 으쓱, 입꼬리를 쓰윽 올려 팬 서비스를 해주었다.

실수를 할 때마다 달력에 적은 적도 있는데, 아주 빽빽해서 더는 적을 공간이 없길래 아예 핸드폰에 폴더를 만들어 메모하기 시작했다. 내 티셔츠에 촛불이 옮겨붙을 줄도 모르고 '열받으면 척추부터 뜨끈해지는구나' 하고 인체의 신비에 감탄하다가 티셔츠에 구멍 난 일, 외국 여행 중 끓는 물에 손등 전체를 화상 입은 와중에도 붕대를 감고 투어를 갔던 일 등. 이런저런 일화를 적어가며 나는 단단하게 성장했다.

깨알 같은 실수에서부터 단련된 사고뭉치의 레벨은 실수의 강도가 조금씩 높아짐에 따라 자연스레 올라간다. 사고뭉치 만렙으로 가기 위해 더욱더 다양한 실수를 경험해야 하는 것은 당연지사. 따라서 세상 모든 실수에 관대하게 열려 있으며 헤쳐나갈 준비 또한 되어 있다. 실수를 거듭하며 레벨 업 될수록 그 무게가 가볍게 느껴지는 것은 일종의 포상 같은 것이랄까. 그래서 무슨 일이 터져도 크게 놀라지 않는다. 웬만한 실수에는 "훗, 나란 사람" 하며 은은하게 미소 짓는 침착한 태도, 멋지다.

지금 이렇게 사고뭉치 폴더를 뒤져 찾아낸 자잘한 에피소드들을 읊는 이유는 별별 일들을 대수롭지 않게 넘기는 멘털을 자랑하고 싶어서다. 사람은 아무래도 경험해 보지 않은 것 앞에서 쫄게 된다. 낯서니까 겁을 먹는 거다. 편안함은 익숙한 상황에서 오고 익숙함은 경험으로부터 온다고 본다. 고로 경험이 많으면 겁나는 것이 적어진다는 말이다. 내가 사고를 치면 칠수록 그 무게가 경미해지는 것과 같다.

반대로 경험이 많을수록 쫄보가 되는 경우도 있다. 최근 열 살 어린 친구와 이런 대화를 하며 반대의 경우를 느꼈다.

"누나, 나 내년에 뉴욕에 가려고."

"뉴욕에 비빌 곳이나 친구들 있어?"

"없어. 그냥 새로 시작하는 거지."

"새로 시작하려면 좀 막막하잖아."

"응, 몇 년 구르면 돼."

외국에 나가서 맨땅을 구르며 새로 시작하면 된다니! 이것이 바로 실수를 딛고 성장하는 사고뭉치의 거침없는 자세다. 그친구의 당찬 포부는 매우 간단하게 내뱉은 말임에도 불구하고 무겁게 다가왔다. 가장 먼저 든 생각은 '부럽다. 쟤는 몇 년 구르겠다는 말을 저리도 쉽게 하는구나. 나도 10년만 어렸다면'이었다.

세상에. '와! 재밌겠다! 나도 할래!' 혹은 '몇 개월이라도 같이 구르고 싶다!'가 아니고 '몇 년 구른다고 되려나?' 같은 의문도 아니고 '나는 못 하는데 너는 할 수 있구나…'의 마음이었다. 터키에서 산 펄렁펄렁한 알라딘 바지와 바람 불면 속옷이 다 보이는 크롭 티셔츠를 입고, 레게 머리 휘날리며 드로잉 북 하나

들고 베를린을 여행하던 신아방. 열 살 어렸던 그때 내 모습이 엊그제처럼 생생한데 동생을 부러워할 줄이야.

언제는 또 열 살 어린 영국 친구 앤 *Ann*과 이런 이야기를 한 적이 있다. 앤은 패션업계에서 일하는데 10년 후에 사업을 할 거라고 했다. 여러 크리에이티브한 일을 하는 친구들과 이러이러한 일을 할 거라는 글로벌한 꿈이었다. 꿈은 원대하고 꿈을 말하는 앤의 표정은 생기와 에너지로 반짝였다. 순수하게 열정 어린 눈동자를 보면서 몇 가지 생각이 동시에 들었다.

'그래, 해봐. 아마 말처럼 쉽지만은 않을 거야. 떠올려 보면 나도 그랬어. 나도 스물네다섯 때 너 같은 표정이었어. 딱 너 같았어. 못 할 게 없다고 생각했어, 분명히. 그런데 안 되는 게 많더라. 어느새 꼰대가 되어버린 건지 몰라도 여러 번 비슷한 걸 겪다 보니까 그렇게 되더라. 안 될지도 몰라, 라고 말하기도 전에 포부가 사그라들기도 하더라. 하고 싶다고 해서 다 할 수 있는 게 아니더라. 내 것이 아닌 게 많더라.'

'내 것이 아니었어'라는 말을 참 많이 되풀이하면서 지레 포기하는 것이 늘었다. 인형 하나를 삼형제가 나눠 가질 수 없어서 싸우고 울고 떼쓰다가 결국 포기하고 딴 장난감 찾아가는 것처럼. 다 가질 수 없는 삶에 순응하다 보니 그건 원래 내 것이 아니었을 거라는 말을 자주 하게 되었다. (굳이 따지자면) 실패에 가깝게 끝난 경험을 여러 번 마주할수록, 다음 기회가 왔을 때 쫄게 된다. 앤의 말을 듣다 보니 나의 속마음은 꼰대도 아니고, 포기가 빨라진 루저의 말 같다. '그래도 해봐. 10년은 긴 시간이잖아. 뭐든 할 수 있는 시간이야. 왠지 넌 할 수 있을 것 같아. 해낼 것 같아. 그 표정으로 뭘 못 하겠니?'

"응, 앤! 니가 이루어서 꼭 나도 끼워줘."

재밌어 보이긴 하는데 내가 시도하는 것보다 10년 후에 앤이 일군 세계에 들어가는 쪽이 훨씬 가능성 있고 빠를 것 같다.

영화 〈미래는 고양이처럼〉을 좋아한다. 원제는 〈더 퓨처 The future〉다. 이 영화를 세 번 보았고 세 번 다 다르게 다가왔다. 연인 관계인 두 주인공은 4년간의 연애와 쳇바퀴 같은 삶에 권태를 느껴 유기묘를 한 마리 입양하기로 한다. 고양이를 키우면서 책임감도 키우겠다는 다짐이 내포된 결정이다.

그들은 한 달 남은 입양하는 날까지 한 번도 시도하지 않았던 새로운 방식으로 살아보기로 한다. 지금껏 무언가에 열정을 느껴볼 틈도 없이 어제와 비슷한 오늘을, 오늘과 비슷한 내일을 살아가던 참이었다. 그렇게 둘은 고양이를 책임지기 전에 마지막 자유를 누리자는 의견에 서로 동의했다. 그리고 이것저것 평소에 생각만 가득했지, 절대 실천하지 않았을 일들을 시작한다. 내면에 열정이란 게 있는지 실험해 보는 것 같기도 했다.

그것이 발단이 되어 극은 희한하게 전개된다. 얌전하기 짝이 없던 여자 주인공이 창문을 열고 용기를 내어 큰 소리로 누군가를 부른다. 그런데 멀리서 한 남자가 그 소리를 듣고 큰 소리로 대답하고, 둘은 별안간 바람이 난다. 우연처럼 날아든 사건이긴 했지만 우연이 아닌 것 같기도 하다. 열정에 불을 질렀더니 엉뚱한 방향으로 불똥이 튀었다. 그 일로 인해 주인공 커플은 이별하게 되고, 남자 주인공은 너무 슬픈 나머지 달에게 여자 친구가 돌아오게 해달라고 무릎 꿇고 사흘 밤낮을 빈다.

"이렇게 헤어질 순 없어요. 우린 4년이나 만났다고요."

달이 인자하게 대답했다.

"너네 고작 4년밖에 안 만났잖아. 앞으로 60년을 함께 살 텐데 지금 4년은 시작일 뿐이야."
"네? 이제 시작이라고요?"
"산다는 건 언제나 시작이야."

용기를 낸 그들의 행동이 어떤 결과로 이어질지 처음엔 미처 몰랐다. 설사 원하지 않았던 결과라 할지언정 일상에 금이쫙 가기를 내심 바랐던 것은 확실하다. 그렇다면 소기의 목적은 달성한 것인데…. 용기를 내다보면 따라오는 예상치 못한 결과들을 무넌하게 받아들이며 레벨 업 할 수 있을까?

"몇 년 동안 SNS로 보기만 하다가 이번에 드디어 클래스 신청한 거예요."

"왜 몇 년 동안이나 보기만 했어요?"

"용기가 안 나서요."

아방이와 얼굴들 멤버들이 종종 이런 말을 할 때마다 의아했다. 고작 취미 생활인데 돈이랑 시간만 내면 되지, 용기까지 내야 하나? 처음엔 이해하기 힘들었지만 내가 그림을 선뜻 그만두지 못하는 이유를 생각하면 왜인지 알 것 같았다. 사실 하고 싶은 수많은 것 중 그림이 제일 만만해서 먼저 시작한 것이고 여태껏 계속한 이유는 그만둘 용기가 없어서 때문이다. 새로운 직업이 갖고 싶지만 뉴욕에 간다던 친구처럼 몇 년 구를 용기가 서지 않고, 운전을 배우고 싶지만 도로 한복판에서 자신 있게 방향을 결정할 수 없을 것만 같아 미루고 있다. 일상의 실수 따위를 제외하면 나에게 익숙하지 않은 많은 것에 아직도 겁이 많다.

런던에서 유학했을 당시, 나를 가르쳤던 튜터 클레어의 페이스북을 오랜만에 보게 되었다. 클레어가 반 친구들과 찍은 사진을 보는데, 그 안에 나를 닮은 여자애가 있었다. 나였다.

문득 뒷일 따위는 생각 않고 런던에 갔던 때가 생각났다. 거침없었고 용기가 충만했다. 딱히 믿는 구석도 없었지만, 그때 용기를 내지 않았더라면 저 사진에 내 모습은 없었을 거다. 용기가 넘쳤음에도 불구하고 후회는 남았다. 왜 그때 더욱 즐기지 못했을까, 하고. 과거에 어떤 마음가짐이든 시간이 지나간 것만으로도 어쩔 수 없이 후회하게 되나 보다. 클레어의 사진 속 풋풋한 그 친구처럼 나도 아직 풋풋한데, 나중에 지금의 나를 돌아보며 왜 더 막 나가지 못했는지 아쉬워하지 않았으면 좋겠다. 생각해보면 여태껏 성취한 것들은 물 흐르듯 자연스레, 타이밍 절묘하게 딱딱 맞춰진 결과 같지만 매 순간 내 다리 길이 두세 배쯤 되는 장애물을 뛰어넘어야만 가질 수 있는 것들이었다.

"용기가 안 나서 이제야 합니다"라고 말하는 멤버들, 그리고 나. 우리는 용기가 조금 모자라서 집 밖으로 나오는데 몇 달 혹은 몇 년이나 걸린다. 그렇게 기꺼이 용기 냈지만 잘 해내지 못하거나 완주하지 못할 수도 있다. 그럴 때는 그냥 사고뭉치가 사고 한 번 쳤다 셈 치자.

18

취미 외도

한 소개팅 자리. 취미가 뭐냐는 질문에 재빨리 대답하지 못하고 취미란 뭘까, 여러 갈래로 정의를 내리며 골똘히 생각에 빠진 나도 쉬운 인간은 아니다. 여러모로 다양하게 취미에 대해 생각했지만, 라퍼커션을 그만둔 이후로 딱히 취미라고 말하기엔 조무래기 같은 것들뿐이었다. 소개팅남의 그 질문 덕에 나도 무언가 시작해 보기로 했다. 왜인지 올해는 본업에 매달릴 필요가 없을 것 같다는 감이 왔고 정말로 누가 짠 듯이 일이 줄었다. 시기적절하게도 〈미래는 고양이처럼〉의 두 주인공처럼 살 수 있는 기회가 왔다. 일 더미에 파묻혀 책임감을 다해 살아야 할 날이 또 올 테니, 그 전에 한 번도 시도하지 않았던 것들을 해보기로 결심했다.

무언가를 시작함으로써 삶이 달라질 수 있을까? 나는 내 삶이 어떤 방향으로든 달라지길 바랐던 걸까? 내 말마따나 '사실은 하고 싶은 수많은 것 중 그림이 제일 만만해서 먼저 시작해본 것'이라면 하고 싶은 다른 것들도 한 번쯤 해봐야 덜 억울하지 않겠냐는 생각이 들었다. 일도 줄었겠다, 지금이 적기인 것 같아 취미 외도를 시작했다. '죽을 때까지 한 남자만 만날 수는 없다'는 심정처럼 죽을 때까지 그림만 그려 돈을 버는 건 좀 억울하니까. 솔직히 말하면, 다른 것도 잘할 텐데 그림만 그리는 건 좀 재능 낭비인 것 같다는 생각도 들었다. 혹시 아는가? 똑똑하고 부자에, 잘생기기까지 한 두 번째 애인(같은 일)을 만날 수 있을지도 모른다.

그렇게 취미를 가장해 슬쩍 본업 환승 이별을 준비했다. 일단 좋은 카메라를 한 대 사 영상을 찍고 편집도 했다. 서울시립미술관에서 큐레이토리얼 수업을 들으며 전시기획 공부를 했고, 타투를 배워 몇 개월간 내 도안으로 직접 시술도 했다. 판화를 배웠고 웹드라마 시나리오 쓰기에도 도전했다. 전엔 다가갈 생각조차 안 해본 꿈을 재미 삼아 이뤄보고 있는 거나 마찬가지였다.

이 외도를 딱 6개월만 해보겠다고 마음먹었고 정확히 6개월이 지난 후 길을 찾았다. 재미가 시작의 원천이긴 했으나 어느 것 하나 진지하게 임하지 않은 것은 없었다. 진짜 내 다음 애인이 될 수도 있다는 기대감으로 꼼꼼히 만져보고 뜯어보고 했다. 그 결과 알아낸 것은 값지다. 6개월 동안 한 이 모든 것은 누군가에게 돈을 받고 한 것이 아니다. 그런데 그 수많은 활동 중 바라는 것 없이 인고의 시간을 마다하지 않는 것은 글도, 영상도, 타투도 아니고 그림뿐이라는 사실이다. 그림만큼 긴 시간 깊게 고민해본 것이 없고 그럴 자신도 없었다. 인생에서 이보다 더 공들일 수 있는 것이 있을까? 내 삶의 1순위에 두고 아파하며 밤낮 생각에 잠길 수 있는 것이 있을까?

지금까지 한 가지를 착실하게 해온 이유는 그만두고 다른 걸 할 용기가 없다는 것 외에 하나 더 있었다. 열정이 남아있어서다. 그림에 10년간 정성을 쏟고 기꺼이 소중한 것을 내어주며, 무언가를 아끼지 않았던 건 열정 때문이었다. 열정이란 게 있기 때문에 시간과 돈의 굴레에서 조금은 벗어날 수 있는 것 같다. 여기서 열정은 청춘을 대표하는, 불같이 활활 타오르는 빨간색 에너지를 말하는 것이 아니다. 사람을 어쩔 수 없이 움직이게 하는 작은 불씨, 최소한의 연료랄까? 용기를 낼 수밖에 없도록 만드는 불씨 말이다. 그래, 열정이라는 단어는 듣기만 해도 약간 피곤해지는 어감을 띠니 불씨라고 해야겠다. 톡 던져서 꺼져도 전혀 이상하지 않은.

최근에는 한 직업에 관심이 가서 어떤 일을 하는지 알아본 적이 있다. 까막눈인 상태로 배우고 습득하고 허다하게 넘어질 내 모습이 눈에 선하다. 그런데 앤과 이야기했을 때처럼 '어려운 건 네가 해라' 식으로 은근슬쩍 불씨를 뒷전으로 밀어두는 나를 발견했다. 나는 아직 요만큼의 불씨도 쓸 준비가 안 된 것이다. 그렇게 취미 체험을 빙자한 이직에 성공하지 못한 이유를 그림에 대한 열정 탓으로 돌리며, 생각을 비우고 몰두할 만한 다른 취미를 찾아 나섰다. 물론 아직 찾지 못했다.

서슬기 멤버가 그랬다.

"저는 바리스타인데 베이커리도 같이 하거든요. 그림을 배우면서 사소하지만 능력치가 올라간 것 같아요. 그림 그리고 난 후부터 머랭 쿠키를 자신 있게 만들어요. 호빵맨이라든지 트리나 눈사람 모양으로 만들어서 나눠주면 다들 좋아하더라고요. 내 그림으로 예쁘게 뭔가를 만들어 주는 게 기분도 좋지만 능력을 하나 더 얻은 것 같아서 뿌듯해요."

현명하다. 이미 내가 맨땅을 굴러 획득한 팁을 앉아서 받아 먹기만 하면 능력치가 올라간다. 그런 관점에서 보면 나는 영상 편집 기술과 타투 기술, 전시 기획과 판화 기술, 시나리오 집필 기술에 대한 능력치를 새끼손톱만큼이지만 얻었다. 되짚어 보니 더 있다. 몸이 좀 성할 때는 폴 댄스나 아프리칸 댄스를 배웠다. 다음 생의 꿈은 뮤지컬 배우기 때문에 이번 생에 미리 연습도 할 겸 재즈 가수에게 보컬 레슨도 받았다. 그래서 어떻게 폴을 잡고 올라가는지 정도는 알고, 내가 좋아하는 노래 '이파네마 아가씨 Girl from Ipanema'만큼은 간드러지는 목소리로 부를 수 있다. 자전거 타는 건 취미의 경지를 넘어, 좁고 험난한 골목길에서도 자유자재로 한 손 운전이 가능하다. 이렇게 사소한 능력치를 +1 하는 재미로 살았다.

언제 꺼질지 모를 약하디 약한 불씨로도 얼마든지 살릴 수 있는 것이 취미 생활이다. 상처 날 것을 각오하고 필사적으로, 진지하게 몸을 던지게 하는 불씨가 아니어도 말이다. 계속 무언가를 시작하는 것이 삶이라면, 그런 와중에 너무 큰 용기를 내기 부담스럽거나 시작도 전에 숟가락 얼른 내려놓는 게 루저 같아서 내키지 않는다면, 슬기 씨처럼 작고 귀여운 능력치 하나 획득하는 것에 포커스를 맞춰야겠다.

이중 이룬 일이 아무것도 없었다. 나는 발레리나도, 작곡가도, 뮤지션도 되지 못했다. 15년 넘게 아이들이랑 인문서 읽던 것을 그만두고 요즘은 어른들이랑 그림책을 읽는다. 사진에 대한 열망은 희미해졌고(카메라는 아이폰이죠), 차보다는 커피를 더 자주 마신다. 채식 요리는 커녕 육식 요리에 곁들이는 간단한 채소 반찬도 여전히 어렵다. 모두 한때 내가 몰입하고 애쓰던 일들이었으나 그 결과로 나는 무엇도 되지 못했다.

그래서 이게 다 쓸데없는 짓이었는가 하면 그렇지 않다. 아무 것도 되지 않는 동안에도 사는 게 꽤 재밌었다. 하고 싶은 것이 계속 생겨났고, 오래된 삽질의 결과로 뜻밖의 기회들이 속속 찾아왔다. (중략) 그 자체로 목적이 되는 경험, 결과를 담보하지 않는 순수한 몰입, 외부의 반응을 두려워하지 않는 태도. 이것이 삽질의 조건이다.

박서영(무루), 『이상하고 자유로운 할머니가 되고 싶어』
(어크로스, 2020)

19

이렇든 저렇든
우리는 멋질 것이다

멤버1

이렇게 그리면 너무 엉성할까요?

음, 엉성한 그림을 원한다면 괜찮지 않나요?

멤버2

카페에서 그림 그리고 싶은데 창피해요.

자기 그림 좀 예뻐하세요. 자기 그림을 예뻐하지 않으니까 자신이

없는 거라고요. 사랑하는 자식 창피해하는 부모 봤어요?

멤버3

그림이 완성된 걸 어떻게 아나요?

본인이 정하죠. 그린 사람이 완성이라고 생각한 순간 완성된 거죠.

그러니까 그 완성된 순간을 어떻게 알죠? 여기서 끝내도 될지, 더 그려야 할지 잘 모르겠어요.

자기만족이죠. 선 몇 개로도 만족하는 사람이 있고 전체를 꽉 꽉 채워도 모자라다 느끼는 사람이 있어요. "이 정도면 완성이라는 감이 생길 때까지 연습해야죠"라고 하면 다들 실망하는 것 알아요. 그 감이 생길 때까지 연습하기 싫으면, 그림을 돈 받고 팔 수 있는지 생각해보세요.

네?

모르는 사람에게 돈 받고 팔아도 괜찮을 것 같다면 완성일 것이고 만약 거슬린다면 미완성이니까 거슬리지 않을 때까지 그려야 겠죠.

멤버4

초등학생 때, 피아노학원 선생님이 나더러 그만뒀으면 좋겠다고 얘기했어요. 그만큼 손재주가 없어요.

제가 힘 있는 교수 같은 거면 좋겠네요.

왜요?

○○님을… 좀 어떻게 해주고 싶은데… 그림이 너무 좋아서, 아까워요…. 내가 힘 있는 사람이라면 여기저기 끌어주면 좋을 텐데.

(이건 진짜 그렇다. 정말 ○○의 그림을 볼 때마다 한 번도 빼놓지 않고 감탄했다. '힘 있는 교수' 같은 사람은 몇 살쯤 될 수 있으려나.)

멤버5

이렇게 그리고 싶은데 어떻게 해야 하죠?

연습해야죠.

아.

방법은 두 가지예요. 진짜 그리고 싶은 게 있으면 연습을 많이 하면 됩니다. 다른 방법은 포기입니다. 그렇게 열심히 연습하고 싶지 않거나 연습할 자신이 없으면 포기하세요. 욕심내지 말고 자기 수준에서 할 수 있는 다른 방법을 찾는 게 나아요. 안 그러면 스트레스 받을 테니까요.

그럼 연습은 어떻게 하면 좋을까요?

입문 단계를 지났다면 아무 계획 없이 무작정 드로잉만 하는 건 의미 없어요. 연습과 연구를 같이 해야 해요. 명확히 원하는 스타일이 있다면 더더욱이요. '명확히 원하는 스타일'로 그린 다른 그림들 보면서 어떤 방식으로 구성했는지 하나하나 따져보며 공부하는 것이 좋습니다.

멤버6

선생님, 제 그림 스타일 너무 뒤죽박죽이죠?

뒤죽박죽이면 어때요? 반찬 하나만 갖고 밥 먹을 수는 없잖아요.

편차도 너무 심해요. 될 때는 잘 되다가 안 될 때는 또 안되고요.

저도 그래요.

에이, 아방 쌤은 완성된 자기 스타일이란 게 있잖아요. 프로인데도 그래요?

네, 그래요.

언제까지 스타일이 왔다 갔다 하고 이것에 대한 고민을 해야 하는 건지 모르겠어요.

고민, 아마 계속 해야 할 걸요? '완성된'이란 없는 것 같아요. 저는 고민 매일 해요. 자기 그림 스타일에 대한 욕심이 있으면 고민이 당연히 생기는 것 같아요. 만약 계속 연습하다가 딱 원하는 스타일을 찾았다고 쳐요. 와, 이거네! 하고 그걸로 몇 개월 재밌게 그리게 되지만 계속 그 스타일로 똑같이 그릴 수 있을 것 같아요? 스스로 지겨워져서 또 고민하게 될 거예요. 원하는 건 계속 달라지고 그렇게 발전해요. 만족하고 완벽한 스타일을 만드는 건 불가능한 것 같아요. 고민을 안 했다면 몰라도 고민을 시작했으면 끝은 없다고 봐요.

멤버7

제가 좋아하는 것들을 그리고 싶은데 잘 안돼요.

제대로 보지 않은 건 그릴 수 없으니까 일단 좋아하는 것들을 꼼꼼히 관찰해서 많이 그려봐야 할 것 같아요.

아, 우선 보고 그리는 게 먼저인가요?

추상화가 아니라 구체적인 걸 그리고 싶다면요. 보고 그리는 행위를 반복하면 머릿속에 이미지가 입력되고 데이터가 쌓여서 나중에 보지 않더라도 그릴 수 있게 돼요. 내 앞에 놓인 물건을, 길에 핀 꽃을 아주 자세히 관찰해본 적이 있나요? 제대로 뜯어본 적이 없다면 그에 대해 생각해본 적이 없는 것이고, 생각해보지 않았다면 그에 대해 모르는 거예요. 모르는 것을 그리는 건 당연히 어려운 일입니다. 매일 보는 핸드폰, 매일 쓰는 칫솔이지만 보지 않고 자세히 그리는 건 쉽지 않아요. 상상하는 것을 종이 위에 표현하기 위해, 눈앞의 좋아하는 것들을 그려내기 위해 가장 중요한 것은 관찰입니다.

'손이 그릴 수 없는 것은 눈이 볼 수 없는 것이다'라고 들라크루아 *Delacroix*가 말했어요. 앙리 마티스 *Henri Matisse*는 파리의 거리에서 지나가는 사람들의 실루엣을 몇 초 안에 그리는 연습을 했대요. 관찰이 그만큼 중요하다는 소리죠. 그리고 처음 관찰이라는 것을 할 때는 소리 내어 설명하면서 그리는 게 좋아요. 말로 표현하면서 이미지가 더 구체화 되거든요. 단어와 문장으로 설명할 수 없다면 그림으로도 역시 그릴 수 없어요.

멤버8

선생님! 저 대기업에서 그림 의뢰를 받았어요.

오, 너무 축하합니다.

어떻게 해야 하죠?

이러이러한 내용을 포함해서 계약을 진행하세요.

네. 저는 선생님처럼 유명하지도 않고 이번이 처음인데 이런 요구 괜찮을까요?

쭈글대지 마세요! 그들이 멤버 님 그림을 선택한 것에는 이유가 있습니다! 못 할 말도 아니니 당당하게 물어볼 거 다 물어보고 페이도 받을 만큼 받으세요.

네, 회사가 이런 요구도 하는데 저는 유명인이 아니어서….

유명인만 일하는 것도 아니잖아요. 부끄럽지 않게 작업했다면 해야 할 말도 부끄러워 말고 합시다. 제발….

멤버9

너도나도 똑같은 영화 장면을 그리는데 자기 스타일은 어떻게 만들어야 하나요?

있는 그대로 옮기겠다는 생각보다 자기 그림이 어떻게 보이면 좋을지 먼저 상상해 보세요. 사진을 그리는 게 아니라 그림을 그려야 해요. 그다음은 자기 그림만의 매력이 뭔지 생각해 봐요. 반복적으로 비슷한 것을 그리면 외곽선과 형태가 조금씩 변할 거예요. 그 과정에서 맘에 드는 스케치 루틴을 찾아야 해요. 또 스케치 루틴을 가장 잘 표현할 수 있는 채색 루틴을 찾아야 하고요. 적절한 채색 루틴을 찾으려면 역시 연습이 필요합니다. 표현이 심플할수록 제한이 많기 때문에 더 어려울 수도 있어요.

멤버10

저는 뭔가 메시지가 있는 그림을 그리고 싶다고 늘 생각하거든요. 우울증을 겪은 적도 있어서 저와 비슷한 감정을 느낀 사람들이 제 그림을 보고 위로받았으면 하는 마음도 있어요. 그런데 그걸 그림에 어떻게 담아내야 하는지 잘 모르겠어요. 여기 오기 전, 그림책에 대해 배우는 곳에서 100권이나 함께 읽었지만 정작 내 그림에 의미를 담는 건 정말 어렵더라고요. 내가 의미를 부여한다고 해서 의미 있는 그림이 되는 게 아니라 사람들이 공감해야 그 의미가 완성되는 거잖아요. 그런 그림을 그리려면 어떤 과정이 있어야 하고 어떤 방식으로 그려야 하는지 궁금해요. 디자인을 배웠지만, 그저 스킬만 배웠지 어떤 의미를 담는 것은 못 배워서요. 또 스타일을 찾는다는 건 어떻게 하는 건지 도통 모르겠어요.

의미를 담을 때 꼭 텍스트나 풍자같이 티 나는 방법으로 전달하지 않아도 되더라고요. 다른 방법이 많아요. 그리고 누군가 그 의미를 받아들였으면 하거나 공감을 바라는 것도 오버인 것 같아요. 보는 사람이 어떻게 받아들이든, 공감을 하든 안 하든 어차피 내 바람대로 안 되더라고요. 담고자 한 바가 100% 보이지도 않을 거예요. 삼키느냐, 뱉느냐는 보는 사람들 자유예요. 그러니 이야기 만드는 사람이 그것까지 신경 쓰지 않아도 돼요. 마케팅이 아니니까. 보는 사람이 어떻게 생각할지에 무게를 두는 것보다 자기가 원하는 방향으로 그리는 것이 먼저인 것 같아요. '사람들이 공감할 수 있는'을 '스스로 공감할 수 있는' 혹은 '스스로 위로받을 수 있는'처럼 주어를 바꿔보면 좀 쉬울 것 같아요. 그러면 보는 사람도 알아서 의미를 만들고 이야기를 느낄 수 있을 거예요. 의미를 담는다는 게 참 어려운 말이에요. 아주 단순한 단어를 그림으로 표현하는 것부터 시작하면 좋겠어요.

네. 무리, 오버. 맞는 말이에요. 오히려 그림책 100권 읽으면서 머리가 더 아팠어요. 한 단어부터, 단순하고 즐겁게 그려봐야겠어요.

걱정 말아요.

이렇든, 저렇든 우리는 멋질 거예요.

20

좀 보고 지나가면
어때?

대낮에 길에서 별안간 흥이 나거나 좋아하는 류의 음악이 들리면 공공장소에서 춤추는 것을 마다하지 않는다. 춤이라고 하기도 뭣하고 동물적 움직임에 가깝지만 말이다. 그렇다 보니 카메라를 들이대도 예의상 쑥스러움만 잠시 내비칠 뿐, 6.5등 신짜리 짤막한 몸으로 포즈를 취하는 것쯤은 그리 어렵지 않다. 그런 모습에 같이 있던 친구들은 꺄르르 웃고 마는데 나는 그 웃음소리가 좋다.

　"방금 저 사람들이 너 보고 지나갔어."

　"그랬어?"

"응, 저 여자가 길에서 왜 저러나 하는 표정이었어."

"응, 그랬겠지."

"안 부끄럽냐?"

"응."

"어째서 안 부끄러워? 막 다 쳐다보는데?"

"좀 보고 지나가면 어때? 어차피 지나갈 사람들인데. 지나가던 사람들은 계속 지나갈 거고, 나한테 큰 관심이 없을 거고, 웃긴 걸 봤으니 웃었겠지. 웃기면 됐어."

수업의 첫 시간이 되면 길에서 그러는 것처럼 춤을 출 수 있는 기회가 있다. 그것이 내 그림 수업의 트레이드마크라 자부한다. 분출하는 흥을 숨기지 못한 탓이기도 하지만 처음 만나 어색한 멤버들을 웃기고 싶은 마음도 있고, 부끄러운 감정에 대해서도 짚고 넘어가야 한다.

첫 시간의 현장을 잠시 글로 풀자면 이러하다. 먼저 스피커 볼륨을 높여 음악이 공간에 가득 퍼지면 조명을 끈다. 어둡고 고요한 스튜디오가 모르는 사람들의 당황한 숨소리와 음악 소리로만 꽉 찬다.

"자, 여러분, 모두 눈을 감으세요. 눈을 감고 음악을 들어봅시다. (음악을 1–2분 듣는다. 차분해진다.) 어깨의 긴장을 내려

놓고 숨을 크게 쉬어 봅시다. (휴우, 하는 소리가 여기저기서 들리고 몇 번 반복한다.) 양팔을 머리 위로 들어보세요. (시키니까 할 수 없이 어정쩡하게 팔을 든다.) 그리고 좌우로 흔들흔들 해 보세요. (만세한 팔을 뻣뻣하게 흔들흔들한다. 이때 실눈을 뜨는 사람들이 간혹 있다.) 눈은 감아주세요. 지금 계속 긴장하고 있는 것 알아요. 오늘 다들 처음 와서, 안 그래도 그림도 못 그리겠는데 모르는 얼굴들만 잔뜩 있고 다짜고짜 이것저것 그려 보라고 하고…. 얼마나 긴장되겠어요? 저도 마찬가지예요. 저도 여러분들 오늘 처음 봤고 모르는 사람들 앞에서 혼자 큰 소리로 말하고 이름 외우고 괜찮은지 표정 살피는 것이 사실 그렇게 쉽지는 않아요. 그러니까 지금 다 같이 그 긴장을 좀 풀어 보도록 합시다."

흡사 명상 요가 강사가 된 것 같다.

"목에 힘 풀고, 어깨에 힘 풀고, 손목에 힘 풀고, 음악에 몸을 맡겨 보세요. 어차피 눈도 감았으니 다른 사람 안 보이잖아요? 남 신경 쓰지 말고 음악에 맞춰 팔을 움직여 봅시다. (사람들의 동작이 한층 부드러워진다.) 혹시 춤추는 거 좋아하는 분 있나요? 춤추기 좋아하는 분은 손들어 주세요. (보통 열에 하나가 자신 있게, 셋 정도가 소심하게 손을 든다.) 만약에 여러분이 길 가다가 신나는 음악을 들었다 쳐요. 너무 신나. 그럼 흥이 나서 몸이 막 들썩대지 않나요? 몸을 움직여서 춤추고 싶지 않나요? (대답할 때까지 질문을 반복하면 몇 명이 그렇다고 대답한다.) 춤추고 싶은데도 길거리니까 참는 분들 많죠? 왜인가요? 부끄러워서 그러는 거죠? 지나가던 사람들이 나를 어떻게 생각할까 눈치 보이고, 내 춤이 이상하진 않을까 걱정되고. 그죠? 대체로 공공장소에서 음악이 신난다고 몸부터 움직이는 사람은 드무니까 그게 불법은 아니지만, 저 사람도 가만히 있는데 굳이 내가 나서기 좀 그래서 참는 거죠? (다 고개를 끄덕인다.) 음악을 듣고 몸을 움직여서 기분을 표현하고 싶은 건 본능이 아닐까, 생각해요. 춤이라는 게 실은 기술이 없어도 가능한 거잖아요. 원시 부족 제사장이 추는 것도 춤이고, 마이클 잭슨이 추는 것도 춤이니까요. 그것과 마찬가지로 머릿속에 떠오르는 걸 손으로 표현하고 싶은 것도 본능인 것 같아요. 그러니까 춤추는 것도, 그림 그리는 것도 다 본능이란 거예요."

"우리 모두에게는 표현 욕구가 있어요. 말하고 쓰고 그리고 춤추고 노래하고. 이런 표현 욕구는 아주 솔직하고 자유로운 거 아녜요? (다들 생각에 잠겼는지, 내 말을 이해하는 중인지, 잠든 건지 조용하다. 거의 나의 독백이다.) 그런데 우린 그림 그릴 때 손으로 연습장 가리거나 자신 없이 선 몇 개 긋다가 말아 버려요. 아니면 엄청 조그맣게 그리거나. 누가 볼까 봐 그러는 거잖아요? 어휴, 설사 누가 본다 쳐요, 기똥차게 잘 그려야 눈 동그랗게 뜨고 보다가 기억이라도 하죠. 잠깐 내 그림을 보았다 한들, 그 사람이 '어머, 저 사람 도대체 뭐길래 공공장소에서 연습장씩이나 펼치고 있는 거야? 아이고, 저렇게 그릴 거면 밖에 나올 생각도 하지 말지'라고 할 것 같나요? 설마요. 열에 여덟은 별 생각하지 않을 거예요. 만에 하나 저 비슷한 생각을 진짜 내뱉는 사람이 있다면 피하세요. 내 말은, 스스로 맘에 안 들 수는 있지만 적어도 남 보기 창피해서 숨기거나 소심해지진 않았으면 좋겠다는 거예요. 내가 하고 싶은 것을 부끄러워서 못 한다고요? 자, 이제 다들 눈 뜨고 일어나 주세요. (멤버들이 눈을 슬며시 뜨면서 자리에서 일어난다. 솔직히 말하면 나도 부끄러워서 그만 멈추고 싶을 때가 있다. 그러나 신뢰도를 위해 계속한다.) 팔을 더 크게 휘저어 보아요! 부드럽게! 몸도 흔들흔들! 부끄러운 분은 눈을 다시 감아버리면 됩니다. 아무것도 안 보이고 음악만 들리는 거예요. 음악에 몸을 맡기세요. 느끼세요!"

몇몇은 이 대목에서 교주 같다고들 하는데 상관없다. 점차 감정을 고조시킨 후, 조명을 켜면 멤버들이 어느새 다 일어나서 다음 단계를 기다리고 있다. 긴장이 좀 풀어졌는지, 아니면 더 긴장 상태인지 솔직히 잘 모르겠다. 왜냐, 말은 거창하게 잘 내

뱉지만 아까 얘기한 것처럼 나도 늘 첫 수업은 긴장된다. 그런 채로 아무리 파악하려 해본들 일면식 없는 사람들의 표정만으로 감정 상태를 읽어내는 건 정말 어려운 일이다. 특히 내향적인 사람들이 주를 이루는 드로잉 클래스에서는, 리액션도 대체로 수줍기 때문에 반응이 즉각 오지 않는다. 그러려니 한다. 멤버들의 기분이 어떻든 수업은 계속된다.

"자, 이제 연습장을 들어서 그림을 그릴 거예요. 어떤 그림이냐면 여기 있는 사람들의 얼굴! 종이는 보지 않을 거예요. 앞 사람, 옆 사람 얼굴을 보면서 그릴 건데 종이는 절대 보면 안돼요. (다들 당황한다. 그러면 기다렸다는 듯이 말한다.) 어떻게 하는지 보여드릴게요! (의기양양하게 드로잉을 시작하고 이때 나는 주인공이 된다. 연기자나 뮤지컬 배우, 아이돌이 공연할 때 이런 기분일까. 우리 가족이 아닌 사람들이 나에게 온전히 시선을 집중하는 기회는 많지 않다. 그 시간을 매우 즐기며 종이 위에서 내 손이 춤추듯 움직인다.) 이렇게 하는 거예요. 혹시라도 종이를 봐 버렸다면 다음 장으로 넘깁시다. 손목을 우아하게 써야 해요. 발레 하듯이 강약 조절하세요. 그리고 상대를 뚫어져라 쳐다봐야 해요. 그 사람의 눈과 눈썹, 콧대가 어떻게 생겼는지 집에 갈 때 머릿속에 그려진다면 성공입니다. 기억에 남을 만큼 면밀히 봐야 한다는 말이에요. 그러다가 눈이 마주치면 부끄러울 거예요. 어쩔 수 없으니 이렇게 생각하면 됩니다. '나는 너를 그리는 게 아니고 내 그림을 그리는 것뿐이야!'"

머뭇거리는 것도 잠시, 여기저기서 피식피식대기 시작한다. 소개팅하는 분위기로 어색하게 쳐다보다가 이내 손이 멋대로 휘갈긴 자기 그림을 확인하면 폭소한다. 종이를 안 보고 남의 얼굴을 그리면 '눈알이 튀어나오는 스프링 장난감'이나 〈센과 치히로의 행방불명〉에 나오는 '오물신' 같은 것이 완성되니까. 좀 전까지 눈도 못 마주치던 사람들이 서로 깔깔대고 난리다. 정말 빠른 속도로 시끄러워지며 친해진다.

"엉망이죠? 빠르게 미안하다고 사과합시다. 그리고 멈추지 말고 계속하세요. 저는 이걸 '네버 스톱 드로잉 *Never stop drawing*'이라고 이름 붙였어요. 누누이 말하지만 종이를 보면 안 됩니다. 잘 그리려고 할 필요 없어요. 봐도 엉망으로 그릴 거면, 안 보고 엉망으로 그리는 게 더 낫지 않겠어요? 핑곗거리는 있잖아요. 기왕 못 그릴 텐데 당당하게 못 그립시다. 그리고 여러분, 지금이 아니면 이렇게 막 그려 제끼고 크게 웃을 수 있는 기회가 별로 없을지도 몰라요. 멈추지 마세요!"

이렇게 말하는 나도 쉬지 않고 팔과 몸을 움직인다. 물론 멤버 절반은 몸이 덜 풀려 어색하게 삐걱대지만 꽤 잘 따라하는 편이다. 단 몇 분 만에 음악에 휩싸여 홀린 듯이 춤추기를 바라는 것은 아니다. 다만 드로잉이라는 행위의 시작이 '자기표현 욕구'라는 걸 알려주고 싶고, 자기를 표현함에 있어 다른 누군가의 시선을 많이 신경 쓰지 않았으면 좋겠다는 바람이 크다. 많은 아방이와 얼굴들 멤버들이 첫 수업의 강렬했던 기억을 두고두고 이야기하곤 한다. 다 같이 네버 스톱 드로잉을 하는 동안 자신도 모르게 긴장이 사라지고, 남이 뭘 하든 신경 쓸 겨를이 없어지고, 어쩔 수 없이 남의 얼굴을 뭉개진 젤리처럼 그리면서도 손은 움직임을 멈출 수 없다. 음악은 계속해서 청각을 비롯한 여러 가지 감각을 자극한다. 기껏해야 꼬부랑 선 몇 개 돌아다니는 종이를 마주하는 것뿐이다. 그걸 보면서 대부분은 크게 웃어버리지, 수준이 심각하다며 자괴감에 빠지는 사람은 보지 못했다. 네버 스톱 드로잉을 통해 사람들은 마음이 부드러워지고 종이랑 친해지고 자신감이 생기고 두려움이 줄어들고 그리는 걸 재밌어한다. 나와 너, 나와 종이 사이에 갑자기 '탁' 하고 경계가 풀어지는 걸 보고 있으면 신기하다.

옆으로 샌 이야기인지, 비슷한 사례인지 모르겠지만 부산에서 생긴 일이다. 엄마와 밤 산책을 하다가 공원에서 아주머니들이 칼 각으로 모여 라인댄스를 추고 있는 것을 보았다. 엄마는

몇 년 전 라인댄스를 잘 춘다고 했던 선생님의 칭찬을 기억하고
는 갑자기 그 틈에 끼어들어 함께 발을 굴렀다. 잘 될 리가 있
나. 몸이 리듬을 기억하지 못해 안타까운 엄마는 발만 동동 구
르다가 결국 대열을 이탈해 손뼉을 치며 아주머니들을 응원하
는 것으로 마무리 지었다. 춤추던 아주머니들이 여럿 웃었다.
엄마는 한 동작도 제대로 못 맞췄지만, 왕년에 춤 좀 췄던 실력
을 뽐내고 싶다는 감정을 표현했고 사람들을 웃기는 데 성공했
다. 아이들이 놀이터에서 모래놀이 하다가 친해지는 것처럼 중
년 여성들은 공원에서 라인댄스를 추다가 친해지는 것인지도
모른다.

일상에서 네버 스톱 드로잉이나 공원의 라인댄스 같은 경험
이 있는가? 엉망진창이 될 것을 감수하고 흐름에 몸을 맡겨 무
언가를 선택하거나 행동한 경험 말이다. 쉽게 떠오르지 않는다.
하루 일과로 안 그래도 꽉 찬 머리를 쥐어짜 그 비슷한 기억이
라도 끄집어내기가 사실 번거롭기도 하지만, 그만큼 앞뒤 재지
않고 저지르는 행동은 말처럼 간단히 해버릴 수 있는 게 아니긴
하다.

21

지우개를 버려라

첫 수업을 저렇게 엉망으로 시작하고 나서도, 다행히 종종 엉망으로 그릴 수 있는 기회가 주어진다. 지우개를 뺏기고 나면 말이다. 멤버들의 지우개를 뺏기 시작한 이유를 말하려면, 마음이 말랑말랑해서 언제든 사랑에 빠지고 굴러가는 낙엽만 보고도 시가 줄줄 써지던 때로 거슬러 올라가야 한다.

나는 핸드폰 메모 대신 스프링 노트에 그림일기를 썼기 때문에 색색의 스프링 노트를 파는 트럭을 발견하면 몇 권씩 쟁여두곤 했다. 그 노트에 쓴 그림일기는 지금의 디지털 일기와는 차원이 다르다. 현상 나열도 없고 목표나 계획에 대한 이야기도 없다. 알아듣기 쉬운 문장이 한 줄도 없고 죄다 모호하기 짝이 없는 노랫말 같은 글들이다. 그래도 언제 들춰봐도 척하면 척, 그날, 그곳으로 타임 슬립 할 수 있는 신기한 일기장이다. 그때의 나는 날씨에 어울리는 노래를 이어폰으로 들으며 낮 골목길을 하염없이 돌아다녔다. 낭만적인 소녀는 비 오는 날 우산이 없으면 사연이 생겨서 더 좋았다. 오랜만에 옛 일기장을 펼쳐보다가 주황색 종이로 된 스프링 노트를 발견했다. 빛바랜 주황색만 봐도 기억의 스위치가 켜진다.

바야흐로 2008년. 알 없는 금테 안경에 금색 스커트, 금색 플랫슈즈를 신고 홍대 앞 길거리를 거닐었던 장면으로 시작한다. 주말마다 놀이터에서 열리는 〈홍대프리마켓〉에서 혼자 한나절을 보내곤 했다. 지금이야 아트 마켓이 많지만 그때는 거기뿐이었던 걸로 기억한다. 그곳에서 내 머릿속은 꿈으로 가득했다. '학교를 졸업하고 회사원이 되면(학교를 졸업하면 당연히 회사원이 되어 사는 줄 알았다) 여기서 물건을 팔 수 있을까, 낙서 수준이지만 내 그림 정도면 저 사이에 있어도 밀리지 않을 것 같은데.' 같은 꿈.

한참 구경하다가 쉴 때는 벤치에 앉아 북적이는 사람들을 그렸다. 그러다 어느 날은 캐리커처 그리는 부스에 들렀다. 부스라기엔 그냥 자리에 가까운 곳이었다. 작가들이 돗자리 깔고 삼삼오오 모여 앉아 사람들 얼굴을 그려줬는데, 콘셉트가 꽤 다양했다. 그중 3초 캐리커처인지, 10초 캐리커처인지, 여하튼 초

스피드로 얼굴을 그려준다는 남자의 부스가 인기 있었다. 당시 TV에도 나왔었다. 당연히 몇 초 만에 후다닥 성의 없이 그리는 게 특징이다. 일단 빠르게 결과물이 나오기도 하고 그림이 재밌어서 그런지 줄이 길었다. 푸들처럼 앞머리부터 꼬불꼬불 파마를 한 나도 줄을 섰다. 내게는 혼자 줄 선 것도 꽤 용기를 낸 행동이었다. 드디어 내 차례가 되었다.

"안녕하세요?"

"안녕하세요."

"얼굴을 그려 드릴게요."

"넹."

"학생이세요?"

"넹."

(쓱쓱쓱)

"마음에 드세요?"

"넹."

"삼천원 입니다."

"넹. 그런데, 저도 그려 드릴까요?"

막말을 내뱉었다. 머릿속에서 하고 싶다고 생각만 하던 일을, 대뜸 빛의 속도로 실행에 옮기는 때가 많아 스스로도 매우 당혹스럽다. 이미 행동하고 나서 한참 후에야 무슨 짓을 한 건지 알아챘다. 이번에도 몇 년 지나 뒤통수가 찝찝해지는 느낌으로 그 일이 자꾸 떠올라 그것이 막말이라는 것을 깨달았다. 그렇게 되물을 때 들었던 생각은 하나밖에 없었다. '내가 저 자리에 있고 싶어. 모델이 아니라 저 화가의 자리에 있고 싶어.'

아마도 ○○공원에서 초상화 아르바이트를 하기 전일 것이다. 지금 생각하면 웬 관종이 남의 영업장에서 무슨 배짱으로 까불었던 건지 모르겠다. 당황한 게 분명한 작가는 당황한 티는 내지 않고 네, 하고 흔쾌히 대답하며 자세를 고쳐 앉았다. 나의 치기를 귀엽게 여겼거나, 나의 도전을 거뜬히 받아줄 정도로 자신 있었거나. 아니면 좋게 얘기할 때 알아서 영업 방해 그만하고 자리를 떠주길 바랐을 수도 있다.

그러나 눈에 뵈는 게 없던 신아방은 가방에서 매일 들고 다니던 꼬질꼬질한 주황색 스프링 노트를 꺼내던 찰나, 연필을 쓸지 펜을 쓸지 고민했다. 고민을 길게 하면 멋이 없으므로 곧장 펜을 꺼내 들었다. 스케치를 안 하고 지우개도 안 쓰겠다는 선전포고다. 그 전에는 누군가를 그려주겠다고 한 적도, 펜으로 한 방에 드로잉을 해본 적도 없었다. 작가의 얼굴을 천천히 훑어보며 울퉁불퉁 선을 그었다. 무대 체질이라 실전에서는 떨지 않는다. 그래도 나에게는 그 순간이 어지간히 강렬했는지, 어떻게 그렸는지 아직도 선명히 떠오른다. 다행히 작가의 얼굴이 조금 쉽게(?) 생긴 탓에 꽤나 비슷하게, 그리고 그림체마저도 독특하게 완성을 했다. 선 몇 개밖에 쓰지 않았으므로 시간도 오래 걸리지 않았다.

종이를 찢어 작가에게 건네줄 때 비로소 주변이 보였는데, 둘러서서 보고 있던 사람들이 그 전보다 훨씬 많다는 걸 알았다. 관종은 만족스러웠다. 여담으로, 이 행동이 얼마나 건방졌는지는 한참 후에 알게 되었는데 이 깨달음의 시간까지 건방진 행동을 수도 없이 많이 해서 이건 시작에 불과하다고 할 수 있다.

말하고자 하는 바는, 이날은 (스케치 없이, 지우개를 쓰지 않고) 펜으로 바로 그리는 드로잉이 얼마나 멋진지 알아버린 날이다. 드로잉에 눈을 떴다고나 할까. 이날 이후로 틈만 나면 만나는 사람들에게 얼굴 그림을 그려 선물로 주고 다녔다. 그림은 그리려고 그리는 거다. 좋아하는 사람들에게 즉석으로 얼굴을 짠하고 그려줄 수 있는 것은 굉장히 특별한 일이다. 조금씩 스타일이 달라지긴 했어도 지금껏 드로잉 북을 채운 그림들은 전부 스케치 없이 그린 것이다. 여행 다니면서 본 장면, 만난 사람, 좋아하는 의자와 오브제까지. 한 방 드로잉은 내 급한 성미에도 제격이거니와, 비뚤비뚤한 선 때문에 전형적인 것을 좋아하지 않는 취향까지 만족시켜준다. 선 자리에서 슥슥 드로잉할 수 있는 삶이 얼마나 신나는지 모른다. 목소리를 냈다 하면 말

소리도 노래가 되는 가수들 기분이 이러려나. 대체로 사람들도 이런 순간을 꿈꾼다.

이것이 사람들의 꿈을 이뤄주는 내 클래스의 목표 중 하나다. 언제 어디서든 '멋져 보이는' 드로잉을 하는 것. 객관적으로 진짜 멋진 그림을 그리려면 시간이 많이 걸리지만 멋져 보이는 드로잉은 더 빨리 가능하다. 그래서 웬만큼 기본기 훈련이 끝난 클래스 멤버들은 한 번씩 거쳐야 하는 관문이 지우개 빼앗기는 단계다. 생각보다 많이들 지우개에 의지해서, 선 하나 긋는데도 지우개질은 서너 번씩 버릇처럼 한다. 안 지워도 되는 것까지 괜히 한 번 더 지우더니, 다시 그려도 지우기 전과 똑같이 그리는 걸 봤을 때 가짜로 우는 아기들이 생각났다. 그냥 한 번 '으앙' 소리 내며 입으로만 울어 제끼면 엄마가 달래주는 걸 아는 것처럼, 지우개란 존재는 의미 없는 선을 한 번 더 긋게 하는 걸지도 모른다.

지우개를 뺏긴 멤버들은 처음에는 투덜투덜, 안절부절 난리법석이다. 엄마가 가짜 울음을 모른 체하고 달래주지 않으면 머쓱해서 울음을 그치는 아기처럼, 멤버들도 이내 지우개 없는 현실에 적응한다. 스케치와 지우개 없이 그림을 그릴 때는 당연히 틀릴 것을 염두에 두어야 한다. 당연히 틀릴 걸 알면서 선을 그을 때의 짜릿함이 있다. 결국 실제 대상보다 커지거나 작아지거나 이상하게 완성되는데 그것이 너무 귀엽다. 원하던 바다. 그리고 그런 내 그림을 보고 희한한 매력을 느끼거나 재밌어 하는 사람들이 많다. 나는 우리 멤버들이 어릴 적 홍대프리마켓에서의 나처럼 건방 떨 자격이 충분하다고 여긴다.

"틀릴지도 몰라요. 그게 매력이에요. 손이 이상한 쪽으로 가고 있죠? 어차피 지우지도 못할 것, 그냥 마음대로 하세요!"

마음대로 하라는 말을 듣고 한 멤버가 울컥했다고 한다. 살면서 무언가 마음대로 해보라는 소리를 처음 들었다고. 도대체 살면서 얼마나 맘대로 못하는 것이 많은가? 바깥세상은 야수와 같다. 조그만 실수를 저질러도 나비효과처럼 뒤통수를 후려갈기는 사건이 왕왕 생겨 좀처럼 마음대로 살게 내버려 두질 않는다. 게다가 삶에는 지우개도 없어서 그냥 고쳐 쓰고 덧칠하며 사는 거다. 작은 지우개로 박박 때를 밀어봤자 어차피 뚜렷하게 지워지지 않는 것들투성이다.

하지만 그림 세상은 다르다. 실수 그까짓 것 아무것도 아니다. 마음에 안 들면 새 종이 펼치고 다시 그리면 된다. 인생에서 새 종이 꺼내려면 시간도 배로 들고 돈도 들 텐데 그에 비하면 종이 한 장은 얼마나 가벼운지. 처음에 당황하고 불안해하던 멤버들은 어느새 자기 지우개의 존재를 까맣게 잊은 채 집으로 돌아간다. 지우개 입장에서는 야속할 정도다. 나중에는 지우개를 다시 돌려줘도 귀찮아서 쓰지도 않는다. 엄마 잃은 지우개들이 올망졸망 귀엽다.

나는 꽤 오랫동안 머리카락을 스스로 잘랐다. 앞머리며 뒷머리며 어차피 똑 떨어지는 일자 머리를 고수하니까 특별한 기술이 필요한 것도 아닌 것 같고 싹둑싹둑 자르기만 할 텐데 굳이 미용실 예약하는 것이 귀찮은 데다, 커트 비용도 아까워서다. 뒷모습 사진 찍힌 걸 보고 기겁한 적은 있지만 어깨 남짓한 길이여서 묶으면 그다지 티도 나지 않을 거라 생각했다. 친구가 그런 내 이야기에 감명을 받아 자기도 머리카락을 직접 잘라보았다고 했다. 생각처럼 잘 안 되었나 보다. 길이가 자꾸 안 맞는 바람에 양쪽을 번갈아 가며 맞추다가 한없이 짧아져 버렸단다. 나더러 어떻게 자르는지 존경 어린 목소리로 물어보길래 친구에게 가장 중요한 사실을 말해주지 않았단 걸 알았다.

"아이고, 길이는 신경 쓰면 안 돼. 어차피 안 맞아."

그림도 마찬가지다. 어차피 그림을 그리다 보면 틀리거나 마음에 안 드는 구석이 생기는데 지우개가 없으면 고칠 수 없다. 지우개를 써서 똑같은 자리 주야장천 고치면서 시간을 보낼 바에 새로 몇 장 더 그리는 게 오히려 낫다. 멤버들을 지켜본 결과, (어디까지나 나의 주관적 연구 결과이긴 하지만) 지우개를 버릇처럼 쓰지 않았을 때 실수에 더욱 너그러워지는 걸 느꼈다. 자신감도 쑥쑥 는다. 지우개를 갖고 있으면 오히려 더 불안해했다. 지우개 따위 버리면 우리는 더 건방지게 살 수 있다.

22

호랑이가 되어줘

"다음 주에 사진 찍을 거니까 최대한 알록달록하게 입고 오세요. 컬러풀한 옷이 없는 멤버들은 색동옷과 모자를 대여해 드립니다!"

날씨가 좋거나 또는 날씨와 상관 없이 기분이 좋을 때, 기분과 아무런 상관 없이 그냥 땡길 때, 멤버들과 단체 사진을 찍는다. 수업하러 가기 전, 양손 가득 색깔 별로 옷을 바리바리 챙긴다. 이게 이리도 정성을 쏟을 일인지. 아참, 영준이. 아래위로 항상 검은 옷만 입고 오는 영준이가 사진 찍는 날이라고 내 말을 들어줄 리 만무하다. 나는 영준이의 취향을 존중하지만 그래도 한 번도 빠짐없이 핀잔을 줘야 직성이 풀린다.

"깜깜한 밤에 찍을 건데 까만 옷이 웬 말이냐, 니가 가오나시냐, 세상에. 얼굴만 동동 떠 있는 것 같다."

그래봤자 영준이는 내 말을 들은 체도 안 한다. 사실 사진을 함께 찍어주는 것만으로도 고맙다. 단체 사진 찍을 때는 정면을 응시해야 하고 차렷 자세 금지다. 이미 겪어본 멤버들은 입으로는 투덜대면서도 몸은 포즈를 취하고 있다. 그들은 내가 마음에 들 때까지 시키는 것을 알고 있다. 제대로 안 하면 집에 안 보내주는 것도. 연차가 쌓인 멤버들은 뻣뻣한 포즈는 귀가 시간만 늦춘다는 걸 잘 알기에 몸을 제법 능숙하게 움직인다. 역시 잘 키웠다.

그림을 취미로 가지는 사람들은 상대적으로 조용한 성격이 많아서 대게 카메라 앞에서 부끄러워하고 숨기 바쁘다. 할 수 없이 내가 나서서 하나부터 열까지 지도편달해야 한다. 팔을 올려라, 내려라, 무릎을 구부려라, 펴라, 한 명씩 디테일하게 채찍질을 하는데 혼자서 여러 명의 상태를 봐주다 보니 그들이 얼마나 창피해하는지 신경 쓸 틈이 없다. 정신없이 몰아치면 멤버들도 얼이 빠져서 창피해할 여유가 없다. 나는 우리 멤버들 하고 싶은 것 다 해주고 싶으니까, 내가 하고 싶은 것도 멤버들이 해줘야 한다. 그렇게 당당히 포즈를 요구하다가 다 같이 집에 가는 길에 정신을 차리면 아까 너무 강요한 건 아닌지 괜히 미안해진다.

"내가 좀 심했나요?"

"뭐가요?"

"사진을 억지로 찍게 했나요?"

"에이, 아니에요."

"너무 강요하지 않았나요?"

"그렇게 강요 안 하면 더 부끄러워요. 언제 해보겠어요?"

사진 한 장이 뭐라고 점잖은 사람들에게 바깥에서 이래라, 저래라, 너무했나 싶지만 재밌었다고 수줍게 말하며 웃는 걸 보고 조금 안심되었다. 수업 1~2년 차 초보 선생 시절, 자기만의 스타일을 갖고 싶다는 멤버들의 말에 적잖이 놀랐던 기억이 있다. 나만의 그림 스타일을 갖고 싶은 사람 손 들어보라고 하면, 선 하나 긋는 것도 부들부들 떨고 그림 그리는 것만 해도 감지덕지라고 생각하는 한 명 정도를 제외하고 모두 손을 든다. 거의 다라는 소리다. 스타일을 연구하고 그 때문에 매일 고민에 시달리는 건 그림으로 돈 버는 나 같은 사람이나 가지는 어려움이자 특권이라고 생각했는데, 취미로 그림 그리는 사람들은 도대체 뭐하러 사서 그 고민을 하려는 건지 의문이었다.

"왜요? 직업으로 그림 그릴 것도 아닌데 그냥 맘 편히 그리면 되지. 굳이 자기 스타일이 갖고 싶나요?"

"네, 당연하죠. 옷 고르는 거랑 비슷해요. 옷 입을 때도 취향이랑 개성이 있잖아요. 그림도 그런 것 같아요."

멤버의 말에 무릎을 탁 쳤다. 옷 고르는 것처럼! 나는 어릴 적 엄마가 걱정할 정도로 낯가림 심하고 내성적이었다. 그림 그릴 땐 아무에게도 부끄러워할 필요 없이 종이에만 집중하면 되니까 편하고 좋았다. 거기에는 내가 상상하는 세계를 무한정 펼칠 수 있다. 그래서 늘상 종이랑 연필을 끼고 다녔다. 대학생 때는 스텝증 목걸이에 종이 몇 장 넣어 목에 걸고 다녔다. 아이패드 없던 시절에 가방에서 노트 꺼내는 시간이 아까워서 그랬는데 아무도 놀리는 친구는 없었다. '맨날 수첩을 목에 걸고 다니는 애'가 지나간다고 말하긴 했어도. 술 마시다가 술이 노트에 쏟아져 종이가 젖는 것도 재밌는 에피소드고 추억이 새록새록 떠오르는 기록이라 그때까진 드로잉이 당연하고 즐거웠다.

첫 회사에 입사하고부터는 조금 달라졌다. 종이를 꺼낼 때마다 옆에 있던 동료들이 "그림 그리네~ 뭐 그려?" 하고 하도 쳐다보니까 일일이 설명하기도 귀찮고, 그림을 보여주면 리액션을 바라는 것 같고 그렇다고 "네"하고 짤막하게 대답만 하면 인정머리 없어 보이고, 다 귀찮은 상황이었다. 어깨너머로 종이가 뚫어질 것 같은 시선들도 부담스럽고 그림 그리는 것 자체가 별일인 것 같이 느껴졌다. 그래서 회사에서는 드로잉 북을 꺼내지 않게 되었다. 나도 그럴 때가 있었다. 그럼에도 불구하고 그림은 나의 표정이요, 나의 목소리다. 생각을 내뱉을 수 있는 창구가 있어서 얼마나 고마운지 모른다.

멤버 누리가 이런 얘기를 했다.

"회사를 다니면 다닐수록 내가 아무것도 할 줄 아는 게 없는 사람인 것만 같았어요. 내가 뭔가를 할 줄 알았던 사람이었나? 하고요. 이걸 조금 낫게 해주는게 드로잉인 것 같아요. 그림 그릴 때 적어도 나는 이런 걸 표현하고 싶은 사람이었지, 라는 생각을 해요. 그래서 그림 그리러 다니는 거예요."

멤버 예나는 이런 얘기를 했다.

"지금 다니는 회사가 되게 원하던 회사인데 입사하고 나니까 허무하더라고요. 그냥 너무 바빠서 회사의 기계가 된 기분이에요. 그런데 그림을 그리다 보니까 좋더라고요. 내가 기계가 아니라 하고 싶은 걸 할 수 있는 사람이라는 걸 알았어요."

밴드를 좋아한다. 밴드는 멋있다. 5인조 밴드의 공연을 볼 때는 5첩 반상을 멋지게 차려 골라 먹는 재미가 있다. 공연에서 그들의 아이덴티티는 음악과 비주얼, 조합과 에너지 등으로 발산된다. 단체 사진 찍을 때도 그림 그리는 것처럼 우리의 아이덴티티를 마음껏 보여주고 싶다. 멋진 슈퍼밴드가 되려면 갈 길이 멀다. 모두가 용기를 내주어야 한다. 나는 그들 속의 호랑이를 끌어내기 위해 최선을 다할 것이다. 회사에서는 고분고분 말잘 듣고, 이해하지 못한 상사의 말에 기계처럼 고개를 끄덕이는 얌전한 대리일지 몰라도 수업 시간에 그림 그리는 동안 만큼은 우리도 호랑이다, 이거다.

"그러니까 나랑 같이 사진 찍을 때는 겉모습만이라도 호랑이가 되자, 이거야!"

GOOD LUCK

23

특기와 애정

반 아이들 모두가 누군가의 부인이던 시절이 있었다. 진짜 부인이 아닌 것이야 당연히 알지만, 그래도 실제로 아는 사람이라 해도 믿을 수 있을 정도로 신상을 다 알고 있는 사이. 아이돌과 팬. 중고등학생 때, 친구들은 우리 오빠가 어제 뭘 했는지 모르는 게 없었다. 일찍 잠들기 바빴던 나는 그 정보력이 그저 부럽고 신기했다. 아무도 부인을 자처하는 여학생이 없어서 남은 아이돌 멤버가 자연스레 내 남편이 되었고, 그의 이니셜이 향후 10년간 이메일 주소로 함께 했다. 친구들을 따라서 허접한 러브장 같은 것 만들어본 적도 있다. 12살 때도 생각했다. '이 허접한 걸 왜 하고 있지?'

학창시절 아이돌 외에도 무언가를 오랫동안, 또는 잠시나마 둘째가라면 서러울 정도로 좋아하거나 수집해본 적이 없다. 무한정 파헤쳐본 적도 드물다. 있긴 있는 것 같은데 어느 정도 하다가 내 맘이 더 깊어지지 않으면 곧바로 그만두었다.

나는 '덕후'가 아니어서, 뭔가에 대해 아주 자세히 알고 있으며 그것에 대해 주루룩 읊을 수 있는 이들을 부러워했다. 그러다가 유학 시절에, 나는 덕후가 되고 싶어도 그러기 매우 힘들다는 것을 알았다. 의자 프로젝트를 맡아 리서치를 하는데 옆에서 말릴 때까지 그만두질 않았기 때문이다. 게다가 과제인데 재밌기까지 했다. 시간이 모자라서 그렇지, 더 많은 걸 알고 싶은 욕심도 나고 한편으로는 이러다가 어마어마한 전문가가 되면 어쩌나, 의자 때문에 다른 건 모지리가 되면 어쩌나, 하고 쓸데없이 겁이 날 지경이었다. 점성학에 꽂혔을 때는 독학에 한계를 느껴 거액의 강의를 등록하려다가 본업을 다 내팽개칠 것 같은 두려움에 접어두었다. 그렇다. 나는 덕후 기질이 없는 게 아니었다. 무서워서 덕후가 되지 못하는 사람이었다! 꿈도 못 꿀 줄 알았는데 이제는 될 수도 있다는 사실에 만족한다. 그러나 '덕질' 취미가 없는 나에게도 특기는 있다. 그렇다, 덕질은 이어질 이야기의 밑밥이다.

나에겐 누구와 붙어도 뒤지지 않는 특기가 있다. 자신 있게 손들고 말할 수 있다. 이것 하나만큼은 모두를 이길 자신이 있다고. 이런 특기를 가진 사람은 생각보다 많지 않을 것이다. 만약 〈영재발굴단〉 같은 프로그램에 출연 자격이 된다면 음, 나가 볼 만하다. 이건 확신과 자신감 둘 다 넘쳐야 가능한 것이다. 확신, 자신감 둘 다 넘치는 것도 보통 일은 아니다. 세상엔 대부분의 사람들이 나보나 뛰어나기 때문이다. 직접 만나지는 않더라도 방송이나 SNS로 잘난 사람들을 너무 자주 마주치는 시대에 살면서, 누구와 붙어도 이길 자신이 있다고? 그건 마치, 여자인 내가 어두운 밤 골목길을 걸어갈 때, 내 뒤에 또다른 검은 그림자가 드리워지더라도 쫄지 않을 기막힌 호신술 하나 숙지하고 있는 자신감이랄까, 든든함이랄까. 그 정도로 자랑스러운 특기다. 나에게는 그런 특기가 있다. 아니, 장기라고 해야 더 어울리려나. 그것은 바로 처음 보는 사람들 이름을 얼굴과 매치해서 단 한 번만에 외울 수 있다는 것이다. 수업 첫 시간이 되면 어김없이 50명 남짓한 멤버들을 만나게 된다. 특히 여자들 중에는 자매 수준으로 비슷비슷해서 헷갈리는 이름이 많다. 그럼에도 한 번 듣고 거의 다 얼굴을 보면서 외우는 것에 성공한다. 100명일 때는 두 번에 걸쳐 외우기도 하지만.

이름을 알고 있으니, 한 명 한 명 어떤 그림 스타일을 가졌는지도 당연히 알고 있다. 그것이 멤버들 사진 찍어주기, 상사욕 들어주기와 함께 내가 해야 할 일 중 하나라고 생각한다. 유명한 강의 플랫폼에서 공간을 마련해주고 재료 준비, 모집, 홍보 등을 대신해 줄 테니, 몸만 와서 강의해 달라 해서 한 적이 있다. 혼자 수업 외에 필요한 자잘한 부분까지 다 하는 건 역시 버겁기 때문에 그런 부담을 덜어주는 건 큰 장점이다. 개인적으로 하던 클래스와 똑같은 방식으로 병행했는데, 역시 편하기는 몸만 가는 쪽이 굉장히 편했다. 주어진 시간 동안 할 일만 하면 되니까.

그렇지만 적성에 맞지 않아 재계약은 하지 않았다. 플랫폼이 수업료의 일부를 수수료로 챙겨가기 때문에 내가 자꾸만 본전 생각을 하는 거였다. 또 최대한 그들에게 관리를 맡기다 보니, 수업 과정이 끝나도록 멤버 이름을 몰랐다. 몰라도 수업 진행은 가능해서 별 탈 없이 잘 마쳤다. 허나 원래 해오던 수업과 애정도 자체가 비교되니 양심상 계속할 수가 없었다. 아는 것만 전해주는 효율적인 수업은 내 타입이 아니었다. '이름을 외우지 않더라'가 플랫폼 강의를 뿌리치고 나왔던 가장 큰 이유다.

여러 해가 지나도록 멤버들의 이름과 그림 스타일뿐 아니라 하는 일, 그때 내던 월세, 그 당시의 고민 같은 것들을 기억(하려고 노력)하고 있다. 사실 이런 시시콜콜한 특징 같은 것들 기억하느라 사적인 기억 용량을 다 쓰는 것 아니냐는 말도 어느 정도 맞는 것 같다. 플리 마켓에 셀러로 참여해, 열심히 책을 팔고 있는데 구경하던 사람과 눈이 마주쳤다. 나만 볼 수 있는 눈

인사를 건넸는데 순간 이름이 기억났다.

"○○야!" 외쳤더니 그 사람이 놀랐다. "맞구나. 너 그때 스물세 살이었잖아! 디자인과였고 수업 오느라고 지방에서 주말마다 올라왔잖아. 친구랑 둘이서"라고 했더니 더 놀랐다. 놀란 건 나도 마찬가지나. 또 다른 ○○는 바리스타를 그만두고 타투 배워서 타투 아티스트가 되고 싶다고 했는데, 그때 월세 70짜리 집에 사느라 벌이가 빠듯해서 못 배우고 있다고 했다. 지금은 뭘 하고 있으려나? 걔 그림은 정리되지 않은 거친 맛이 있었지. 뭔가 분출하고픈 내면의 열정이 많은 친구임이 분명해. 같이 오던 친구는 여자 친구인 줄 알았는데 그냥 친구라고 했어. 둘 사이가 뭐랄까, 연인보다는 오누이처럼 애정이 깊어 보이긴 했지, 등등. 지금 사는 데 큰 도움 안 되는 사실들을 잊지도 않고 있다가 혹여 마주치면 줄줄 나온다. 좋아하는 아이돌이 없었던 것이 한이 되어 멤버들 신상을 외우는 것인가.

주변 동료들과 이야기를 하다가, 모두가 수강생 이름을 외우는 게 아니라는 걸 알았다. 이름을 기억하는 것은 큰일이었다. 애정이 있어야만 가능한 것이다. 기억력이 좋지 않아 자전거를 타고 나갔다가 카페에 세워두고 걸어온 다음, 자전거를 도둑맞았다고 생각할 정도인 나로서는 얼마나 큰 애정을 갖고 한 명 한 명 대하는 것인지 가늠될 것이다.

수업을 하다보면, 등록 기간이 끝나기가 무섭게 말없이 오지 않는 친구들이 있다. 늘 반갑게 이름을 불러주며 한 주의 안부를 묻고, 다음 주까지의 안녕을 바라며 헤어졌기에 그럴 때면 서운함을 감출 수 없다. 고작 몇 주일지언정 나름대로 마음을 썼는데, 그들이 다음 주에 오지 않는다고 생각하면 나에겐 늘 힘든 이별이다. 평생 볼 것처럼 정을 주었건만, 쿨하게 떠나는 이들을 보면서 혼자 쓰린 이별을 받아들이는 과정을 반복했던 것 같다. 마지막 수업에서 다 같이 손 흔들며 떠나고 난 뒤에 문이 닫히고 밀려오는 아쉬움과 슬픔이 조금 힘들었다. 사정상 수업을 잠시 접었을 때도, 어느 때처럼 잘 가라고 인사하고 그간 쌓였던 재료를 모조리 챙겨 집에 왔는데 눈물이 왈칵 났다. 수업이 끝나도 연락을 주고받거나 다른 곳에서 보는 멤버가 많지만, 결국 못보게 되는 멤버도 많다. 아쉬운 표정으로 "또 봐요" 하고 인사할 때마다 그 이별이 힘겹고 한참 동안 나아지지 않았다.

그러다가 그 감정은 내가 뭘 배우려 학원에 다니면서 나아졌다. 나아졌다기보다 바뀌게 되었다. 아무리 선생님이 좋고 수업이 좋아도 내가 그 이상의 애정은 주지 않았다. 그리고 깨달았다. 우리 멤버들에게도 그림 수업이 일주일에 한 번 오는 '그냥 학원'일 수 있겠구나. 물론 너무 기억에 남는 클래스였다고 말해주는 멤버도 있지만, 많은 취미 생활 중 하나로 그림을 그리는 것이고, 앞으로 다른 학원도 갈 것이고, 그냥 개인적 만족을 위해 돈 주고 산 시간일지도 모른다고 생각했을 때부터 이별이 조금 쉬워졌다. 그래도 내가 이름을 외우는 건 당연한 사항이다. 이쯤 되면 수업이 그냥 '일, 돈 버는 수단'을 넘어선 것이 확실하다. 어떻게 돈을 더 벌 수 있을까, 어떻게 판을 더 키울 수 있을까 다들 고민할 때, 수업을 돈 중심으로 생각하지 않았다. 그랬기 때문에 지금까지 꾸준히 할 수 있었다. 비록 판을 더 크게 만들지는 못했지만, 그것 때문에 간혹 걱정은 했어도 실망하지는 않았다. 역시 멤버들의 이름과 신상을 기억하는 것이 내 작은 그림 수업을 계속 작고 예쁘게 유지하는 비결이다.

'나에게로 와서 꽃이 되었다'라는 시구절을 좋아해서 목 뒤에 타투로 새겼다. 내가 어느 학원 가서 그러듯이 '거쳐 간 수많은 학생 중 한 명일 테니 날 모르겠지', '내 이름은 기억할까?', 같은 생각으로 머뭇머뭇하는 멤버가 많을 것이다. 너의 이름을 불러주며 내 수업에서만큼은 한 송이 꽃으로 대해주고 싶다. 귀찮아도 효율을 버리고 사랑을 선택하겠다. 이것이 욕심이라면, 멤버들이 다른 화려한 것들에 현혹되어 살다가 다시 취미 생활로 드로잉을 하고 싶다 맘먹을 때, 작고 정다운 아방이와 얼굴들을 첫 번째로 떠올린다면 그것만으로도 좋겠다.

24

샹들리에 같은 추억

설날에 오랜만에 외갓집에 다녀왔다. 외갓집이라고 하기엔 이제 그냥 외숙모네 집이 되었지만. 내가 어렸을 땐, 외가 친척들이 명절은 물론이고 주말에도 때때로 외갓집에 모였다. 엄마네는 육 남매여서 명절에 다 모이면 사촌 언니, 오빠들까지 넓은 집이 와글와글했다. 나는 그집을 할머니, 할아버지의 방으로 기억한다. 드르륵 미닫이문을 열면 포근한 솜이불이 항상 깔려 있고, 천장에 달린 샹들리에는 구슬이 밝아졌다 어두워졌다 하면서 노란 마룻바닥을 밝혔다. 저 구슬이 진짜 보석이면 어떨까, 상상하면서 한참 쳐다보며 놀았다.

응접실에는 어른들이 삼삼오오 모여 화투를 치거나 바둑을

두거나 노래방 기계로 노래를 불렀다. 늘 음식이 있고 시끌벅적했다. 다른 방에는 언니 오빠들이 모여 있었는데 다들 고등학생이어서 나는 전혀 끼어들지 못했다. 주먹 하나 들어갈 것 같이 풍성하고 정갈하게 튀어나온 언니의 앞머리라든지, 무스 발라 빳빳하게 세운 오빠의 스포츠머리는 고등학생의 상징이며, 실제 내가 고등학생이 되었을 때 느낀 나 자신의 모습보다 훨씬 어른스러웠다. 외갓집에는 어항도 있었다. 두 팔 벌린 것만큼 크고, 네모난 어항에 코를 대고 쉴 새 없이 움직이는 파란색 열대어들을 구경하고 있으면 시간 가는 줄 몰랐다. 외숙모 방에 있던 웨딩 오르골도 매번 봐도 지겹지 않았다. 가장 기가 막혔던 점은 외갓집 아래층에 오락실이 있었다는 것. 어떻게 그렇게 예쁜 게 많고 재밌는 게 넘치는지. 나의 이모와 외삼촌이 다른 아기들의 할머니, 할아버지가 되고 나서는 외갓집에 모이는 날이 줄었다. 지금은 할머니, 할아버지도 돌아가시고, 어린 내 눈에도 철딱서니 없어 보이던 사촌 오빠네 가족이 그 집에 산다. 그 점이 서운하다. 외갓집은 닳도록 다녀서 지겹기도 하고, 언니 오빠들은 놀아주지도 않고, 나만 어리다고 재롱을 기대하는 어른들 때문에 짜증 나는 일들이 물론 있었지만 향수도 있었다.

그런데 내가 크니까 그 추억의 물건도, 사람도 없다. 할머니 방 자개장이랑 병풍도 없고 샹들리에도 없고 어항도 없어졌다. 오빠 방에 시리즈로 폼 나게 꽂혀 있던 만화책과 모든 고등학생이 다룰 줄 안다고 생각했던 죽검도 사라졌다. 부엌 문지방 닳도록 다니며 입까지 따뜻한 명절 음식을 입에 넣어주던 삼십 대 우리 엄마도 없다. 하루 종일 엎드려 메모장에 그림 그리면 신기하게 바라보던 어른들도, 잠깐 외출했던 엄마가 돌아오면 잘 놀다가도 시원하게 울음 터뜨리던 유치원생 나도 없다.

왜 갑자기 흐릿한 기억 저편의 장면을 회상하며 추억에 잠겼느냐 하면, 단어 하나 때문이다. 내 남자. 연락처에서 '내 남자'라 저장된 이름을 발견했다. 내 남자? 내 남자가 누구지? 내 손으로 '내 남자'라는 애칭으로 누군가의 번호를 저장했다고? 당연히 지금 내 남자라고 부를 이도 없고 누군가를 내 남자로 저장한 기억도 없기에, 믿기 힘든 얼굴로 한참 동안 눈동자를 굴린 결과, 마침내 기억해냈다. 사실 기억해낸 건 아니고, 번호를 확인하니 074-×××-×××× 였다. 맙소사, 영국 번호. 지금은 없는 옛 번호다.

깜빡 잊고 있던 애칭과 전화번호를 우연히 본 후로 자꾸 런던에 다시 가고 싶었다. 그래서 비행기 티켓을 뒤지다가 얼마 전에 여행 다녀온 사실을 깨달았다. 또 가봐야 별 것 없다는 걸 알면서 왜 이렇게 가만히 있질 못하나 했는데 세상에, 런던에 가고 싶은 게 아니었다. 그냥 유학 시절이 그리웠던 것 같다. '내 남자'와 같이 다녔던 동네 골목과 시장, 해 질 녘 산책길, 반복적인 일상 같은 것. 햇볕이 거두어진 오후에 약간 따스한 자국과 그림자만 남는 것처럼 알맹이는 없고 어렴풋한 느낌만 남았다. 이런 막연한 기분이 런던에 가고 싶은 것인지, 아니면 그냥 아무 데나 좋으니 여행이 가고 싶은 것인지 헷갈렸다. 헤어진 사람의 이름은 간밤에 벗어둔 허물처럼 물기 없이 말랐다. 찔리면 아픈 촉감 정도의 감정 외에 아무 기분도 들지 않는다. 그 정도로 '내 남자'는 남 같다. 이어진 끈이 하나도 없다. 1년 넘게 단짝처럼 붙어 다녔지만 그새 그란 존재는 거의 옅어졌고 그와의 추억은 사진을 억지로 들추지 않으면 떠오르지 않는다. 관계란 신기하다. 원래도 남이고 앞으로도 남일 사람을 그토록 가깝게 여길 수 있는 끈 하나가 서로의 인생에 얇고 짧게나마 있었구나.

우리는 서로에게 어떤 사람이었을까. 어떻게 기억될까. 인간은 다 추억에 사는 거다. 미래에 안줏거리로 사무치게 외로운 날 곱씹을 맛있는 추억을 만드는 중이다. 샹들리에 구슬처럼 황홀하고 새파란 열대어처럼 마음을 빼앗기는 추억, 동시에 몇 년간 부를 일이 없어 납작하게 말라붙은 이름과 새까맣게 잊어버린 애칭과도 같은 추억. 그런 추억을 뜯어 먹고 사는 것이다.

LATE
BLOOMER
VASE

abang.

25

지난 생의
앙코르를 살고 있습니다

엄마가 서울 내가 사는 집에 왔던 날, 나란히 누워 평소와 다른 대화를 나눈 적이 있다.

"나는 어릴 때 보육원을 하고 싶었다."

"몇 살 때요?"

"뭐, 초등학교 3학년? 열 살쯤?"

"되게 어릴 때네. 열 살 때 보육원 하고 싶다는 생각을 왜 했어요?"

"학교에서 옥수수빵을 매일 급식으로 줬거든. 근데 양이 되게 조금이어서 다 안 나눠줬어. 못 먹고 살 때니까. 오늘은 이 그룹 먹고, 내일은 저 그룹 먹고, 그런 식으로 했어. 보육원에서 온 친구들이 한 반에 네다섯 명 됐거든? 선생님이 꼭 걔들한테 먼저 주더라고. 그땐 보육원이 많았어. 그걸 보면서 그 애들을 도와주고 싶다고 생각했지. 크면 보육원 차려서 먹을 것도 많이 나눠주고 보살펴 줘야겠다고. 돈이 드는 줄은 몰랐지. 엄마는 집이 잘살았잖아. 그러니까 보육원은 그냥 크면 저절로 할 수 있는 줄 알았어."

"엄청 어릴 때부터 그런 생각을 했네요."

"응, 우리 동네에 성당이 있었거든. 60년대에는 외국에서 온 선교사들이 많았어. 그 성당에는 이탈리아에서 온 신부님이 있었는데 털보고 오토바이를 타고 다녔어. 그 신부님이 성당에 딸린 보육원 애들을 오토바이에 실어서 학교까지 태워주는 걸 많이 봤지. 지금처럼 건물이 많은 것도 아니고, 차도 드문드문 있으니까 웬만한 거리는 걸어 다녔거든. 걸어 다니면서 그런 걸 많이 봤어. 신부님이 어린이들을 보살펴주기도 하는구나, 싶더라고. 나도 어렸으면서, 중학생 때까지도 그런 생각을 했어. 어린 친구들을 위해서 뭔가 해주고 싶다고. 우리 집은 늘 먹을 게 많았거든. 그래서 크면 그런 것들 내가 다 나눠줄 거라고 생각했지."

"귀엽다."

"내가 진짜 좋아했던 건 철학 시간이었어. 그때 선생님이

『어린 왕자』 이야기를 해줘서 집에 가는 길에 책을 사서 봤거든. 이게 진짜 세상이 아닌가 싶더라. 서로 위해주고 보살펴 주고. 이런 세상이 되어야 한다고 생각했어. 그리고 실제로 그 행성에 어린 왕자가 사는 줄 알았어."

"고등학생인데 어린 왕자가 진짜 있는 줄 알았다고요?"

"응, 그리고 그때부터 청소년을 위한 공간이 있었으면 좋겠다고 늘 바랐어. 그런 데가 거의 없었거든. 음악 활동도 하고 더 다양한 예술 교육을 하는? 지금은 그런 대안학교가 많더라고. 내가 꿈꾼 게 그런 것이더라고. 당연히 보육원 원장이 될 줄 알았는데, 하하하, 살다 보니 못 했지."

요즘 들어 내가 안 해본 모든 것에 대해서 후회하고, 내가 안 해본 것을 하는 모든 사람을 부러워하는 일이 잦아졌다. 딱히 요목조목 후회스러운 점이나 부러운 점을 대지도 못하는 것으로 보아 무엇이 부러운 게 아니라 내 상태가 불만인 걸 수도 있겠다. 언제나 지금 이 순간이 제일 좋을 수 있을까? 그렇다고 해서 나중에 후회라는 걸 전혀 하지 않을까? 나이를 한 살씩 먹을수록 아쉬운 게 늘어난다. 어떻게 살아도 나이 먹는 것은 피할 수 없으니 후회라는 놈도 피할 수 없는 것이려니. '지금 죽어도 후회 없어'라고 말하는 건 가능할 것 같지 않다. 내일 죽어도 괜찮을 정도로 옴팡지게, 또 찰지게 산다고 해도, '어제 그냥 그거 먹어 버릴 걸' 정도의 후회는 할 것 같다. 계속 후회를 달고 갈 생각을 하니까 후회가 정말로 나이처럼 내 목 뒤에 붙어사는 귀엽고 소중한 존재 같이 느껴진다. '후' 하고 내뱉었다가 '회' 하고 웃어버리는.

아무튼 나는 짙게 미련 남은 과거가 있는 것도 아니면서 틈 날 때마다 초콜릿 숨겨둔 상자를 열어 보듯, 자꾸만 돌아가고 싶은 때에 대해 생각했다. 그리고 그 생각에 대해 계속 생각했다. 역시 미련이나 후회보다 단지 그때의 즐거움과 환상적인 공간, 나의 에너지, 그리고 순수함, 너무 좋았던 젤리 같은 앨범을 다시 맛보고 싶어서 그런 것이 아닌가 싶다. 만약 진짜 그때로 돌아갈 수 있는 기회가 주어진다면 다른 선택을 했을 것 같다는, 인정하기 싫은 생각도 든다. 어차피 그렇게 못했을 과거가 영원히 안 올 미래처럼 상상 속에 남아있다.

제주도에 사는 친구 집을 방문해서 나란히 누워 이런 대화를 나눈 적이 있다. 친구 A는 뉴질랜드에 다녀왔다.

"아, 뉴질랜드."

"좋았어?"

"거긴 그냥, 뭐 안 해도 되잖아. 그냥 있어도 되잖아. 집 앞에 바다가 있었거든. 여름에는 거기까지 맨발로 갔어. 볕이 너무 뜨거워서 아스팔트 위에서는 슬리퍼를 신어야 하거든? 그치만 귀찮아서 신기 싫었지. 아침 풍경이 이래. 예쁘지? 집에서 보이는 바다야.”

“이런 데서는 잠도 그냥 깨지 않아?”

“그냥 깨지. 거기도 삼바 팀이 있거든. 그래서 다 같이 삼바하고 그랬어. 그거면 됐지. 달리 필요한 것도 없어.”

“달리 필요한 것 없지….”

“이것 봐. 쇼핑몰 밑에서 이렇게 아무것도 없이 음악 틀어놓고 둘이 춤추는 거야. 아마도 부부인 것 같아.”

“그래, 맞아. 내가 사랑했던 장면이 이런 거야. 잊고 있었어, 나도.”

“밤마다 나가서 별 보고. 별은 또 얼마나 많아? 그때 영주권 준비했었어. 학교도 다니고 전공 살려서 일도 했거든.”

“대단한데? 해외에서 취직 쉽지 않잖아!”

“응, 그래서 친구들이 다 부러워했어. 그 회사에서는 지금도 같이 일하자고, 오라고 해. 그때 나랑 학교 같이 다니던 친구들 전부 영주권 받았어. 뉴질랜드에서 2년 정도 살기만 하면 다 받을 수 있던 때야. 나도 학교 2주만 더 다니면 졸업이었는데. 인생 알 수 없어. 복불복이야.”

“너무 아쉽겠다.”

“딱 하나 놓친 건 거기서 연애를 안 한 거야. 나 좋다는 남자들 있었는데 하나같이 맘에 안 들었어."

"나는 니가 놓친 한 가지를 하느라고 니가 누린 여러 가지를 놓쳤어."

"추억이 많아. 너무 좋았어."

"그러게. 정말 잘 다녀왔네. 그 기억으로 살잖아."

"그런데 떠올리면 슬퍼. 그래서 생각 자주 안 하려고 해. 뭔지 알지?"

"알지."

"그래서 돌아온 뒤로는 기억을 뚝 끊은 것 같아. 사실 기억하기 시작하면 끝이 없고 다시 갈 수 있을까 싶거든."

"사진 한 장 한 장이 다 주옥같네."

개인적인 일 때문에 사랑하는 뉴질랜드를 부랴부랴 정리하고 돌아온 후로 제대로 추억할 겨를도 없었던 모양이다. A는 주옥같은 사진들을 주렁주렁 꺼내 보다가 한 번 더 그 시간을 사는 눈빛이었다. 우리는 앙코르를 펼치고 있을까? 엄마에게 앙코르 시간을 준다면 엄마는 무엇부터 할까? 인생에 연습 게임이 없듯이 앙코르도 없지만, 다시 기회가 주어진다면 마치 앙코르 무대를 살듯이 살 수 있을까? '저번에 한 번 살아봤더니 좀 그랬잖아, 별거 없잖아'라며 이번엔 더 화끈하게 사는 거다. 엄마는 가끔 내게 전화해, 동생 친구들이 집에 놀러 올 때마다 밥상을 너무 맛있게 차려줘서 다들 많이 먹고 간다거나, 동생 도시락 싸는 김에 같이 먹는 동료 것까지 싸느라 반찬이 거덜 날 것 같다는 내용의 하소연을 한다. 분명히 푸념인데 무지하게 신난 목소리다.

"엄마 음식 나눠주는 보육원 원장이 꿈이었잖아. 그걸 이뤘다고 생각하면 되겠네요."

우리는 모두 지난 생의 앙코르를 살고 있습니다.

26

무릉도원

집에 걸어가는 길, 유난히 만취한 사람이 많이 보여서 오늘
이 무슨 요일인지 생각했다. 요즘은 날짜도, 요일도 잘 생각나
지 않는다. 기록하지 않으면 거의 기억하지 못하고, 상세히 떠
오르는 건 커다랗게 남아 있는 옛날 것들인데 나, 이대로 괜찮
은 걸까. 이런 기억력 때문에 생긴 황당한 에피소드로 이틀 밤
은 족히 지루하지 않게 해줄 수도 있다. 아무튼 그래서 잘 우기
지 않는다. 웬만하면 상대방의 기억이 맞다고 인정한다. "나는
이러이러하다고 기억하지만 니가 그렇다면, 분명히 니가 맞을
거야." 그리고 대체로 그가 맞다.

그런데 기억력의 문제를 떠나 대화 도중 단어가 퍼뜩 생각

나지 않는 건 또 뭘까. 속으로 끙끙 앓으며 스스로 해야 마땅한 생각까지 모조리 상대에게 풀어내고는 알아내라는 식으로 대화를 이어가기 일쑤다. 퀴즈 수준이다. 몇 마디 말에 필요한 단어 중, 절반은 도무지 깜깜하게 생각이 안 나고 절반은 생각이 났으나 목구멍까지 가지 못해 뭐더라, 뭐더라를 연발하다가 급기야 하려 했던 말을 못하고 내 차례가 넘어가는 볼품없는 과정을 연이어 겪고 나서 심각성을 깨달았다. 점점 더 말과는 인연이 없는 사람이 되어가고 있는 것인가. 글과 마찬가지로 말도 생각과 연관이 있다. 다른 무언가에 너무 몰두하기 때문에 그외 나머지를 모조리 잊어버린다고 하기에는 이러다 삼십 대에 큰일 나겠다 싶을 정도다. 이제부터 인상을 쓰고 미간을 좀 찌그러트려서라도, 스스로 기억해 내는 연습을 해야겠다. 그렇다면 내가 기억하거나 인지하고 사는 것은 무엇일까.

일이다. 나는 어쩌다 일벌레가 되었을까. 책상은 너저분해도 할 일의 순서는 또박또박 정리하고, 칠칠하지 못한 행동이 대부분인 와중에도 일 만큼은 완벽하게 하려 하고, 핸드폰으로 쇼핑하면서 TV를 봤다가 전화를 했다가 사진을 검색했다가 책을 읽을 정도로 산만하면서 일할 때는 엉덩이가 그렇게 무거울 수 없다. 그러니 일 자체도 늘었고, 당연한 소리지만 일할 때 필요한 다른 능력도 향상되었다. 예를 들면, 일이 잘 성사되지 않았을 때 누가 본다면 깜빡 속을 정도로 아무렇지 않은 표정을 지을 수 있다. 특히 기대하던 무언가가 마음처럼 되지 않았을 때, 그 사실을 전달하는 미안한 얼굴을 어쩔 수 없이 마주했을 때, 겉으로 괜찮다고 하면서도 이다음 일을 계산하느라 눈알이 불안하게 굴러가고 좀처럼 괜찮지 않은 얼굴로 버벅대는 건 옛날 옛적이다, 이거다. 아직도 완벽히 괜찮지는 않으나 계산하거나 불안해한다고 되는 일은 한 개도 없다는 걸 알게 되어 그런지, 나 자신도 '정말 괜찮은 거라고' 속일 수 있게 된 것 같다. 그리고 미팅을 하거나 일 얘기를 할 때면 심지어 말을 조리있게 잘한다. 나름 표현도 세련되고 사람들을 이해시키는 것이 더 이상 어색하거나 거칠지 않다. 해야 할 말을, 감정이 격해지지 않은 채로 우아하게 하고 나면 '앗, 꽤 똑부러졌는데!' 한다. 능력이 이렇게 비대칭적으로 쏠릴 수 있단 말인가. 한편으로는 모순적이게도, 경험이 점점 쌓이고 말을 조리 있게 하고 감정 조절에 능숙해지고 대인관계를 원활하게 잘하는 것을 원치 않는다.

칠칠치 못하고 기억력과 말솜씨가 좋지 못하며 산만하고 표정을 숨기지 못하는 '신혜원'은 아직도 사회성이 부족해, 좋아하는 성격의 사람이 어떻게 이야기를 시작하는지, 이런 말에 어떻게 반응하는지를 면밀히 살피며 배움을 지속하고 있다. 반면 꼼꼼하고 조리 있게 말하며 집중력이 좋고 표정을 잘 숨기는 '신아방'은 드디어 어른이라는 단계에 발을 디딘 기분이다. 이제야 천지를 좀 분간하며 사는 것 같고, 인생에 적응을 한 것 같다. 어떨 땐 너무 바보 같아서 힘들다면서, 또 여러모로 능숙한 것도 싫다면 무엇에 장단을 맞춰야 하나. 그래도 어쨌든 나이도 들고, 지금 삶에 일이 대부분을 차지하다 보니 성격도 조금은 그쪽으로 따라가는 것 같다. 하루가 멀다하고 감정이 롤러코스터를 타던 게 엊그제 같은데 지금은 그렇지 않으니까 말이다. 지나온 이런저런 이야기에 양념 얹지 않고, 톤의 변화도 없이 술술 말할 수도 있게 되었다.

10년 동안 매달려 온 일이 나의 사적이고 의미 있고 통통 튀던 감정들을 무디게 만든 것이 확실해서 조금 억울하다. 많은 감정이 무뎌진 대신 취향과 성향은 뚜렷해졌다. 동시에 틀과 고정관념과 상념의 범위마저 뚜렷해졌다. 혹시 송곳같이 좁고 가느다란 취향이 편협하지는 않을까? 그래도 콕 찔러 작은 구멍을 낼 수 있는 도구는 미세한 세계를 파고들 수 있는 장점이 있겠지. 초(超) 틈새를 노려야하는 이 바닥에서는 말이다. 허나 감정까지 세세하게 쪼개어 알기 쉽고 친절하게 설명할 수 있게 된 덕에, 시를 자주 쓰지 않게 되었고 일기마저 분 단위로 기록하는 연구 보고서 같아졌다. 그 점이 마음에 들지 않는 것이다. 감정에 충실한 시나 일기 따위의 것을 사랑했는데 요즘 그렇지 않은 것 같아서. 해맑게 아무 소리나 지껄이며 매끄럽지 않고 미흡했던 시절이 그립다.

평소 굉장히 현실적인 회로로만 생각하는 친구 J와 무슨 이야기 끝에 "나는 ㄱㅏ 끔 슬플 때 울어"라고 했다. 그랬더니 글쎄 J가 "넌 네 자신을 위해 울어주네"라고 하는 게 아닌가. 그럴 줄 알았다는 듯이 콧방귀 뀌면서 한 말이라 약간 약이 올랐다. 그냥 내가 우는 거지, 나를 위해 울어준다고 표현하는 사람이 어디 있냐고 큰소리로 반박했더니 "남을 위해 우는 건 아니잖아"라고 했다.

그런 식으로 생각해 본 적은 없는데. 맞는 말인 것 같아 더 이상 반박하지 못하고 결국 엄청 웃다가 은근슬쩍 인정해버린 것처럼 대화가 끝났다. 나는 아직도 나를 위해 울어주는, 감정에 충실한 쪽이구나. 나쁘지 않았다. 늘 표정이 한결같은 친구 P는 살면서 어떤 감정이든 큰 폭으로 느끼지 않으며 이십 대 이후로는 외로운 감정을 거의 느끼지 않는다고 했다. 그것 참 신기했다. 나는 평온한 상태로 몇 달씩이나 살다가 어쩌다 한 번 '나를 위해 울어주는' 시간을 갖는 것도 감정 롤러코스터 주기가 많이 길어진 것 아니냐며 홀가분하다가도 서운했는데. 나의 몇 달이 그 친구에게는 그냥 계속, 쭉, 언제까지나 라는 말인 것이다. 비슷한 톤, 비슷한 표정으로 '감정 따위'라고 하는 듯한 P를 보며 아직도 나는 감정 기복이 상대적으로 큰 사람인 것에 안도했다. '많이 밋밋해진 줄 알았는데 아니잖아!' 하긴, 거의 모든 감정을 일일이 깊숙하게 느끼고, 감정의 끝이 마음 어디를 찌르는지 가만히 관찰하는 게 취미긴 하니까.

마지막으로, 순진한 얼굴로 나를 꿰뚫어보는 친구 A와의 대화.

"있잖아, 너무 신기했어. 정말 그런 적이 처음이었어."

"(크게 웃으며) 너는 뭐가 그렇게 항상 처음이야?"

"아냐, 이런 종류는 진짜 처음인데!"

"(크게 웃으며) 너는 항상 그렇게 새롭게 느껴?"

왠지 또 열받는 대화였다. 내 친구들은 희한하게 맞는 말을 열받게 한다. 열은 받지만 인정할 건 인정한다. '난 정말 처음 겪는 사건이고 처음 느끼는 기분이어서 신기했지만 네가 여러 번 들었다면 네가 맞는 거겠지.'

차갑고 일 잘하는 도시 여자가 다된 줄 알았는데 괜한 걱정을 했다. 일곱 살이 네 살 시절 그리워한 꼴이다. 무릉도원이라는 동네가 있단다. 친구 J는 동네 이름이 귀여워서 집을 사서 이사를 할 거라고 했다. 거기서, 보내는 사람 주소에 무릉도원이라고 적어 친구들에게 편지 보내며 살 생각에 벌써부터 신난다고 했다. 참고로 다른 친구의 집 주소는 사슴벌레길이고 옆집은 풍뎅이길이라길래 나도 그 동네로 이사 가고 싶었다. 그 동네 길이 다 곤충 이름이라고 했는데 귀엽다며 나중에 어느 길에 살

면 좋을지 둘이서 한참 떠들었다. 아무쪼록 거기서 거기인 친구
들이 있어서, 상대적으로 차가운 도시 여자처럼 느껴지는 순간
도 있고 균형이 잘 맞다.

27

백수, 투자자, 탐험가,
또는 지 인생 사는 사람

1. 스무 살의 아방이 : 버스 종점 도장 깨기

"니가 대학생 때 버스를 잘못 탔다는 문자가 온 거야."

"응, 그래서?"

"그래서 잘못 탔음 빨리 내리라고 했지."

"오, 내렸대?"

"아니, 종점까지 가고 있다는 거야."

"엥, 왜?"

"버스 종점에 뭐가 있는지 궁금해서 그냥 가본다고 하더라."

"오, 그럴 수 있지."

"그럴 수 있다고? 아직도 이해가 안 돼. 난 목적지나 목표

없이 행동해 본 적이 없거든. 그냥 잘못 탄 김에 계속 가본다는 생각은 해본 적이 없어."

최근에도 버스를 잘못 탔다. 기왕 잘못 탄 것, 아예 멀리 가는 게 덜 억울한 느낌이 들어 몇 정거장 더 갔다. 그러다가 좀 많이 멀어지는 것 같아 얼른 내렸다.

"친구야, 나 버스를 잘못 탔어."

"그럼 내려."

"응, 그러려고. 세 정거장이나 더 와버렸어."

"진작 안 내리고 뭐 했냐?"

내게는 종종 있는 일이다. 노선도에서 낯선 이름을 발견하면 미지의 땅에 내리게 될 것만 같았다. 하물며 중간 정거장도 그런데 종점은 우주정거장 종착역 수준으로 신비로웠다. 달 착륙을 시도하는 비장하고 설레는 마음으로 버스에 종일 앉아 있고는 했다. 그렇게 일부러 찾아가기도 하는데 때마침 버스를 잘못 탔다면 시간 많고 할 일은 없겠다, 아주 신나는 거다. 모든 시내버스 종점을 다 알고 싶어 도장깨기 할 때였다.

2. 스물다섯 살의 아방이 : 탐험가

"엄마, 나 그림 그려서 먹고 살까 봐요."

"에휴, 골치 아플 텐데. 그냥 다니던 회사 다니는 게 낫지 않니…."

"뭘 해도 골치는 아플 걸요."

어차피 골치 아플 거면 하고 싶은 걸 하며 골치 아프겠다며 결국 안전지대 밖으로 뛰쳐나왔다. 그리고는 취미 밴드에 영혼을 바쳐 주말마다 지방으로 공연하러 다니고, 재밌어 보이는 게 한둘이 아니어서 찔끔찔끔 들쑤시는 나에게 결국 엄마가 한마디 했다.

"에휴, 너 그렇게 이것저것 다 하고 싶어 하면 결국엔 하나도 제대로 못 할 걸."

"그럼 그냥 제대로 안 하고, 200개 대충 하면서 살래요."

좋아하는 걸 찾아 헤매다가, 죽기 직전에야 내가 좋아하는 것이 뭔지 알게 될 것 같다. 그러므로 나는 탐험가다. 우린 모두 탐험가다.

3. 서른두 살의 아방이 : 지 인생 사는 사람

멤버 상권이와의 대화.

"쌤, 난 차라리 그림이나 글 쓰는 거에 흥미를 느꼈다면 얼마나 좋았을까, 생각해요. 내가 하는 건 혼자서 아무리 해봤자 소용이 없어요. 뭘 기획하는 거니까 돈이 많이 필요하고 사람들이 많이 찾아와 줘야 해요. 그런데 혼자 하는 일은 혼자서 잘하면 되잖아요."

"나는 아주 가끔 회사 다니는 사람으로 태어났으면 좋았을걸, 이라고 생각하는데. 주로 회의하고 싶을 때나 회식하고 싶을 때."

회사원으로 분류되지 않는 나는 직업이 따로 있다. 백수라고. 누가 요즘 뭐 하냐고 물으면, 일은 안 하니까 "놀아요"라고 하려니 노는 것 치곤 마냥 즐겁지만은 않아서 "취미 생활이요"라고 하려다, "어머 좋겠다, 나도 취미 생활만 하면서 살고 싶다"라는 대답을 들을 정도의 가벼운 것도 아니어서 "일해요"라고 하려니 돈벌이가 되지 않을 때도 있어서 그냥 "하고 싶은 것 해요"라고 한다. 그편이 적당히 부러움도 사면서 그렇게 가볍거나 무겁게 느껴지지도 않고 딱 알맞은 표현이라고 생각한다. 살려고 밥 먹고, 살려고 자는 것처럼 내가 하는 모든 것은 살려고 하는 것이다. 그래서 태어난 김에 하고 싶은 것을 다 하며 살고 있다. 단 떼돈을 버는 것만 빼고. 대체 뭐하는 사람이야? 하고 묻는다면 "내 인생 사는 사람이지"라고 대답한다. 원하던 삶이었다.

4. 서른다섯 살의 아방이 : 투자자

"프리랜서들은 그런 고민 다 하던데. 지금 쉬면 일이 끊기지 않을까, 하는 뭐 그런 두려움 때문에. 쌤은 안 그래요?"

"그런 고민은 5~6년 전에 했던 것 같아. 그 다음 고민은 내가 이 일을 얼마나 계속 할 수 있을까, 오래도록 하려면 어떻게 해야 할까, 같은 것이었고 지금은, 음…… 내가 원하는 것의 크기가 줄어드는 걸 볼 때 걱정이 돼. 하고 싶었던 게 이만 한 크기였다면 그 크기가 고작 이만큼으로 줄어든 걸 알아. 그걸 느낄 때 두려워. 그럼 어떻게 줄어든 꿈을 지키면서 계속 나아갈지 생각해."

"와, 도 닦는 것 같네요. 계속 도 닦는 중인가요?"

"도 닦을 수밖에 없는 것 같아. 혼자 그림 그리고 있으면 정말 오만 생각이 다 들거든."

프리랜서가 힘든 거라고 다들 그러길래 '그래, 나는 쉽게 산 적 없으니 힘들긴 한 건가 봐. 그치만 사실 뭐 그렇게까지 힘든 것도 아니니 쉬운 건가?'라며 남 일인 듯 여겼다. 언젠가 취직 준비가 길어지던 친구가 자존감이 떨어지고 불안함을 느끼고 무기력증도 생기는 걸 보다가, 가고 싶은 회사가 있으면 가상의 프로젝트를 만들어서 제안해 보는 게 어떠냐고 말했다. 친구는 주어지지 않은 일을 만들어내는 건 의미 없고 시간도 아깝다고 딱 잘라 거절했다. 새삼 지나간 시간이 스쳐 갔다. 주어진 일을 하기보다 없는 일을 만들거나 제안하는 적이 더 많고, 주어진 일을 하는 시간보다 나에게 일이 주어질 미래를 위해 기다리는 시간이 훨씬 길다. 사실 그 아까운 시간이 나에겐 대부분을 차지하고, 친구가 취직을 준비하는 몇 달이 나에겐 평생인 것 같다. 정말로 도 닦지 않으면 살아가기 힘들겠다. 그 와중에 친구가 취업 걱정을 할 때 알량한 나의 자부심은 일상을 온전히 나의 계획대로 만들 수 있다는 사실을 등에 업고 아주 의기양양한 상태가 되었다. 이런 삶이 예기치 않은 순간에 아주 잠깐이나마 뿌듯함을 안겨주는구나. 누가 시키지 않아도 분주하게 하루를 보내는 게 아무렇지 않은 백수는 매일 미래에 투자한다. 오, 나는 투자자네.

objects

warm

abang.

28

영화 향수,
바스키아, 피카소

고통으로 사랑을 빚고 사랑으로 죄를 씻고

무한한 타인들의 사랑과 죄를 내려다 보며 영원히 외로운 자

영화 〈향수〉를 두 번째 보고 쓴 감상문이다. 영화는 볼 때마다 당시 나의 상황을 반영해 감상 포인트와 인상 깊은 장면이 매번 달라지기 때문에 시간이 흐른 뒤 몇 번이고 다시 보는 것을 좋아한다. 향수의 주인공 그루누이는 아름다운 여자들만 골라 감정 없이 살해하고 여자들의 시체로 향수를 만든 다음 아무 데나 버리는 사람이다. 한 문장으로 요약해도 이토록 자극적인 내용이기 때문에 용납할 수 없고 역겨웠다고 기억하는 영화를

왜 다시 보고 싶었는지 모르겠다. 어렸을 때 보고 꽤 시간이 흐른 후 다시 본, 두 시간 남짓한 영화는 여전히 음침하고 기분 나쁜 분위기에 젖어 있었다. 하지만 주인공의 나쁜 짓보다 더 자극적으로 다가온 것이 있다. 그루누이가 단 한 가지 감각에만 집착해 창조한 최후의 향수가 그의 죄도 씻어줄 만큼 황홀하다는 점이다. 향수 몇 방울로 사람들은 그를 욕하다가도 우러러보고 미워하다가도 마음을 빼앗겼다.

창조물에 대한 반응은 언제나 타인의 몫이지만 어디까지나 반응에 불과할 뿐이다. 사람들은 온갖 표정과 말을 쏟아내면서도 그루누이를 심판하지도, 그의 살인을 멈추지도 못했다. 그는 대중의 시선과 소문의 중심에 있었지만 줄곧 혼자였고, 사람들의 반응에 상관없이 그가 스스로 만들어낸 것을 확신했다. 바람 불면 없어질 것 같은 너절한 행색이었음에도 확신에 찬 눈은 빛을 잃은 적이 없었다. 삶의 이유와 눈에 띤 살기는 오로지 향기를 향한 것이었고 어찌나 한결같은지 참으로 순수했다.

좋아하는 영화 〈바스키아〉에는 이런 장면이 있다. 한 왕자가 높은 탑 꼭대기에 갇혀, 어쩐 일인지 나가고 싶어도 나가지 못했다. 자기의 존재를 알리려 왕관으로 철창을 치는 소리는 1.6km 밖에서도 들렸다고 한다. 탑 아래 사람들은 영문 모를 아름다운 소리를 잡으려고 팔을 공중에 허우적거리지만 결코 잡을 수 없다. 왕자는 아무도 모르게 고통스럽고, 세상은 그 고통 덕에 아름다웠다. 이는 예술가에 대해 생각하게 한다. 왕자가 높은 탑에 갇힌 것처럼 그루누이가 완벽한 향수를 공개할 때도 관중의 한가운데 가장 높은 곳에 서있었다. 그리하여 '높을 고'. 고통을 짜낸 끝에 찔끔 나올 정도로 귀한 것, 그리하여 '귀할 귀'. '고귀'한 예술이 고통 속에 만들어지는 것을 너무 잘 보여주는 영화들이다. 세상 사람 모두가 우러러보는 단 하나의 마스터 피스를 내놓은 자만이 얻을 수 있는 스토리다.

사실은 서로 전혀 다르지만, 언뜻 봐서는 자갈처럼 자잘하고 비슷한 문장들을 잔뜩 써놓지 않으면 안 되는 사람이 있다. 봐주는 사람 한 명 없어도 일단 쓰지 않으면 새로이 떠오르는 문장을 저장할 수 없으니 어쨌든 쓰고 본다. 이런 부류의 운명은 기구한가, 아니면 멋진가. 나는 '기구하다'에 한 표 던진다. 왜냐하면 본인이라고 그러고 싶겠는가. 아무도 읽지 않는 문장 따위 쓰고 싶지 않은데 어쩔 수 없이 새 문장들이 생기면 버려야 하고, 또 생기고 또 버려야 하니 말이다. 그걸 쓴다고 말할 수 있나? 배출, 또는 배설이 아닌가? 그런 문장들은 장기에 생기는 돌 같은 것 아닌가? 아무짝에도 쓸모 없을 수도 있다. 정말 사랑하는 문장 딱 하나만 평생 동안 갈고 닦아, 죽기 직전 자신 있게 번쩍 들어올리는 게 나은 인생이라고 생각한다.

아니다. '멋지다'에 한 표 던진다. 설사 아무도 원치 않는다

해도 계속 문장을 생산하는 일은 그것만으로 멋지다. 자갈밭에 자갈이 드문드문 있어 바닥이 드러나는 것보다 자갈이 풍성해 자박자박 소리가 여러 겹 들리는 편이 낫지 않나? 사람들이 환호하고 스스로도 반해버린 그루누이의 마지막 향수 같은 문장은 죽을 때까지 나오지 않을지도 모른다. 쓴다 한들 죽고 나서 주목받을 텐데 요즘엔 살아생전 주목받는 이들도 많아서 그마저도 보장받지 못한다.

"우리가 하는 드로잉도 따지고 보면 예술 활동입니다. 우리는 취미 예술가예요. 우리가 내는 향을 아무도 맡지 못해도 스스로 향기를 내는, 또 우리가 내는 소리를 아무도 듣지 못해도 스스로 계속해서 아름다운 소리를 내는 사람이란 말입니다. 우리가 그린 것을 설사 아무도 봐주지 않는다 해도 연습장 한 장 한 장 채우며 살잖아요. 그러면 귀한 일 하는 겁니다."

누가 알아줘야만 간신히 명함 귀퉁이 수줍게 내밀 수 있는 프로들의 세계에서, 이렇게 생각하지 않으면 내가 하고 있는 것들이 하등 보잘것없는 것처럼 여겨져 의기소침할까 봐, 멤버들에게 하는 말을 빌려 재차 되뇐다. 우리는 스스로 다 예술하는 사람들이니까 평가에 목매거나 흔들리지 말자고. 우리의 작품을 귀하게 생각하자고.

"사람들은 제가 작품 하나를 다섯 시간 만에 완성하는 줄 알겠죠."

피카소의 말이다. 네, 맞아요. 저도 그렇게 생각했어요. 피카소 다큐멘터리를 본 적이 있다. 초짜 일러스트레이터 시절이다. 여느 다큐멘터리처럼 지인들의 증언이나 당사자의 인터뷰가 많이 나오는 건 아니고 피카소의 모노드라마에 가깝다. 캔버스 뒤에 조명과 카메라를 달고 피카소가 그림 그리는 과정을 그대로 화면에 담았다. 붓을 따라 움직이는 화면이 선을 긋는 방향과 강도를 그대로 보여주었다. 슥슥 참 쉽고 빠르게 그리는 듯했다. 작품 하나가 뚝딱 완성되는 순간이 여러 차례 나왔다. 뭐야, 이 천재는? 너무 간단하잖아? 싶어 어이없는 찰나 갑자기 흰 물감이 튀어나오더니 다 된 밥을 깨끗하게 덮었다. 도로 깨끗해진 캔버스 위에 비슷한 걸 다시 그리더니 이번엔 완성인가 싶을 때 또 흰 물감으로 덮었다. 또 그리고 또 덮었다. 몇 번이나 반복했다. 몇십 번 일지도 모른다. 같은 종이 위에 수십 명의 여인이 생겨났다가 사라졌다.

그는 모든 그림을 그렇게 한 번이 아니라 여러 번에 걸쳐 그렸다. 고쳐 그리는 지루한 시간 끝에 완성된 그림은 시작과 많이 달라져 있었다. 시작이 동그라미였다면 끝은 별 모양이었다. 피카소가 그림을 동그라미에서 별로 바꾸는 과정만 두 시간 가까이 보면서 의아하고 짜증 났다. '나 참, 결국 별을 그릴 거면 처음부터 별을 그리면 되잖아. 왜 굳이 동그라미로 시작해서 다 지우고 난리야? 시간이 남아도는 건지, 이런 식으로도 별을 그릴 수 있다고 자랑하는 건지. 고생을 사서 하시네.'

영상의 거의 마지막 장면에서는 조금 큰 크기의 그림이 그려지고 있었다. 해변가에 모여있는 사람들을 스케치했는데 역시나 대여섯 번 지우고 그리기를 반복했고, 끝엔 도형 몇 개가 덩그러니 남은 그림으로 완성되었다. 처음에 해변가와 사람들이 그려져 있었다고는 전혀 상상하기 힘든 엉뚱한 작품이었다. '이거 봐. 이 할아버지가 또!' 그때 피카소의 몇 안 되는 음성이 흘러나왔다.

"자, 됐어요. 이제 옮겨 그려야겠어요."

네? 됐다고요? 이제 옮겨 그린다고요? 충격이었다. 이때까지 나에게 보여 준 건 뭐야? 이때까지 그린 건 뭐길래 이제 옮겨 그릴 거라니. 이 정도 했으면 양심적으로 완성되었다고 말하고 축하 파티해야 하는 거 아니야? 혼자 이렇게까지 시간을 많이 쓰면 반칙이지. 이제 막 그림 한 장 완성하는 끈기를 한창 기르고 있던 나는 선생 역할을 맡고 있긴 했어도 '그림의 그'도 모른다는 멤버들과 별반 다르지 않은 연습량을 갖고 있었다. 별 모양으로 끝낼 거면서 동그라미로 시작하는 것을 낭비라 여겼고 저런 헛수고를 왜 하는지, 효율을 모르는 사람이네, 어쩌네 했다. 그런데 이 한 마디가 뒤통수를 쿵 때린 거다. 그는 어떻게 완성될지 모르는 그림을 몇 번이고 지우고, 또 그리기를 반복했다. '처음부터 이렇게 그렸으면 되잖아' 같은 나의 불평 따위는 애초에 말이 안 되는 것이었다. 시작부터 완성까지 한 방에 가는 고속도로는 없었다. 그게 피카소일지라도!

책을 낸다는 건 공개적으로 창피한 일이다. 글을 쓸 때는 그게 전부인 줄 알고 감정이 기울어진 상태로 쓰지만, 몇 달만 지나도 조금 자랐다고, 지극히 개인적인 이야기들이 난데없이 창피해지는 탓에 감히 첫 장도 들추지 못한다. 쓸 때도 알고는 있다. 분명히 주워 담고 싶은 문장투성이일 것란 걸. 그렇다고 당시에 더 성숙할 수도 없는 노릇이다. 그럼에도 불구하고 글을 쓰고 책을 내는 것을 마다하지 않는 이유는, 부끄러워질 것을 알면서도 나의 미성숙한 일기장을 숨기지 않는 이유는, 어쨌든 지금의 모자람을 인정하며 앞으로 더 괜찮아질 거라는 것을 믿기 때문이다.

그런 점에서 나의 그림도 믿고 있다. 피카소 다큐멘터리를 본 후로 약 5~6년 간 매일 그림을 완성하는 습관이 들었다. 마음에 안 들면 같은 그림을 몇 장씩 그리는 것도 아무렇지 않다.

피카소도 겪은 과정이니까. 여러 번 실패하면 가장 괜찮은 하나가 나오기 마련이다. 낙서 비슷하게 휘갈긴 드로잉 북이 이젠 때가 타고 각설이 옷처럼 너덜너덜해졌고, 누구 보여주기 창피한 그림이 대부분이지만 찢어버리지 않는다. 눈, 코, 입을 못 그려서 얼굴만 계란처럼 그린 웃긴 그림들을 전부 갖고있다가 가끔 자신감을 잃기 직전인 멤버들에게 친절히 보여 준다. 희망을 가지라고.

심지어 프리랜서 초기의 습작들, 지금 같으면 버렸을 법한 드로잉을 모아 올려놓은 사이트도 있다. 그 처참한 그림들을 굳이 구경하려고 스크롤을 내리면 얼마나 재밌는지 모른다. 그림이 몇 년 사이에 눈에 띄게 나아진 걸 확인하는 것이 은근히 기분 좋다. 지금 나아진 스스로를 확인하기에 옛날의 부끄러운 결과물만큼 직관적이고 솔직한 것이 없다. 영혼을 최대치로 끌어모은 근래의 작품들도 곧 한없이 귀여워지겠지. 그래도 그림이 몇 년 전에 출간한 책보다는 조금 더 보기 편하다.

예전 작업물을 훑어 보면서 나는 참 천천히 발전하는 사람이구나, 한다. 첫술에 배부를 수 없지. 생각보다 끈기를 가져야 한다. 수준을 똑바로 알고 이상과 실력의 차이를 인정해야 한다. 뭐, 지금 이 정도밖에 안 되는 걸 어쩌겠어. 하지만 내일은 더 나아질지도 모른다고 생각하면 조금 편해진다. 나도 때론 가질 수 없는 삶을 동경하여, 언제나 거대한 한 방의 역작을 내놓고 싶어하지만 현실은 그것과 멀어도 너무 멀다.

나는 조약돌 같은 가벼운 작품들을 끊임없이 쏟아내야 하는 사람이다. 꾸준히 반복해서 작은 물결을 만들어내야만 하는 사람. 한참을 지루하게 쏟아붓다가 그 와중에 반짝이는 것 하나를 조심스레 찾아낼 뿐이다. 피카소가 점 하나 찍거나 선 하나 그은 그림에 어마어마한 값이 매겨지는 걸 보면서 유명하면 똥을 싸도 사람들이 좋아해 준다는 말로 질투한 적 물론 있지만, 거대한 한 방이란 있을 리 없다. 수업을 하다 보면 빈 종이 한 장 앞에 두고 시간을 질질 끌면서 안절부절 못하는 멤버들을 꾸준히 보게 된다. 그럴 때마다 피카소 이야기를 해준다.

"왜요? 거기 영혼 쏟아부었는데 실패할까 봐 그러죠? 틀리면 다시 그려야할까 봐 그러죠? 피카소도 그러는데! 피카소도 그러는데 딱 우리 같은 보통 사람이 실패하는 건 너무 당연하지 않나요? 저도 자주 머뭇거려요. 그런데 해보니깐, 여러 장 실패하고 나니까 '짜잔'하고 한 장 나오긴 하더라고요. 딱 한 장 그려서는 절대로 맘에 드는 그림으로 안 나올 거예요. 어차피 마음에 안 들 거니까 일단 그립시다. 백 장을 그릴 용기를 가져요. 같이 하면 됩니다! 만약에 단 한 번 만에 무언가 완성하고 싶다면, 그 그림이 별로라고 섭섭해하면 안 돼요. 우리의 작품이 별로인 건 별로인 거고, 귀한 건 귀한 거예요."

29

여행 취향

어딘가 익숙한 곳에 틀어박혀 있고 싶은 마음과 어디로든 도망쳐 낯선 공기에 에워싸이고 싶은 마음이 함께 있다. 여행을 가야 하는 시기가 온 것이다. 하지만 한동안 여행을 가지 못해 지독한 상사병에 시달리고 있다.

삶과 기억을 혼동하는 일이 잦아졌다. 젖은 풀 냄새가 사방에 진동하는 유월이 되면 베를린의 자전거 바퀴 구르는 축축한 거리가 생각나고, 울창한 가로수를 보면 도시가 맞나 싶을 정도로 정돈되지 않은 베를린의 가로수가 생각나고, 세련된 육교를 보면 혼잡함 속에서 질서 있게 교차하며 걷는 베를린 중앙역의 사람들이 떠오른다. 약간 촌스러운 듯하면서 유럽 느낌이 풍기는 애매한 빌딩에 들어갔을 때는 런던 유학 시절에 처음 살았던 사설 기숙사가 떠오르고, 책에서 '아카데미'라는 단어를 읽으면 왜인지 런던의 '피카딜리 서커스'가 생각난다. 빠른 연상 작용은 놀랍게도 나를 어느새 피카딜리 서커스 역에 떨구어 주었다. 쉼보다는 자극을 얻으려고 여행하는 편인 줄 알았는데 그건 가 본 곳이 거의 없던 어릴 때나 해당하는 말이었다. 다음 여행을 상상할 때마다 어느새 또 살아본 곳을 슬쩍 끼워 넣는 걸 보면, 완전히 새로운 곳만 여행하는 부류는 아닌 것 같다.

여행을 그리 자주하는 편은 아니지만 한다면 길게 하는 것을 선호한다. 휴일에 잠깐 다녀오는 도깨비 여행 같은 일주일 이하의 여행은 도무지 관심 밖이다. 도깨비보다는 두더지 타입이라고나 할까? 한 동네에 최소 일주일은 머무르면서 두더지처럼 내게 익숙한 굴을 만들어야 비로소 여행이란 걸 한 것 같다. 또다시 서울이 익숙하고 슬슬 지겨워질 때 쯤, 곳곳에 만들어둔 두 번째 보금자리에서 평소와 조금 다른 일상을 보내는 것이 좋다. 기한이 다 된 생활을 새롭게 단장하기 위한 방편이다. 이렇게 여행 패턴을 살펴보면 나를 조금 알게 된다.

여행을 떠나기 전에는 가이드북을 사는 대신 친구를 사귀는 것이 먼저다. 혼자 여행하는 걸 좋아하기 때문에 재워줄 친구가 있어야만 움직이는 희한한 동기도 있다. 친구의 친구의 친구여도 상관없다. 만약 재워주거나 편안히 반겨줄 친구가 없다면, 여행하고 싶어도 언제까지나 참을 수 있는 참을성도 있다. 만약 그럴 사람이 없는데 나라를 결정하고 항공 티켓을 끊을 정도로 사정이 급했다면, 나와 친구가 되어줄 만한 사람이나 그런 사람들이 모이는 공간을 물색하는 것이 첫 코스다. 그러므로 내가 좋아하는 여행 조건 1은 친구, 그리고 좋아하는 동네다. 도쿄에 사는 친구를 보러 도쿄에 갔을 때는 시모기타자와를 벗어난 적이 없다. 친구가 여기에만 있다 돌아가도 괜찮냐며 걱정할 정도로, 첫날은 미현이와 시모기타자와, 둘째 날은 쇼코와 시모기타자와, 셋째 날은 야마토와 시모기타자와, 넷째 날은 나 홀로 시모기타자와. 이런 식이다. 매우 쉽다. "도쿄에서 나를 찾으려면 시모기타자와로 오세요."

런던에 갔을 때는, 얹혀 지냈던 친구 J네 동네 펍에 노트북을 가지고 매일 출근 도장을 찍었다. 하필이면 그 동네에 맘에 드는 펍이 있어서 아주 다행히도 흐뭇한 여행이었다. 내가 좋아하는 카페나 펍은 커피와 술을 함께 파는 곳이어야 한다. 커피만 파는 곳과 술만 파는 곳은 그 두 가지를 다 파는 곳과 분위기가 다르다. 또 새하얀 현대식 인테리어면 안 된다. 유럽에 특히 많은, 원목 테이블과 담뱃불에 뚫린 가죽 소파가 있는 곳이면 금상첨화다. J네 동네에 딱 한 개뿐인 펍은 그런 면에서 합격이었고, 낮에 들어갔다가 저녁에 나올 때까지 일에 집중이 너무 잘 되었다. 그 펍 덕분에 잠깐 옆 동네에 온 것처럼 런던에서도 평소와 똑같은 편안한 시간을 보냈다.

가장 최근에 다녀온 제주도 이야기를 하자면, 사실 10년 만에 찾는 제주도였다. 여행 리스트에 없던 제주도에 간 이유는 단지 거기에 살고 있는 친구 둘이 재워줄 테니 오라고 했기 때문이다. 운전을 못하니 남들 하는 것처럼 제주도를 돌아다닐 생각은 애초에 없었다. 친구 얼굴이나 보고 친구 집 청소나 하고 친구가 출근한 동안 나 역시 일을 하며 기다리면 그걸로 됐다고 생각했고, 그렇게 했다. 둘이 하필이면 옆 동네에 사는 덕에 나는 짐도 없이, 오늘은 이 집, 내일은 저 집을 왔다갔다하면서 '이게 바로 여행의 묘미지' 하고 생각했다. 겨울이지만 따뜻한 날에는 동네를 걸어 다녔다. 집들이 낮고 하늘이 맑아 기분이 좋았다. 이렇게 내가 좋아하는 동네에 살듯이 지내며 주위를 환기시키는 것으로 일상의 갈증을 해소한다. 역설적이게도, 편안함이 주는 자극이다.

내가 좋아하는 여행 조건 2는 케케묵은 로컬 플레이스. 로컬 플레이스 역시 그곳에 사는 친구가 데려가지 않으면 알아내기 힘들다. 엄청난 양의 검색을 한다면 모를까, 나같이 모조리 물어봐야 속 편한 사람에게는 친구를 사귀는 편이 더 빠르다. 터키 여행 시절엔 간이 배 밖에 나왔을 때라, 길에서 만난 터키

오빠가 같이 밥 먹자고 하는 걸 덥석 따라간 적이 있다. 이스탄불은 다국적 관광객들이 바글바글한 곳이다. 그들 틈에 줄 서서 비싼 음식 먹고 싶지 않았기 때문이다. 늘 가는 식당에 데려가 달라고 강력하게 말해서 같이 간 곳은 관광지 바로 옆 골목이었지만 관광객은 한 명도 없는 곳이었다. 그때 먹었던 메뉴 '쾨프테 *kofte*(터키식 미트볼)'의 맛을 잊을 수 없다. 너무 맛있어서 단지 그 음식 때문에 터키앓이를 했었다. 베를린에서 친구들이 데려가준 클럽, 페스티벌, 카페, 마켓 등은 또 어떻고. 나의 책 『미쳐도 괜찮아 베를린』에도 자세히 쓰여있고, 누누이 그 매력을 설파하고 다닌지라 더 말하기 입 아플 지경이다.

도쿄에서 미현이가 데려간 로컬 플레이스로는 한 카페가 있는데, 시골 미용실처럼 케케묵은 내부에 할머니 댁에 있을 법한 물건으로 가득 찬 곳이었다. 장소와 어울리게도 백발 할아버지와 할머니가 사장인데 기분이 좋으면 마술을 보여주기도 하고, 집에 갈 때면 문 앞에 서서 너무 정답게 인사해준다고 했다. 사연을 들으니 더욱 정이 가는 카페다.

내가 좋아하는 여행 조건 3은, 디자인 숍보다 바이닐 숍, 명품 숍보다 빈티지 숍이다. 턴테이블도 없으면서 LP는 나에게 눈으로 보는 작품과 같다. 때문에 츠타야 *TSUTAYA*(일본의 대형 서적·음반 체인점) 예술책 코너보다 음반 코너에서 훨씬 더 오래 있었다. 친구가 야심차게 데려갔던 6층짜리 도큐핸즈 *TOKYU HANDS*는 계단을 내려가면서 슉슉 고개만 돌리며 내려왔는데 솔직히 친구를 생각해서 6층부터 내려온 것이지, 어떤 곳인지 알았다면 아예 들어가지도 않았을 거다. 그보다 동네 슈퍼마켓에 더 오래 있었다. 역시 책장 넘기면서 내용을 보는 것보다 한 장의 비주얼로 임펙트를 주는 LP 커버가 항상 더 흥미롭고, 별거 별거 다 있는 잡화 상점보다 그 나라의 글자와 감성, 생활 패턴이 엿보이는 패키지를 구경하는 게 훨씬 즐겁다. 그렇게 친구들이 데려가는 곳에서 동네 정취를 즐기고 배고프면 밥 먹고 그들이 해주는 동네 이야기를 듣는다.

해 질 녘 풍경을 넋 놓고 바라보다가 가게에 모인 단골손님들이 친구가 되는 과정을 구경하기도 한다. 아무래도 여행은 너무 거창하고 이제부터는 다른 동네에서 잠깐 지내다 왔다고 말해야겠다.

연도를 대표하는 여행이 있다. 그리고 드로잉 북 표지에는 연도가 적혀 있다. 드로잉 북을 펼치면 사진에 없는 기억이 있다. 대화를 나누다가 적은 메모들, 새로 사귄 친구들의 얼굴을 그린 그림 따위가 있다. 드로잉 북을 펼치기 전에는 까맣게 잊고 있었던 것들이다. 사람 살결에 각각의 냄새가 있듯이 공기에도 동네 특유의 냄새가 있는 것 같다. 어떤 사람이랑 잘 맞으면 살 냄새가 거슬리지 않는다고 하던데, 동네가 잘 맞으면 공기 냄새도 특별하게 기억되는 것 같다. 신기하게도 그림들에서도 냄새가 난다. 그리고 비슷한 풍경을 봤을 때처럼 그 냄새를 타고 나는 몇 년 전 그곳에 서 있다. 사진을 볼 때는 사진만 넘겨보게 되는데 그림을 볼 때는 잔상이 함께 떠오른다. 희한하게 꼬불꼬불한 선만으로도 퍼뜩 그 순간이 생각이 나는 사실이 우습다. 어찌 보면 사진첩이나 일기장보다 그때의 나를 더 선명하게 집어내는 것이 그림인 것 같다. 여행으로 연도를 기억하고, 시시때때로 여행 드로잉 북을 앨범처럼 넘겨 본다. 스티브 잡스가 스탠퍼드 졸업식 축사로 이런 이야기를 했단다. "인생은 점으로 연결된다. 미래를 내다보며 점을 이을 수 없지만, 점이 이어진 모습으로 과거를 되돌아볼 수는 있다." 나는 차곡차곡 모아둔 여행 드로잉 북으로 과거를 연결하고, 이어진 페이지들로 얼마나 얌전해졌는지 가늠해 본다.

실로 오랜만에 얻은 휴일. 안 하던 화장을 하고 운동화 대신 하이힐을 신고 불편하게 외출했다. 그런 차림으로 몇 보 걸으면 도착하는 집 앞 카페에서 혼자 스테이크를 먹었다. 비행기를 못 타니 이렇게라도 해야겠다. 누군가와 함께 있지 않고, 누군가에게 보여주지 않고, 단지 나를 위해 꾸며 입고 나를 위해 좋은 걸 먹고 좋은 시간을 보내는 여행 같은 휴일이었다. 상수동 드로잉 북도 한 권 만들어야겠다.

LES DEUX MAGOTS

tasse plaisir autour d'une pâtisserie

30

보호자의 동의가
필요합니다

"혜원아, 어디 갔다 오니?"

"…미술학원이요."

거짓말이다.

"친구가 너 오늘 학원에 안 왔다고 하던데 어느 미술학원
갔다 온 거야?"

"……다른 미술학원이요."

기억나는 최초의 거짓말. 그날 미술학원에 안 간 건 맞는 것

같고 물론 다섯 살짜리가 혼자 다른 미술학원에 갔을 리도 없다. 다섯 살이 맞으려나?

아무튼 내 거짓말이 꽤 인상 깊었던지, 현관에서 신발도 못 벗고 우물쭈물 서 있었던 것까지 기억 난다. 어렴풋이 떠오르는 현관의 이미지로 나이를 다섯 살이라 추정해본다. 아마도 미술학원에 안 가고 어디 딴 데서 놀다가 집에 간 모양인데, 말 잘 듣던 아이라 그날 따라 뭘 했는지는 알 수 없다. 아무튼 현관문을 딱 열고 들어갔는데 같이 학원에 다니던 친구가 엄마 뒤에서 고개를 빼꼼 내밀고 있었다.

'망했다'라는 기분을 느낀 최초의 날이기도 하다. 다행히 혼나지 않고 그냥 넘어갔다. 혼나지 않았으니 다섯 살 꼬맹이는 엄마가 속아 넘어간 줄 알았다. 다행이라며 안도하면서도 엉겁결에 지어낸 말이 내가 생각해도 창피했나 보다. 어렸을 적 기억이 거의 흐릿한데도 불구하고 이 기억만큼은 뚜렷하니까 말이다. 말썽꾸러기도 아닌 온순한 딸래미가 다른 미술학원에 갔다 왔다고 둘러대는 걸 보면서 엄마는 얼마나 웃겼을까.

몇 년 전, TV를 보다가 나와 엄마가 나눈 대화다.

"엄마, 영어 시험 칠 때 빨리 읽고 포인트 딱딱 집어서 문제를 풀어야 하는데 난 성격상 그게 잘 안 되는 거야. 천천히 다 읽고 문장 하나하나가 어떤 뉘앙스인지 막 꼼꼼하게 해석하느라고 시간 안에 풀질 못 해. 시험 요령이 하나도 없는 거지.”

“그게 나쁜 건 아니잖아.”

“그래서 점수를 못 받았지.”

“그래서 니가 지금처럼 일을 하는 거야. 그게 좋은 거야.”

“그게 좋은 거라고요?”

“시험 점수에 맞춰서 줄 서는 건 별로야.”

고등학교를 졸업한 지 15년쯤 되어가니까 시험 못 쳤던 것 정도는 내 입으로 말하기에 부끄럽지도 않고 혼날 이유도 안 되고 사는데 별 타격도 없다. 설사 지금 어떤 시험을 망치더라도 부모님 눈치를 볼 필요 역시 없다. 그렇게까지 심한 일탈도 아니지만 하여튼 야단맞을 각오를 하고 학교나 학원을 땡땡이쳤던 건 진짜 가기 싫어서라기보다는 야단과 자유 사이의 스릴 때문이었던 것 같다.

“야, 우리 여름 자율 학습 시간에 학교 담 넘어서 바닷가 갔었잖아. 교문도 열려있었는데 굳이 뒷산 쪽으로 담 넘다가 너 무릎에 피 났잖아. 크크크큭, 바다에 갔는데 너무 더워서 그 앞에 은행에 우루루 들어갔잖아. 우리 여덟 명인가 그랬는데 거기 정수기로 한 명씩 물 마셨더니 보안요원이 나가라고 했었나? 낄낄낄. 그래서 더 이상 갈 데 없어가지고 정처 없이 돌아다니다가 결국 학교 다시 가려고 했는데 들켜서 잡혀갔잖아."

이런 식으로 이제는 결혼해서 아들딸 있는 친구와 키득거리며 추억하거나, 역시 고등학생 때가 아니면 못 해볼 경험 아니냐며 오히려 부모님에게 큰소리 칠 만큼 자립에 가까워졌다. 처음 자취를 시작했을 때만 해도 슈퍼에서 먹고 싶은 과자 맘대로 사먹는 걸로도 어른이 된 것 같은 해방감에 주체를 못하고 몇 봉지씩 먹어치웠다. 그런데 인지하지 못한 사이에 어느덧 나이를 먹어 많은 것을 부모님 동의 없이 스스로 결정하고 있다. 병원도 내가 예약하고 친구들이랑 놀다가 몇 시에 귀가할지도 내가 정한다. 당연히 어쩌다 한 번 학원을 땡땡이치고 슬금슬금 기어들어가는 날, 엄마한테 들키면 어쩌지 가슴 졸이던 감정도 너무 오래돼서 잊어버렸다. 이렇게 점점 어른이 되는 건가.

그러다가 명절쯤에 부산 본가에 가면 다시 십 대가 된다. 느지막이 잠에서 깨면 방문 밖에선 달그락달그락, 벌써 하루를 시작한 지 몇 시간은 된 듯한 소리가 난다. "엄마~" 하고 괜히 부르면 엄마가 방으로 쥬스 컵을 갖다주고 그 쥬스 컵을 그대로 바닥 어딘가 내버려 두고 몇 분 더 뒹굴거릴 때 나는 아이가 된다.

예정보다 본가에 더 오래 있게 되었다. 그때 엄마랑 쌍둥이처럼 붙어 다니면서 산책도 하고 시장도 가고 매끼 밥도 같이 먹었다. 시장 다니던 길에 천 원짜리 핫도그 가게가 있었다. 엄

마가 "사줄까?" 했다. 예전에 전화로 "집 앞에 천 원짜리 핫도
그 가게가 생겼는데 진짜 맛있더라, 내려오면 사줄게" 했던 그
핫도그다. 장보기 마지막 코스로 사이좋게 핫도그 하나 사서 둘
이 나눠 먹었다. 호떡도 마찬가지다. 그거 얻어먹으려고 굳이
차를 타고 멀리 있는 시장까지 따라간다. 천 원짜리 지폐 받아
서 호떡을 사 먹으면 부산에 간 소기의 목적을 달성해 만족스럽
다. 엄마는 나에게 천 원짜리 핫도그와 호떡을 사주는 사람이
다. 주전부리는 서울, 우리 동네에도 많고 사 먹을 돈이 없는 것
도 아닌데 엄마가 "핫도그 사줄까?" 물어볼 때마다 또 아이가
되는 것 같다. 엄마가 아니어도 충분히 살 수 있는 작은 것이어
서 기분이 더 이상하다. 그런 일상을 3주간 반복하다가 서울에
돌아가는 날, 아빠 차에 타서 배웅하는 엄마에게 인사를 했다.

"갔다 올게."

갔다 올게? 내가 언제 또 올 줄 알고 "갔다 올게"라고 했지?
지금 가면 아홉 달 지나 추석에나 다시 올 텐데. 20일 남짓 엄마
의 어린 딸로 지내는 동안 내 터전이 서울이라는 걸 깜빡했다.
"응, 그래. 잘 갔다 와." 웃으면서 손 흔드는 엄마를 끝까지 못
보았다.

갔다 온다는 말에 슬퍼져 훌쩍거리는데 운전하던 아빠가 근

엄한 투로 말했다. "감기 조심해야 된다."

언젠가 서울에 있는 나와 부산에 있는 엄마가 나눈 통화.

"뭐하니?"

"바빠요."

"(애교 섞인 말투로) 도대체 뭐 하는데?"

"(귀찮은 말투로) 이것도 하고 저것도 하고 있어요. 휴, 이
건 해도 해도 너무 어렵네요."

"그럼 그냥 하지 마라."

"에?"

"어렵다며."

"그래도 시작했으니 끝까지 해보긴 해야죠."

어려우니까 그냥 하지 말라니. '어려워도 힘을 내 노력해야
지, 세상에 안 어려운 것이 어디 있니?'라는 말이 돌아올 줄 알
았는데. 여태껏 엄마는 노력을 강조하며 나를 다그친 적이 없는
데도, 나는 바다가 좋은데 억지로 학원에 가는 고등학생 마음이
었던 걸까. 지금이야 억지로 뭘 하지도 않은 뿐더러, 당장 그만
둬도 아무도 잔소리하지 않는 일을 순전히 내 욕심껏 붙잡고 있
다가 어렵네, 어쩌네 하며 투덜대 본 건데 하지 말라는 엄마의

말 한마디가 이렇게 긴장을 풀어줄 줄이야. 마음이 탁 가벼워졌다. 내 생각보다도 머릿속이 복잡하고 무거웠던 모양이다.

그러고 보면 이 일만이 아니라, 엄마의 의견이 그다지 큰 지분을 차지하지 않을 일도 굳이 물어볼 때가 있다. 자꾸 어떤 결정을 내리기 전에 들을 것도 아니면서 엄마에게 조언을 구하는 이유는, 허락을 구하는 게 아니고 의지하는 거였다.

"너 그렇게 해도 괜찮아. 돈을 더 써도 괜찮고 아프면 아무것도 하지 않아도 괜찮아. 하루쯤 놀고먹어도 괜찮고 힘들면 그냥 하지마"라는 가벼운 허락의 말을 들을 때면 어른의 동의가 꼭 필요한 10대의 기분이 든다. 특히 이런 류의 말을 들을 때 느껴지는 안도감은 엄마로부터 올 때 더욱 커진다. 혼자 결정할 수 있고 혼자 감내할 일이고, 어차피 듣고 흘려버려 잔소리를 두세 배 들을지언정 사람은 혼자 결정하는 게 힘든가 보다. 그리고 나처럼 1인칭 시점으로 살아가는 개인주의자에게도 허락받고 동의를 구하는 부분이 꼭 갑갑한 것만은 아닌가 보다.

혼자 할 수 있는 거라곤 눈이나 겨우 뜨고 입 오물거려서 주는 밥 받아먹는 게 다지, 아무것도 못 하는 갓난아기로 태어나서 어떻게 자기 인생 살아갈 건지 계획도 세우고 고군분투하며 돈벌이도 하게 된 것이 참으로 대견하다. 아기가 어떤 결정을 하는지 지켜보며 응원하는 부모님과 친구들이 곁에 있는 것도 신기하다. 내년, 내후년에도 안 끝나고 쭉 이런 식으로 살아가야 하는 것 또한 기가 막힌다. 아무리 '나는 내 맘대로 살아가는 사람입니다'라고 자기소개를 한다 한들 어쨌든 때때로 허락받는 기분이 필요하다는 것이다.

31

가장 나다운

"그림을 잘 그리고 싶다거나, 누구처럼 그리고 싶다고 생각하는 것보다 나답게 그려야겠다고 맘 먹는 게 좋아요."

수업할 때 굉장히 자주 하는 말이다. 다 그림을 잘 그리고 싶어 하는데 정작 본인의 손은 그렇지 못하고, 어느 멋진 작가처럼 그리고 싶어 하는데 정작 본인이 그리면 그 느낌이 안 나니 실망스러워서 연습장을 덮는 경우를 많이 보았다.

"우리는 다 다른 모양새로 각각의 삶을 잘 살아가고 있습니다. 저는, 조금 일그러지고 삐뚤어질지언정, 대칭과 비대칭, 정상과 비정상 등의 단어에서 벗어나 가장 자기다운 시간을 보내는 사람들의 모습을 그립니다."

내 그림에 대해 설명할 때 자주 하는 말이다. 나의 표정과 옷차림, 겉모습만 보고 추측하지 말아줬으면 하는 바람에서다.

"개개인이 나답게 당당함과 자신감을 유지할 때가 가장 아름다운 것 같아요. 나에게 주어진 시간을 남과 비교하며, 남을 쫓아가며, 남에게 지지 않으려 살지는 않았으면 합니다."

가끔 하는 인터뷰에서 자주 하는 말이다.

수업을 쉬지 않고 이어나가면 매너리즘이나 슬럼프에 빠질 때가 종종 있다. 처음으로 공통된 커리큘럼 없이 각자가 원하는 주제를 원하는 방식으로 연습하고 1:1 코칭 받는 시스템으로 바꾸기 시작했을 때는 초반에 꽤나 스트레스를 받았다. 사람 수만큼이나 다양한 요구사항과 다양한 그림 취향 때문에 데이터가 모자라 우왕좌왕했다.

이럴 때, 일이 잘 풀리지 않을 때, 어른의 조언을 듣고 싶을 때마다 연락하는 사람이 있다. 후추 오빠라고 성공한 광고회사 대표이자 아방이와 얼굴들 옛 멤버다. 나중에 언젠가는 브랜드

광고 말고 마음을 움직이는 공익광고를 만드는 것이 꿈이라고 말했는데, 그때 이야기한 '언젠가'를 살고 있는 사람이다. 사장님쯤 되면 하고 싶은 건 적당히 모른 체하며 편안하게 삶을 즐길 줄 알았는데 염두에 두었던 일을 또 시작해 나에게 귀감이 되었다. 그 오빠는 주로 강연료 받고 강연하는 사람이지만, 나에게는 되려 밥을 사주면서 기꺼이 좋은 말씀을 나눠 주는 멋진 분이기도 하다.

"동물 털을 세밀하게 묘사하고 싶다거나 깊은 바닷 속을 표현하고 싶다고 하면 어떻게 해야 할지 모르겠어요. 난 그런 것 못 그린단 말이에요. 그런 그림을 그리고 싶은 사람들이 수업에서 얻어가는 게 없다며 실망하면 어쩌죠?"

"쌤, 이런 그림, 저런 그림을 그리고 싶은 사람들이라고 해도 다 쌤이랑 쌤 그림을 보고 오는 거예요. 누구나 알려줄 수 있는 부분이나 찾으면 나오는 그런 대답 말고 쌤이니까 알려 줄 수 있는 것들을 기대하는 거예요. 자신감을 가지세요."

1년의 과도기를 지나 이 수업 방식이 잘 자리를 잡았고 이제는 혼자 여럿을 척척 상대할 수 있게 되었다. 그즈음 만나 함께 했던 멤버 상권이와 몇 년 만에 카페에서 만났다. 요즘 아방이와 얼굴들에 대한 책을 쓴다고 하니, 서른이 넘어 직장인이

된 상권이가 휴학생 시절 들었던 나의 그림 수업에 대한 감상을
이야기해 주었다.

"가격이 얼마인지, 기간이 얼마나 되는지, 이런 걸 안 따지
고 충동적으로 지른 거였어요. 그때 학생이어서 수강료 삼십몇
만 원이면 큰돈이었거든요. 휴학했을 때일 거예요, 아마. 제가
마지막으로 그림 그린 게 초등학생 때거든요. 그래서 걱정이 엄
청 되더라고요. 수업 갔는데 잘 그리는 사람이 많을 수도 있잖
아요. 이 돈을 내고 오는 사람들이라면 웬만큼 알아서 잘할 것
같기도 하고 내가 따라갈 수 있을까 싶고."

"그런 걱정을 했단 말이야? 의외인데? 난 전혀 그런 줄 몰
랐어."

"첫날 버스 타고 가면서도 이게 맞는지 계속 걱정했어요.
첫 시간 후에도 여전히 그랬어요. 내가 잘할 수 있을까. 근데 쌤
은 '이렇게 하면 안 되는데'라든가 '이렇게 해야 맞는데' 같은
말을 안 했어요."

"그렇지, 그런 말은 안 하지. 왜냐하면 되고 안 되고, 맞고
틀리는 게 있을 수가 없거든. 그림이잖아."

"네, '이렇게 하니까 너무 좋은데?' '이런 부분들 너무 매력
있다'라는 말이 거의 다였던 것 같아요."

"내가 그런 말을 했어? 그건 진짜인데. 칭찬 아무에게나 안

하거든."

"쌤은 항상 그런 말을 해줬는데 그게 좋았어요. 그러면 정석적인 그림이 아니라 전부 다른 그림이 나오잖아요. 그거 보는 재미도 있고, 걱정이 차츰차츰 없어졌던 것 같아요. 보통 다른 클래스들은 어떻게 쉽게 알려줄지 고민하더라고요."

"그래? 나도 고민하는데. 어떻게 쉽게 알려줄지도 고민하고 커리큘럼 고민도 하고."

"뭐 텍스트로 정리한 문서 같은 걸 나눠주고 그러더라고요."

"오호라, 그런 건 안 만들지. 귀찮거든."

"네, 쌤은 원하는 수준까지 제가 못 따라갈 때나 어느 레벨까지 못 올라갔을 때 스트레스 받거나 신경 쓰는 것 같지 않았어요."

"옛날에는 나도 스트레스 받았어. 결석에도 민감하고, 이만큼 쥐여서 돌려보내고 싶은데 못 그럴까 봐 숙제도 많이 시키고 그랬어. 멤버들한테 엄격하게 하고 나도 그만큼 스트레스 받고. 그런데 한 멤버가 혼잣말로 스트레스 받는다고 중얼대더니 한숨을 쉬더라. 그때 충격 받았어. 꼭 실력 향상을 위해서만 그림을 그리러 오는 게 아니더라고. 그 후로는 멤버들이 스트레스 받지 않는 게 제일 큰 목표가 됐어."

"맞아요. 사람들이 이 시간 동안 즐거웠으면 좋겠다고 생각하는 그런 게 티가 났어요. 그런 면에서 특이했어요. 쌤도 정규 과정을 밟고 그림을 시작한 사람이 아니어서 그런가? 이 수업은 잘 그리고, 못 그리고가 중요한 게 아니구나 싶었어요."

"맞아. 그리고 진짜 자립심을 키우는 데는 사사건건 방법을 떠먹여 주는 것보다 마음가짐이랑 삶을 향한 태도를 정립해 나가는 게 중요하다고 보거든. 나한테는 그림도 마찬가지야. 스킬이나 정확한 답을 알고 싶으면 다른 수업을 듣는 게 나아. 내 수업을 들으러 오는 사람들은 적어도 수업을 듣지 않을 때도 당당하게 드로잉하는 생활을 즐겼으면 좋겠어. 그러려면 자기가 원하는 걸 스스로 채워가야 하는데 원하는 게 뭔지도 모르는 사람들이 많거든. 그걸 알도록 도와주는 게 내 역할인 거지."

장기 멤버 연주도 이런 말을 한 적이 있다.

"완성하고야 말겠다, 이걸 그리고 말겠다, 같은 분명한 목적 없이 이 시간을 즐기는 게 가장 좋은 것 같아요. 서둘러서 미션을 완수하지 않아도 되어서 좋아요. 여기선 내가 원하는 걸 다 그려볼 수도 있고 그냥 나로서의 시간을 보내다 가는 것 같아요."

32

그림의 문법,
삶의 레시피

멤버들에게는 남처럼 그리는 것에 초점을 맞추지 말고 나다운 그림을 찾아가며 나다운 시간을 보내라고 강조하지만, 정작 집에 돌아오면 이런저런 생각이 든다. 내 그림을 그릴 때는 그게 전혀 쉽지 않기 때문이다. 고로 멤버들은 더 어려울 것이라는 것을 안다. 다스리고 다스린다. 나의 본질이 그림에 담겨있으면 좋겠다고.

도시의 사람들을 주로 그렸었다. 도시에는 나와 다른 사람들이 많고 그들의 움직임을 사랑하기 때문이다. 나와 다른 옷을 입고 다른 표정을 하고 다른 시간을 보내는 사람들을 구경할 때는, 마치 소리는 듣지 못하고 형체와 움직임만 감지하는 카메라 같다. 귀여운 모양을 만드는 팔다리와 무심한 얼굴의 조합을 보고 있으면 당장 그리고 싶어져, 종이와 연필을 손에 쥐고 있지 않으면 불안할 정도였다. 사람과 사람 사이에 생기는 실루엣이 꽤 유혹적이고 그 실루엣이 몽글몽글 만들어내는 이야기 또한 궁금했다. 지극히 일상적인 풍경에 끊임없이 자극을 느꼈고 덕분에 몇 년 동안 질리지도 않고 도시와 사람들을 그렸다. 여전히 도시 여행을 좋아하지만, 그것과 별개로 도시에서 만나는 풍경을 그리는 것에는 아주 조금 흥미를 잃었다. 내가 본 장면을 그대로 옮기는 게 돌연 재미없고 도리어 이런 생각이 드는 것이었다.

'누구나 다 볼 수 있는 것들이잖아. 너도나도 다 보는 이 장면을 굳이 그림으로 한 번 더 그리는 이유가 뭐야? 사회적인 메시지도 없고 개인적인 메시지도 없어. 굳이 메시지도 없는 그림을 그려서 뭐 해?'

이유 없는 그림이 될까 봐 겁나기도 했다. 스스로 납득할 만한 이유와 의미가 있어야 그림을 계속 그릴 힘이 나는데. 바쁘기라도 해 빡빡한 일정 속에서 그림을 '뽑아내다' 보면 알던 것도 종종 잊어버린다. 하여간 누군가 내 그림이 걸린 전시를 보러 갈 때, 애매한 관계의 지인 결혼식 방문하듯 마지못해 얼굴

찍히러 가는 전시가 되기는 싫다. 나에게조차 와닿지 않고 지루하기 짝이 없는 그림을 다른 사람이 본다고 과연 다를까? 그렇다면,

'나는 뭘, 어떻게 그려야 하지?'

이 대목에서 답을 찾으라고 끙끙대며 1년 남짓 시간을 보내던 중, 같은 일을 하는 친구에게 고민을 털어놓은 적이 있다.

"난 그림에 확고한 메시지를 담은 적이 없어. 그렇다고 굳이 의미를 전달하고 싶은 것도 아니야. 그런데 갑자기 내 그림들이 빈 껍데기 같단 말이지. 내 그림들을 사랑하지만 빈 껍데기뿐일까봐 마음이 안 좋아. 이런 빈 껍데기를 누가 인상 깊게 보냐는 말이지. 굳이 감상할 이유가 있을까? 그런 생각이 들어."

"아닌데, 니 그림에 이야기 있는데."

"내 그림에?"

"응. 니 그림에."

"어떤 이야기?"

"색연필이나 물감으로 그릴 때 터치가 남잖아. 니가 생각 없이 칠한 건 아닐 거 아니야? 여기선 이 방향으로, 저기선 저

방향으로 그려야겠다고 생각하고 칠한 거 아니야?"

"그렇지……."

"난 거기에 이야기가 담겨있다고 봐."

그림의 터치나 질감은 표면적인 것 아니었나? 거기에서 이
야기나 의미 같은 내면적인 걸 느낄 수 있다고? 내가 담지도 않
은 메시지를 읽었다고? 참으로 신선했다. 그 친구의 말 때문
에 이제 단순한 것 하나 그릴 때도 더 신경을 쓰게 됐다. 누가
내 그림의 예상치도 못한 부분에서 자기만의 이야기를 상상하
고 메시지를 만들어낼지 모를 일이니까. 차차 다른 사람들의 그
림이 눈에 들어오기 시작했다. 분명히 되게 평범한 것들을 그린
건데, 전화기나 꽃이나 턴테이블 같은. 굳이 뭘 풍자하거나 '옜
다, 내가 던지는 메시지를 받아라!' 같은 느낌 없는 그냥 산뜻
한 그림 한 장이었다. 뭐야, 나도 그릴 수 있는 이 평범한 사물
들은? 이상하게 동화 같단 말이지. 굉장히 따뜻한 날씨의 4월일
것 같단 말이지. 그림 속 여자가 진짜 세상으로 튀어나온다면
목소리가 꽤나 허스키할 것 같단 말이지.

하루는 멤버 유라가 길거리에 서있는 외국 할머니의 뒷모습
을 그렸다. 보는 순간 그림 그리고 싶게 만드는 그림이었다. 이
유는 나도 모르겠고 뚫어져라 볼 수밖에 없었다. 뭘 보고 그린

거지? 유라가 보던 사진은 길거리에 서 있는 외국 할머니의 흔해 빠진 뒷모습이었다. '아, 나라면 그냥 지나쳤을 사진이군. 근데 저걸 이렇게 그리다니.' 멤버들이 매력적인 그림을 그리는 걸 볼 때면 무슨 사진을 보고 있는지 확인하게 된다. 정작 사진을 보면 별로 ㅠ미가 안 당기기도 하고, 나라면 전혀 다르게 그렸을 것 같기도 하고 그렇다. 무엇을 보든 결국 전부 다르게 출력된다는 말이다. 너는 이렇게 그리고 나는 저렇게 그린다. 그러니 꼭 그림이 의도적으로 어떤 메시지를 전달하거나 이야기를 담고 있거나 재구성이 되어야 할 필요는 없다는 거다. 같은 재료를 넣어도 냄비에 따라 다른 요리가 튀어나오는 거라면 여기서 주체는 냄비. 냄비의 시각과 취향이 자연스레 요리로 나올 것이다.

뭐 굳이 이야기를 집어넣으려고 한 적도 없는데 친구가 내 그림을 보고 뭔가를 느꼈다고 말하는 걸 보면, 어쩌면 무의식적으로 움직인 오른팔이 부지런히 내 시각과 취향을 뇌로부터 퍼날랐을 것이다. 사진에서 캐치한 평범한 사람들이 드로잉 과정에서 나만의 언어, 문법, 색채를 거쳐 전혀 다른 세계를 가진 인물로 완성된다. 그 인물들은 보는 사람에 의해 또 다른 이야기를 가진 입체적인 주인공으로 그려진다. 분명한 목적에 의해 찍힌 사진이 여러 상상을 거치며 완전히 새로운 정체성을 갖게 되었다. 이것이 레시피인가?! 한 소쿠리에 다섯 개씩 모두에게 똑같이 담긴 사과를 나라는 냄비에 넣는다면. '어떤 요리를 만들지? 어느 정도 크기로 잘라 어떻게 젓고 얼마나 끓이지?' 레시피로 가공하는 순간 모두의 사과가 아방의 사과가 되는 것이다. 오, 내 그림에는 의미가 있었구나!

'뻔한 건 재미없고 재미없는 건 매력도 없다'고 생각한다. 영화에 예상 가능한 전개가 있고 면접에 예상 가능한 질문이 있는 것처럼 그림에도 예상 가능한 컬러나 요소들이 있는데, 내가 그림 그릴 때 가장 신경 쓰는 것이 이 부분인 것 같다. 보는 사람이 예상하는 쪽으로 흘러가게 두지 않는 것. 평소에 연습을 하고 이미지를 수집하는 것은 뻔하지 않고, 흔히 본 적 없는, 최대한 이상한 그림의 문법을 만들기 위함이다. 전시기획, 광고, 브랜딩에 문법이 있듯이 그림에도 나만의 언어와 문법, 레시피가 있다는 것을 알았다. 그리고 늘 이렇게 어떤 언어와 문법으로 그림을 그릴지 고민한다. 그림 그릴 때뿐만이 아니다. 살면서 '너는 그렇게 하지만 나는 그렇게 할 필요 없는' 일들이 무수히 많다. TV에 전직 아나운서가 나와 자퇴를 몇 번 했다는 이야기보따리를 풀었고, 자연스레 주위에서 불효자라고 놀렸다. 자기가 선택하고 자기가 포기하는 것을 왜 불효라고 생각하는지 모르겠다. 남들과 같은 길을 가지 않는 것을 왜 걱정하며 왈가왈부하는지 모르겠다. 그는 그의 삶을 항해한 것 뿐인데.

어떻게 그리고 싶은지에 대한 고민은 한 번도 빠짐없이 어떻게 살고 싶은가? 어떤 사람이 되고 싶은가? 라는 질문으로 연결된다. 고로 작품을 하려면 내 삶을 잘 알아야 한다. 삶의 방향이 작품의 방향이 되고 삶의 색깔이 작품의 색깔이 된다. 흔들릴 때마다 허튼 길로 빠지지 않도록 만든 나만의 문법은 그림 그리다가 갈팡질팡할 때도 지지대를 똑바로 세워 준다. 그리고 어차피 살다 보면 굳이 애쓰지 않아도 문법이 생기는 경우가 있다. 색칠할 때 생기는 결이라든지, 좋아하는 색깔이라든지. 이런 식이라면 나는 상업적인 그림을 그리더라도 표면적인 그림을 그리진 않는다고 자신있게 말할 수 있을 것 같다. 작품은 타인에 의해 무한정 다르게 해석될 수 있지만 내가 가진 문법은 타인에 의해 절대 달라질 수 없기 때문이다.

SEDIA PLIA DI GIANCARLO PIRETTI PER CASTELLI IN UNA PARTICOLARE
COLORAZIONE VERDE. DESIGN MAD 🌸 in Italy, 1967 FIRMATA.

abang.

33

소수의 일등

귀여운 것이 판을 친다. 고양이나 강아지. 아니면 말랑말랑하고 하얀 밥풀 같은 캐릭터들. 요즘 페어나 이모티콘, SNS에는 아마도 이런 깜찍한 친구들이 인기를 독차지하고 있지 않나 싶다. 굳이 일부러 찾아보지도 않지만 우연히 스쳐가다 본들 시선이 1초도 머무르지 않는다. 친구들이 요즘 유명한, 또는 아주 인기 있는 캐릭터라며 손수 눈앞에 들이밀어 주면 성의를 생각해 몇 초 정도 감상하기도 한다. 그런 그림은 참 직관적이고 쉽고 뚜렷하다. "귀엽네." 나도 모르게 조그맣게 내뱉는다. 역시 귀여운 게 최고인가?

오른쪽 귀에다 대고 속삭이는 듯한,

터지기 직전 잘 익은 과일 같은,

아무 것도 망치지 못하는 분홍색 둥근 과일.

그 과일이 속삭일 때 껍질의 솜털이 귀에 닿을 것 같아.

부드럽고 말캉거리는 촉감에 배부른 새소리가 잠깐씩 들리고

강렬한 여름 햇빛이 뒤통수를 따갑게 쏘면

그걸 피하려 얼굴을 반대로 살짝 돌리다가 렌즈를 발견하고

응시하는 여자.

그 눈빛이 더 따뜻하고 강렬하다.

과일을 문 입술이 싱그러운 과일이고 렌즈에 찍힌 눈빛은 햇

빛이다.

아무도 가질 수 없고 렌즈에 반사된 그림자들만 가질 수 있다.

우리는 그 아무것도 손대지 못한다.

– 작업 노트 중

깜깜해서 먼지 하나 보이지 않는데도

빠져드는 블랙홀 같은 기운이,

보이는 것보다 선명해서

휘말릴 수밖에 없다.

– 작업 노트 중

나는 왜 꽃을 사랑하는가.

꽃은 때론 다정하고 꽃은 때론 단호하다.

홀로 자유롭고 누가 뭐라 해도 아름답다.

꽃의 눈은 대담하고 입은 무거우며

손길은 부드럽고 따뜻하다.

꽃은 단단한 자아를 갖고 있고

언제 어디서든 자기다움을 발산한다.

각각의 멋을 유지하며 자유롭게 바람에 흔들린다.

나는 그들의 연약한 몸짓 뒤에 숨긴 도도함을 흠모한다.

– 작업 노트 중

거울 속 내 모습을 그린 첫 자화상을 발견했다. 원목 스툴 위에 속옷 차림으로 쭈그려 앉아있는 아기 원숭이 같다. 친구 셋이 모여 살던 빌라 거실에서 자주 그렇게 앉아 시간을 보냈는데. 고개를 돌리면 전신 거울로 내 모습이 바로 보이는 구조였다. 그러다 갑자기 그리고 싶어져서 그린 그림이다. 핸드폰으로 사진을 남기는 시절이 아니어서 이런 그림은 사진이나 다름없다. 다시 자화상을 한 번 그려볼까 싶다.

음악을 틀면 보통 3초 안에 내 취향인지 아닌지 결정된다. 베이스라인이나 리듬의 구성이 희한해서 '엇, 이건 뭐지?' 하는 기분이 들면 계속 듣고 그게 아니면 끈다. 그림도 그렇게 그려야지. 계속 보면 좋은 그림 이전에, 첫눈에 희한하고 호기심이 생기며 어딘가 불편한데 자꾸 들여다보고 싶은 그림. 그런 자화상을 그려봐야겠다. 그림 스타일은 어쩔 수 없이 그리는 사람의 성격을 비춘다. 성격대로 손을 움직이니까.

나는 러프하게 스치는 터치감으로 화려하게 꽉 찬 느낌을 주는 그림을 좋아한다. 자세하고 진지하게 물감을 쌓고 쌓아 누가 봐도 '나 시간이야'라고 외치는 진중한 그림보다, 순간의 실수마저 투명하게 다 드러나는 즉흥적인 그림이 좋다. 리코더 소리가 어울리는 그림 말이다. 그렇지만 다수가 좋아하는 귀여운 것들 사이에서, 그리고 다수가 인정하는 진지하고 세련된 그림들 사이에서, 내 그림이 대중의 취향과 거리가 멀다고 느껴질 때가 한두 번이 아니다. 그럴 때 이런 식으로 생각한다. 여러 사람을 데리고 좋아하는 것의 순위를 매기라고 한다면, 각자의 2, 3등이 평균적으로 모두의 1등이 된다고. 하지만 누군가의 1등은 평균 순위는 저 아래에 있을 수도 있지만 계속 누군가의 1등이라고. 평균적인 1등이 주로 대중적이라는 수식어를 얻고, 대중적이라는 건 결국 무난하다는 뜻으로 읽힌다. 나는 평균적 1등, 즉 다수의 2, 3등 말고 누군가의 1등, 소수의 1등이 되고 싶다고 다짐하며 정신 승리를 해본다.

성공한 브랜드의 행보에 쓱 올라타 보자면, 주류의 요구에 맞춰줄 생각이 없고 오로지 소수의 니즈만 만족시키는 슈프림

*Supreme*처럼 열광적인 몇몇 사람에게서 절대적인 지지를 받는 편이 아무래도 멋지다. 슈프림을 선택한 소수 스케이트 보더와 래퍼들의 안목은 보통이 아닐 테니까. 디자이너 마르지엘라 *Margiela*는 또 어떻고. 에르메스 최고위직을 맡아 성공적으로 명성을 드높이지 않았는가. '작품의 아이덴티티를 대세에 맞게 꺾지 말자. 적은 지지를 받는다고 브랜드가 없어지지는 않으니까. 고가의 수트와 섹시한 지면 광고로 환상을 심어주는 톰포드처럼 내 그림을 향유하는 사람들에게 환상을 심어주자. 저렇게 낭만 가득한 곳에서 당당하고 자유롭고 멋진 내가 될 수 있을 거라는 환상.' 나에게 자유로움은 자유롭게 생각하는 것이고, 자유롭게 생각한다는 것은 보편적으로 당연하게 여기는 행위와 사회적 역할을 당연하게 규정짓지 않고 '다름'을 받아들이는 것이다. 그리하여 자유롭게 생각, 표현하는 삶을 지향하며 작품 또한 그런 지향점을 내포하고 있다. 그러니 내 그림을 좋아한다면 바로 '다름을 아는' '소수의' '자유로운' 사람이 되는 것이다! 고로 나도 멋지고 관객도 멋진 사람이다. 완벽한 정신 승리다.

그건 그렇고, 최소한의 붓질과 우스우리만치 가벼운 묘사로 전혀 우스꽝스럽지 않게 캔버스를 채우려니 사실 캔버스가 아닌 것에다 무진장 연습해야 한다. 대중과 비슷한 파워를 가진 소수의 사랑을 받는 것이 말처럼 쉬운 일이 아니다. 어쩌면 훨씬 더 어려울지도.

34

할머니 생선구이집

트렌디함과 클래식함은 같이 갈 수 없는 말일까? 꾸준히 팔리는 브랜드는 어떤 전략을 고수하고 있을까? 개인적으로 나는 트렌디함과는 거리가 멀다. 나를 몇 번 안 본 사람들은 볼 때마다 이미지가 바뀐다고 한다. 머리를 묶었다가 푸는 것만으로 못 알아보는 사람이 있을 정도다. 눈에 띄려고 어쩌다 한 번 과하게 꾸미고 나가는 날만 나를 보았다면 잘 모를 수밖에 없다. 반대로 나를 오랫동안 봐온 사람들은 언제나 똑같다고 말한다. 웬만하면 일주일 내내 똑같은 차림으로 집과 작업실을 오가기 때문에 후자의 말이 사실에 가깝다. 보통은 매일 똑같은 점퍼를 기준으로 날씨가 추워지면 안에 껴입는 옷이 하나씩 늘어나고,

거기서 더 추워지면 단추를 잠그고 더더 추워지면 목도리까지 한다.

어느 날 친구가 나를 보더니, 어떻게 양말까지 완벽하게 똑같을 수가 있느냐며 내 옛날 사진을 보여주었다. 강산이 한 번 바뀔 만큼 살고 있는 우리 동네는 주말이면 사람들로 북적이는 핫하디 핫한 곳이지만, 내가 다니는 카페와 음식점 수는 다섯 손가락으로 해결된다. 주민인 것이 무색할 만큼 새로 생기는 곳에 관심이 없고, 맛집이나 유명한 카페에 찾아가는 것도 그리 즐기지 않는다. 디자인 트렌드는 기사로 접하는 것이 대부분이다. 의식주 취향으로 미루어 볼 때, 유행에 민감한 타입이 아닌 것은 확실하다. 그보다는 추구하는 바를 오랫동안 뜨끈하게 데워나가는 편이고 좋아하는 것을 한결같이, 그것이 없어질 때까지 의리를 지키는 편이다. 그래서 진정 좋다고 말할 만한 것이 생기기까지 꽤 까다로운 과정을 거치기도 한다. 그러니 굳이 따지자면, 트렌드보다는 클래식을 선호하는 것 같긴 한데, 무엇 하나에 변치 않는 마음을 쏟는 건 요즘같이 새로운 유혹이 난무하는 세상에서 약간 고리타분한가 싶기도 하다.

100명이 50명으로 반토막 났다. 클래스 수강생 말이다. 우후죽순 생긴다는 말을 처음 실감했다. 유학을 마치고 영국에서 돌아왔더니 그사이 생겨난 취미 클래스들이 피자 한 판을 수백

분의 일로 조각내 놓았다. 내 수업도 조각났다. 수업을 시작한 후로 한 번도 인원이 줄어든 적 없고, 혼자 감당하기 버거울 정도로 늘어나기만 했기 때문에 폐강하는 어려움을 몰랐다. 오히려 선두에 있다고 말할 수 있을 만큼 자부심도 있었다. 따라서 반토막 난 현실은 압박감, 초조함, 불안감, 동공 지진을 배로 가져다주었다. 그림 관련 클래스만 해도 수채화, 유화, 마카, 펜드로잉 등등 방법적인 것부터 식물, 건축물, 인물, 동물 등등 주제까지 매우 세분화되었다. 취미계에 새로운 바람이 불고 있었다. 그사이 이미 자리를 떡하니 잡은 강의 플랫폼들도 있고 거기에 더불어 온라인 클래스까지 합세해 골라먹기 재밌는 취미 생활의 시대가 도래했다. 아마존이 미국 오프라인 시장을 잡아먹은 것처럼, 온라인 클래스들이 빠른 속도로 오프라인 클래스 시장의 목을 조르기 시작했다.

사람들은 모니터로 클래스 체험을 하고, 클릭 한 번으로 원하는 수업 여러 개를 동시에 수강했다. 필요한 재료까지 집으로 배송 받으니 불편한 게 없는 것 같다. 앞다투어 새롭게 생겨나는 온라인 클래스는 게다가 퓨전이다. 여러 가지 감각, 의외의 조합으로 시선을 빼앗는 소개 페이지를 넋 놓고 구경하다가 자칫 나도 신청할 뻔했다. 고객의 발목을 잡으려면 뻔한 것 하나로는 택도 없다. 요즘 성공하는 브랜드는 눈길을 끌면서 '협업'에 성공한 브랜드들이다. 두 가지 이상의 자극이 있더란 말이다. 클래스도 여러 가지 맛이어야 했다. 예를 들면 영화를 보면서 그 영화에 나오는 요리를 해본다든지, 그림을 그리면서 언어를 배운다든지, 하는. 정해진 시간 안에 여러 가지 경험을 하고 몇 배의 자극을 받는 기회가 늘어났다. 그것도 단기간에. 이러니 다 아는 맛, 단일 요리만 파는 식당이 트렌드에 뒤처지는 건 어찌 보면 당연한 것일지도 모른다. 리더 입장에서도 수업 자료 한 번 업로드하는 것으로 저작권료 개념의 무한대 수익이 생길 수 있기에 달콤하다. 일정 인원을 수용할 공간 사용료도 절약된다. 잘만 하면 훨씬 편리한 시스템임은 분명하다. 공간과 시간의 제약에서 자유로운 온라인 클래스에 나의 오프라인 클래스는 질 수밖에 없을까? 내 수업이 지는 해가 되어가는 걸까?

내 그림 수업은 나의 평소 루틴처럼 촌스러운 성격을 거울마냥 고스란히 비춘다. 시대가 당연히 변하고 그보다 빠른 속도로 유행도 바뀌고 있다는 것이, 클래스를 생각하면 더 잘 느껴진다. 나도 온라인 클래스를 염두에 두지 않은 것은 아니다. 어느 플랫폼의 줄기찬 제안을 계속 고사하면서도, 코로나바이러스로 아무것도 할 수 없을 때는 많이 흔들리기도 했다. 유행이라는 회오리가 지나갈 때마다 이놈의 바람은 이것, 저것, 열심히도 실어 날랐다. 재밌는 콘텐츠가 쏟아지고, 너나 할 것 없이 유행이란 급류를 타기 바쁜 마당에 비바람을 맞고 서서 자주 생각했다. '무소의 뿔처럼 밀고 나가려면 뿔이 있어야 한다. 무엇을 마주해도 두렵지 않은 뿔, 우직하게 계속해서 앞으로 발을 내디딜 수 있는 무소의 뿔'.

떠오르는 해가 많다. 나는 아직도 떠오르고 있는데 더 신선하고 강력한 친구들에게 추월당해 강제로 지는 해가 되는 건 아닌지 조바심 난 적도 있다. 그러다가 '모노클'이라는 잡지에 대해 알게 되었다. 디지털 콘텐츠가 인쇄물을 잡아먹을 것이라는 전망이 잡지 시장을 흔들었을 때도 자신감을 전혀 잃지 않았던 브랜드다. 모노클은 확실한 타깃층을 데리고 다른 잡지가 꿈도 못 꾸는 행보를 이어갔다고 한다. 고정관념이나 당연하게 따르던 규정 같은 것에 얽매이지 않고, '잡지의 시대는 끝났다'고 말하는 때에도 끊임없이 새롭고 그다운 작품을 만들었다. 도쿄R부동산도 마찬가지다. 여러 사람이 협업해서 당연하다 생각하는 것들을 살짝 비틀어 재밌는 일로 만들어내고 있는 그룹이다.

우리는 도쿄R부동산을 단순한 부동산 중개 사이트라고 생각하지 않는다. 물론 수익 면에서는 부동산이 핵심이지만, 그보다는 가치관을 드러내기 위한 매체라는 점이 더 중요하다. 우리 가치관에 공감하는 사람이 매우 많다고는 할 수 없다. 이 점을 분명히 알고 있고 그래서 단순한 규모 확대는 꾀하지 않는다. 하지만 사회는 점차 세련되어 가고 있다. 도쿄R부동산이 사물을 대하는 시각, 가치를 전환시키는 것에 공감하는 사람은 틀림없이 늘어날 것이다.

도쿄R부동산, 바바 마사타카, 하야시 아쓰미, 요시자토 히로야
『도쿄R부동산 이렇게 일 합니다』 (징문주 옮김, 성예씨, 2020)

두 브랜드 다 나름의 클래식을 고수하면서 나름의 트렌드도 창조했다고 본다. 정확한 가치 하나를 중심에 두고 니즈에 따라 여러 색깔을 수용하는 방식으로 일을 하기 때문이다. 슬쩍 묻어가자면, 내가 사계절 내내 자켓 하나를 베이스로 여러 코디를 소화하는 것과 비슷하지 않은가? 역시 나는 이쪽이다.

모노클의 가치와 도쿄R부동산의 뿔은 갑과 을의 자리를 바꾼 것이다. 늘 을이던 시장에서 갑을 자처한 그들은 고유의 디자인과 서비스를 늘 갑이던 기업과 고객에게 선보였다. 더 많은 타깃을 버리는 길을 택했지만 결과적으로 더 높은 타깃을 취했다. 나는 어떤 뿔을 장착할 것인가. 어지러운 콩나물시루 속에서 어떻게 다른 콩나물 대가리에 치이지 않고 나대로 커나갈 수 있을까. 겨우 찜한 자리를 위협하는 존재들에 밀리지 않기 위해 무엇을 버리고 무엇을 감내하고 무엇을 취해야 할까. 과거의 영광에 기대는 꼰대가 되지 않고, 내 방식을 고수할 수 있는 방법은 뭘까. 우리 멤버들이 일요일 아침에 늦잠을 포기하고 현관을

나서는 이유와 수업 전날에는 술 두 병 마실 것을 한 병으로 자제하는 이유, 퇴근길에 회사와 집에서 멀리 떨어진 내 작업실까지 동선을 파괴하며 들르는 이유, 지방에서 기차를 타고 와 근처에 숙소까지 잡고 그림을 그리러 오는 이유, 무덥거나 춥거나, 장마가 지겹게 이어져도 일주일에 한 번씩 나를 만나러 오는 이유를 생각해 본다.

궁금함을 참지 않아도 되는 상호작용, 조용히 각자 그림을 그리는 시간이 되더라도 서로에게서 느껴지는 감성, 그리고 편안함과 다정함이 있다. 물론 나의 에너지도 있다. 무엇보다 막힌 부분을 콕 뚫어주는 즉각적인 피드백이 가장 중요할 것이다. 의외성과 장소의 매력을 위해 공간을 찾아 헤맸던 이유도 떠올린다. 반짝 생겨났다가 없어질 것이라면 긴 시간 이어오지도 못했을 거다.

우리 동네에는 또 멋진 곳이 새로 생겼다. 그전에 생겼던 멋지고 새로운 곳은 망했다. 허나 그 옆에 할머니 생선구이집은 간판에 기름때가 앉도록 그대로다. 트렌드를 찾아 방황하다가도 고개를 돌리면 할머니 생선구이집이 있는 것을 보고 안심한다. 나도 돌아가고 싶은 맛, 할머니 레시피를 지향한다. 나의 바람은, 역동적인 자극을 짧은 주기로 주는 것보다 언제 가도 늘 그 자리에 있는 오래된 가게가 되는 것이다. 쥐꼬리만 한 철학과 나름의 가치관을 장착한 작은 염소여도 괜찮다. 작은 염소의

해는 지지도, 떠오르지도 않을 것이라는 것으로 결론 지었다. 그냥 뿔을 달고 가던 길 가는 것이 상책이다.

수강생이 줄어들어 처음으로 수업이 취소되었던 날, 역시 엄마와의 대화가 위로가 된다.

"내가 뭔가 더 자리 잡고 했어야 했을까?"

"니가 자리를 안 잡았나?"

"다른 사람들은 하나 잘되면 물꼬를 터서 더 잘하는 거 같은데. 나는 더 잘 됐어야 하는 것 아닌가?"

"잘했잖아. 지금도 잘하고 있잖아."

진상 고객님들

운이 좋아 지금 정도다. 무엇이? 진상 고객을 만난 경험. 내가 어디 가서 이렇다 할 진상짓을 할 일도 없었기 때문에 모두가 나처럼 예의 있고 상식적으로 사는 줄 알았는데. 주변 이야기를 들어보니 정말로 운이 좋았던 것인지, 그간 편하게 지내온 것이었다. 특히 클래스를 진행하는 동료 작가들이 겪은 이상한 수강생 이야기는 여름밤 '전설의 고향' 정도로 흥미진진했다.

한 친구는 매주 머리끝부터 발끝까지 자기와 똑같이 꾸미고 나타나는 수강생과, 매주 스타일링을 세세하게 지적하고 간섭하려 드는 수강생 때문에 스트레스 받는다고 했고, 다른 친구는 수업 시작부터 끝날 때까지 한시도 놓치지 않고 째려보는 수강생 때문에 신경 쓰인다고 했다. 아무리 생각해도 잘못한 게 없는데 이 정도로 째려볼 거면 제발 안 왔으면 좋겠다고.

이런 이야기를 들을 때마다 우리 멤버들은 천사 같다. 그 정도의 스트레스를 주거나 트러블을 일으킨 사례도 없고, 오히려 다들 항상 상냥하고 내 말을 잘 따라준 쪽이다. 그런데 이렇게 쓰려니 왠지 내게 불만이 있어도 말을 꺼내지 못했다거나, 진상짓을 아예 차단하는 무언가가 있었나 싶기도 하다. 그렇지 않고서야 이렇게 다들 착하기만 할 리가 있나? 오랜 시간 함께해서 손 봐줄 곳이 없는 멤버들만 있는 시간에는 가끔 나도 같이 작업을 하는데, 집중이 그렇게 잘 될 수가 없다. 원래도 어디서든 곧잘 집중하는 편이긴 하지만, 부드러운 음악 소리와 차분하게 사각거리는 연필 소리만 들려 나도 모르게 수업 중이라는 것을 깜빡 잊고 몰두한 적이 있다. 그때 멤버 한 명이 "저, 선생님, 작업하시는데 방해해서 정말 죄송하지만 이것 좀 봐주세요"라며 조심스러운 목소리로 나를 불렀다. 정신이 번쩍 들었다. 방해해서 죄송하다니요, 제가 죄송하지요.

그런가 하면 밀크티 사랑하는 나를 위해 온갖 밀크티를 종류별로 사다주는 멤버 덕에 오히려 행복한 지경이다. 그러니 이상한 수강생 이야기는 쥐어짜도 없고, 대신 멤버가 말해준 진상 고객 이야기는 많다. 대표적으로 생각나는 것은, 1년 전에 받은 사은품 우산이 고장 났다고 전화 받은 사연. 이렇게 아무리 애를 써도 도무지 이해되지 않는 진상 컴플레인 이야기를 하니까 몇 가지 에피소드가 떠오르기는 한다. 여전히 남들보다는 현저히 적지만 나름 진상 클라이언트를 겪은 사례가 있어서 나도 말을 보탤 수 있다. 유명한 화장품 회사였고 내 짬이 얼마 되지 않았을 때였다.

"작가님, 너무 드로잉 느낌이 강하면 안 될 것 같아요."

"(그렇다면 제 그림은 시작부터 조금 맞지 않는 느낌인데, 그러시면 저에게 의뢰하시면 안 되는 건데.) 네, 하지만 그림의 특징이 있기 때문에 드로잉 느낌이 조금 들어가는 게 좋을 것 같은데요?"

"우리 브랜드가 조금 과학적이라. 드로잉 느낌은 빼고 최대한 그래픽적인 느낌으로 작업해 주세요."

"(도전이 되겠군.) 알겠습니다."

"앗, 역시 너무 그래픽적이군요. 아무래도 말씀하신 대로 드로잉 느낌을 넣는 게 좋겠습니다."

"그런데 과학적인 브랜드라면서요? 괜찮겠습니까?"

"네, 그림의 매력을 살려주세요."

"(역시 그렇게 되는군.) 알겠습니다."

"앗, 이번에는 너무 드로잉적이군요. 뭔가 조금 더 그래픽적인 느낌을 살렸으면 하는데요."

"네? 도대체 어떤 느낌인지?"

"〈미녀와 야수〉 애니메이션을 보셨나요?"

"네."

"거기에서 주전자랑 촛대랑 컵이 춤추는 장면 아시죠?"

"네."

"그런 느낌이었으면 좋겠습니다만…."

"네?"

"그런데 우리 브랜드가 좀 실험적이지 않습니까? 그래서 그런 포인트도 놓치지 않았으면 합니다만…."

"그러니까, 드로잉을 그래픽적으로 표현하는데 〈미녀와 야수〉 캐릭터들이 춤추는 느낌을 과학적으로 담아 달라고요?"

"네, 맞습니다!"

"혹시 무슨 말씀 하시는지 알고 계세요?"

"허허, 죄송합니다. 그래도 좀…."

이런 식으로 밤이고 낮이고 시도 때도 없이 희한한 피드백을 받았는데 거의 암호 해독 수준이었다. 이러면 협업의 의미가 없는 것 같고 밤에 계속 연락하면 곤란하니까 페이를 올려 달라고 요구했는데, 그 시점에 공교롭게도 프로젝트가 무산되었다.

일러스트 굿즈를 만들어 판매하는 회사와 이런 일도 있었다. 그림으로 상품을 만드는 것에 조금 싫증이 난 상태라 몇 번이나 고사했지만 내가 원하는 상품을 멋지게 만들어주겠다고 여러 번 제안하는 탓에 반신반의하며 수락했다. 브랜드 이미지를 보여주는 굿즈가 아니고 내 그림이 온전히 주인공이 되는 것이기 때문에 나는 그림을 그리고, 회사는 그에 어울리는 제품을 생산해서 홍보하고 판매하면 된다고 생각했는데 오산이었다. 이미 시작부터 불평하기도 애매한, 자잘하고 불필요한 요구를 여러 번 받아 매우 지쳐가던 찰나였다.

"작가님, 첫 번째 시안은 예쁜데 두 번째 시안은 너무 심플하네요."

"(그러면 심플한 시안을 잘 살린 제품이면 되지 않을까 싶은데, 정 그렇다면 마지막으로 화려함의 극치를 보여줘야겠군.) 조금 수정해 보겠습니다."

"이거 너무 화려한데요? 팔릴까요?"

"네?"

"우리 직원들이 첫 번째 시안은 좋아하는데 두 번째 시안을 보고는 음… 아무 말이 없네요."

"네?"

"수정해 줄 수 있을까요?"

"회사 직원 몇 명이 소비자를 대표하는 것도 아니고, 모든 사람을 다 만족시키는 것도 당연히 불가능하지 않습니까? 직원들 반응에 맞춰 일일이 수정할 수는 없습니다."

"조금만 더 예쁘게 안 될까요?"

"제 눈에는 예쁜데, 예쁜 기준이 뭔가요?"

"혹시 구O 홈 데코 제품들을 봤나요?

"네?"

"구O 홈페이지에서 제품들 참고하면 좋을 것 같은데."

"저보고 구O를 카피하라는 말씀이세요?"

"허허, 죄송합니다. 그래도 좀…"

이런 식으로 듣기만 해도 피곤하고 무례한 수정 요청을 받다가 두손 두발 다 들었다. 여차저차 해서 제품은 시중에 나왔지만, 나는 샘플 한 장도 받지 못해서 나중에 매장에서 확인했다. 또 클라이언트 말고 개인의 당황스러운 메세지도 있다.

"안녕하세요, 작가님."

"안녕하세요?"

"7년 전에 작가님 그림을 인테리어 용으로 여러 장 구매한 사람입니다. 다름이 아니라 그림들을 카페에 잘 걸어놨었는데 이번에 리모델링을 하게 되어 떼게 되었거든요. 그래서 말인데 그림을 지인에게 팔아도 될까요? 혹시 실례가 될까 하여 말씀드립니다."

7년 전이면 오리지널도 아니고 포스터일텐데, 7년이나 쓴 포스터를 지인에게 팔겠다고 내 번호를 굳이 찾아내 연락을 하다니. 정말 그게 매너라고 생각한 걸까? 아니, 누가 책 다 읽고 중고서점에 팔기 전, 작가에게 연락해서 당신 책 무지하게 재밌게 읽었는데 이제 필요 없어졌으니 그만 팔아도 되겠냐고 고백하느냐는 말이다.

"안녕하세요, 작가님."
"안녕하세요?"
"며칠 전에 미키석고상(나의 에디션 작품)을 산 사람입니다. 잘 받았는데 하루 만에 조카가 미키 귀를 뜯어 버렸더라고요. 혹시 수리가 될까요?"

석고상 작품은 쉽게 발견할 수 있는 작품이 아니고 어렵게 검색해야 겨우 구매 페이지를 찾을 수 있기 때문에, 내 그림에 애정이 크거나 작품에 대한 이해도가 있는 사람이 살 거라 생각했다. 하지만 오산이었다.

"미키석고상은 제품이 아니라 작품입니다. 따라서 수리는 힘드니 컬렉터 님이 좋은 방향으로 보관하시면 될 것 같습니다."

"그렇다면 제가 한번 고쳐보고 싶습니다. 귀만 좀 보내줄 수 있을까요?"

없는 서비스 정신이 더 없어지려 한다. 작품을 망가뜨렸다고 연락 온 것도 기분이 썩 좋지 않은데, 작품 일부를 보내주면 직접 '수리'를 해보겠다니. 편집숍에서 하나밖에 없는 빈티지 제품을 샀는데 부품이 망가졌으니 그 부품만 좀 보내 달라는 식 아닌가. 이리 보고 저리 봐도 내 이해가 틀린 것 같지 않다. 전체가 하나의 작품이니까 알아서 보관하라고 다시 한 번 꾹 참고 답장을 보냈다. 내가 만든 미키석고상을 꼭 찾아보길 바란다. 귀가 작품의 포인트이며 굉장히 귀엽단 말이다! 이 글을 쓰는 와중에도 문자를 한 통 받았다. 사전 협의 없이 내 그림을 다른 곳에 쓰겠다는 통보다.

"작가님, 보통은 작업 진행 전에 계약서에 고지하는데 이번엔 일정이 급해 미처 설명하지 못했습니다. 이해해 주시면 감사하겠습니다."

그럼 도대체, 내 입장은 누가 이해해 주나?

36

적게 일하고
많이 벌기 위해

혼자 섬처럼 떠 있는 기분일 때가 대부분이다. 파도도 치지 않고 갈매기도 찾아오지 않는 망망대해 한가운데 있는 섬, 그 것이 나라는 생각이 들 때면 한없이 쓸쓸해지곤 한다. 그럼에도 바다가 좋으니까 바다를 실컷 보며 사는 것만으로 행복한 거 아 니냐며 혼잣말을 해본다. 그것은 침대에 끈적하게 잘도 달라붙 어 있던 등을 억지로 떼어낼 때마다 걸어보는 자기 암시다. 딱 히 매일 일을 해야 할 필요가 없으니 굳이 침대와 등을 지금 당 장 분리하지 않아도 되건만, 딱히 쉬어야 할 명분 또한 없기에 그 어려운 일을 해낼 때는 온갖 타협이 필요하다. '단지 좋아하 는 걸 돈벌이로 삼고 있다는 만족감 하나 얻었으니 다른 모든

외로움과 잡다한 감정은 당연히 안고 가야 하는 것 아니겠어?'
'나는 보물을 캐는 사람이야. 당장 눈앞에 보이지 않더라도 열심히 삽질을 하다보면 거대한 양의 보물이 나올지도 모른다고. 게다가 몇 년이 지나 값이 껑충 뛰는 멋진 일이 일어나지 않으란 법 없지' 따위의. 뒹굴뒹굴할 자유를 포기하고, 있을지 없을지 모를 보물을 캐기 위해 침대 밖으로 어기적거리며 나온다. 이럴 때는 어김없이 칭찬을 곁들여 줘야 한다. '인간 승리야. 나의 적은 나뿐이야. 너무 잘했어. 나 자신!'

현타가 온다. 무언가 노력을 하긴 하는데 기다렸다는 듯 뒤통수 후려 맞는 기분. 마치 판타지 영화배우가 검 하나 들고 커다란 괴물과 사투를 벌이다 문득 고개를 돌렸는데 크로마키 앞임을 깨달았을 때처럼. 이럴 때 보면 자원봉사자가 된 것 같기도 하다. 무보수로 나를 위해 봉사하는 삶?

어떤 분이 장문의 메시지로 응원을 전해주었다. "적게 일하고 많이 버세요"로 끝맺은 글이었다. 응원 메시지를 싫어하는 사람이 있을까마는 나는 유독 감사함을 온 몸 가득 느낀다. 가족과 친구를 제외하고는, 내게 글을 쓰고 'send' 버튼까지 누를 정도의 수고를 들이는 팬이 극소수기 때문이다. 이번 역시 너무 감사하나 단 한마디, 적게 일하고 많이 벌라는 말은 감정을 담아 해석하려 해도 도무지 와닿지 않았다. 적어도 그 당시에는.

불과 얼마 전까지만 해도 돈은 일하는 만큼 버는 것이라는 선비 같은 생각으로 살았다. 요즘에야 아예 일하지 않는 동안에도 돈을 꼬박꼬박 벌어들이는 인간이었으면 좋겠다는 생각을 매일 밤 하지만. 예전의 나는 노동과 보수의 인과관계를 모순되게 바란 적 없는 순진하기 그지없는 아날로그 인간. 어쩌면 나의 노력을 오히려 과소평가하는 쪽에 가까웠다. 적게 일해본 적도 없거니와 적게 일하고 싶었던 적도 없고 많이 벌고는 싶으나 진짜 많이 버는 쪽보다는 안타깝게도 많이 일해버리는 쪽으로 노력을 기울여야 맘 편한, 현시대에 맞지 않는 바보 과다. 적게 일하고 많이 벌라는 말은 주술인가?

그래도 한 번 생각해보기로 한다. 적게 일하고 많이 벌려면? 선 몇 개를 슥 그어서 1분 내로 완성하는, 극도로 심플한 그림을 그리는 거다. 일단 재료값이 덜 들겠군. 해봤자 마카 몇 가지 색으로 돌려쓸 수 있을 테니 화방에 쓰는 지출이 줄면 그만큼 더 많이 벌 수 있다. 색칠하느라 상해버린 어깨와 팔도 더 이상 아프지 않을 것이니 병원에서 치료받느라 쓰는 치료비를 어느 정도 아낄 수 있다. 그만큼 더 많이 벌 수 있다. 색칠을 안 하면 시간도 아끼겠지. 무슨 색을 선택할지 고민할 시간이 전혀 들지 않을 테니. 시간은 돈이니까 그만큼 남는 게 많을 것이다. 아낀 시간 동안에는, 더 많이 운동해서 로보트 무쇠 팔을 만들어 그림을 더 많이 그려서 팔 수도 있고, 사이트를 멋들어지게 꾸며 더 많은 브랜드 담당자를 유혹할 수도 있다. 그렇게 되면 더 적게 일한다고 할 수 있나?

아니면 요즘 유행인 카툰을 그려서 연재하는 거다. 에피소드도 많고 이야기도 많으니까 내용은 문제없다. 아이패드로 낙서처럼 그리면 작업 시간을 훨씬 단축할 수 있다. 적게 일해야 하니까 한 시간 만에 얼른 에피소드 한 개를 신들린 천재처럼 뽑아내고 남은 반나절은 좋아하는 따뜻한 밀크티를 마시면서 놀면 되겠다. 매일 하나씩 카툰을 연재하고 밀크티와 함께 쉬는 삶은 꽤 규칙적이고 여유롭고 괜찮은 생활이다. 유명한 플랫폼에서 내 만화가 인기를 얻게 된다면 돈 버는 건 시간 문제겠지?

이런 생각도 해보았다. 외주 작업 의뢰를 받으면 아주 터무니없는 가격으로 페이를 제시할까? 10년간 터무니없이 높은 작업료는 커녕, 자사 제품 또는 재료를 제공할 테니 무보수로 그림을 그려줄 수 있냐는 터무니없는 제안을 수시로 받았다. 예술적 재능은 다른 재능에 비해 대가를 지불하기 아까운 것일까? 왜 예술학교는 비싸면서 비싼 돈 주고 길러낸 재능은 기부하라는 건지. 아직도 그런 제의를 받는다는 사실에는 화도 안 날 만큼 무감각해졌지만, 그들의 태도가 당당하고 가볍다는 것은 여전히 그냥 넘기지 못하겠다. 그림 가격을 깎으려는 자들은 회사 사정과 시장 가격, 즐겁자고 하는 이벤트 아니냐는 등 여러 이유를 대지만 그림 한 장 그리기 위해 억지로 침대와의 싸움에서 이기고 책상 앞에 앉아 많이 일해도 어차피 적게 버는 내 사정은 그럼 누가 생각해 주냐는 말이다. 이 계획은 짜기도 전에 실패다.

나는 적게 일할 수 있는 기회가 있다 해도 많이 일할 게 분명한 일 중독이다. 그렇다면 '적게 일하고'는 물 건너갔고 방향을 바꾸어 보자. 분명히 내가 일한 것의 100%, 또는 더 많이 벌 수 있는 방법이 있을 것이다. 아니다, 사실 내가 하는 것의 대부분은 일이 아니다. 자아실현이지. 그러니 돈은 일한 만큼 번 것이 맞다. 아, 모르겠다. 자아실현 없이 남의 돈 받을 만한 작품을 빚어내는 건 또 창작자로서 말이 안 된다. 자아실현과 일의 경계가 모호하니 어디까지를 수익으로 환산해야 덜 밑지는 기분이 들지 모르겠는 건 아니고 굳이 따지고 싶지 않다. 에라, 적게 일하고 많이 버는 것을 바라지 않는다. 이 정도면 충분하다. 지금의 나 같은 사람이 있어 세상이 풍요로워 보이는 것으로 만족한다. 세상의 인간 종류로 표본을 만든다면 나 같은 인간도 한 종류 당당히 차지할 것이다.

얼마 전에 친구가 키우는 고양이의 영상을 봤다. 털 빛깔이 참 고운 회색 고양이다. 친구 목소리가 하필이면 굉장히 옥구슬 같아서 고양이를 깨우는 명랑한 악기처럼 "레옹아~" 하고 부르니, 팔자 좋게 누워있던 레옹이는 '정 그렇다면야' 하는 식으로 곁눈질한다. 친구는 옥구슬 소리를 내며 귀엽다고 난리다. 레옹이가 조금 더 힘을 내 그르릉 반겨주기까지 하면 옥구슬 톤의 감탄사가 거의 노래처럼 나오는데, 듣기만 해도 행복해지는 목소리였다. 나에게도 저런 목소리를 가진 주인이 있으면 좋겠다. 늘어지게 자다가 주인 귀가하는 시간에 맞춰 잠깐의 애교 쇼를 선보이면 분명히 고급 간식을 종류별로 대령하고 나를 위해 노래를 불러주겠지. 잠깐 레옹이가 되는 상상을 하다가 심장이 두근거렸다. 개인의 풍족을 뒤로 미뤄두고 인류애적으로 살아가려고 했건만, 세상의 풍요를 위해서라면 수입은 어떻든 상관없다고 여겼건만. 그래도 기회가 주어진다면 적게 일하고 많이 버는 쪽보다 고양이가 되는 쪽을 택하겠다.

4 oz.
(113g)
BUTTER AA
GRADE
NET WT.
4 oz.
(113g)
BUTTER AA
MEN WALK
COLLECT ROCKS
abang.

37

나의 비전과
타인의 말

최근 단톡방에서 물어본 것들.

숫자 '10' 하면 뭐가 떠오르나?

완전함, 대빵, 끝, 욕, 완성, 스트라이크, 변화, 십장생, 십대, 모자라서 재밌는.

'10주년' 하면 뭐가 떠오르나?

고수, 마스터, 전문가, 짬빠(?), 베테랑, 찐, 집념, 한 우물, 실력자, 프로.

나는 과연 고수인가? 프로인가? 그리고 어떤 것에 한 우물을 팠더라? 사람들의 다양한 군상에 대해, 타인이 함부로 설명하거나 추측할 수 없는 개인의 감정에 대해 이야기해 오긴 했다. 다른 누군가를 그리지만 결국에는 나의 모습이 드러난다. 매번 다르고, 어쩌면 매번 비슷한 결과물이었지만 메세지는 늘 그것이다. 그렇다. 어쩌면 나는 나라는 사람을 관찰하는 것에 한 우물을 판 것이다.

다음은 개인 사업하는 친구들에게 물어본 것.

비전이 뭐야?

사람들이 다 다른 그들만의 아이덴티티를 드러내면서 살았으면 좋겠어. 그리고 개개인의 아이덴티티를 살릴 수 있는 세상이 되었으면 좋겠어. 그래서 웹드라마도 만들고 패션 영상도 찍고 그러는 거지.

반려동물이랑 주인들 생활 반경을 아우르는 문화를 바꾸고 싶어. 그래서 우리는 제품도 만들지만 더 큰 걸 하고 싶어서 웹툰도 그리고 클래스도 꾸려. 반려견을 둘러싼 문화 속에서 다양한 콘텐츠를 제공하고 그 안에 제품이 녹아 있으면 좋겠어.

소수자들의 아름다움을 추구하는 예술을 기반으로 여러 가지 활동을 하고 싶어. 지금은 오가닉 브랜드를 준비 중이야.

우울한 사람에게 메시지를 던질 수 있는 그림을 그리고 싶어. 불면증 때문에 우울증이 심하게 왔는데, 내가 마인드컨트롤 한다고 되는 게 아니라 기능이 고장 났던 거야. 자기 탓을 하지 않고 누구나 그럴 수 있단 걸 그림으로 얘기해주고 싶어.

다들 똑똑하다. 그렇다면 내 비전은? 한 사람이 가진 고유의 매력과 삶에 대해 길게 이어지는 이야기를 단 한 장으로도 느낄 수 있는 그림을 그리고 싶다. 굳이 입을 열지 않아도 느껴지는 그림이면 좋겠다. 사람들이 그림 안에서 상상하고 위로받고 따뜻하고 자유롭고 그랬으면 좋겠다. 이것이 내 비전이 될 수 있을까. 그래서 이런 질문을 해본 적도 있다.

자기 매력을 어떻게 확인하나?

하고 싶은 것을 할 때, 뭔가에 실패할 때, 남이 나를 소개할 때, 친구나 애인에게 물어본다.

자기 매력을 남에게 확인받는다는 대답에 눈길이 간다. 감정적이 되지 말자고 다짐해도 어차피 타인의 짧은 미소 한 장면으로 살아간다. 나도 자주 타인에게 의지하고 타인의 말을 믿고 타인의 말에 휘둘린다. 그것이 나를 확인하는 수단일 뿐인 것을 알면서도 사람은 타인의 말에서 벗어날 수 없다. 어둠 속에서 그들의 말을 단서 삼아 나의 형태를 어렴풋이 인지하는 걸지도 모른다. 그렇다면 나는 어떤 사람이라는 소리를 듣고 싶을까?

'보통 재밌는 인간이 아니네'라는 소리를 듣고 싶다. 잘난 것보다 재밌는 걸 하고 싶다. 잘난 삶보다 재밌는 삶을 살고 싶다. 잘난 사람보다 재밌는 사람과 함께 하고 싶다. 잘난 척보다 재밌는 척이 쉽다. 잘난 그림보다 재밌는 그림을 그리고 싶다. 내 수업 역시 '나' 또는 '나의 그림'처럼 재밌는 시간으로 입에 오르내린다면 좋겠다. 지난 시간 동안 타인의 말들과 시선 가운데에서 나의 비전이 뚜렷하게 드러나기 위해 고군분투한 과정을 생각해보았다. 지극히도 개인적인 시간과 과정의 단편이었다. 내가 알아서 잘 살면 되는 것이로군.

10년 동안 같은 일을 한 사람에게 한마디 해준다면?

멋지다, 장인이다, 리스펙트한다, 대단하다, 당신의 한 우물을 위해 건배, 고생했다, 다른 것도 도전해 봐, 안아주고 싶다, 수고했다, 때려치워라, 축하한다, 앞으로 더 빛나면 좋겠다, 잘 버텼다, 행복했니?

올해로 프리랜서 10주년을 맞았다. 이 대답들이 내게 직접 한 말은 아니니까 내 얘기는 아닐 것이다. 난 아직 제대로 된 비전도 찾지 못해 갈팡질팡하는 것을⋯. 하지만 내가 10년 동안 같은 일을 한 사람은 맞으니, 나도 어디선가 들을 수도 있는 말이기는 하다. 그런 '타인의 말'이 무미건조하게 지나가는 나의 10주년 어느 날에 단비를 내려 주었다.

38

우리가
과연 헤어질 수 있을까

내 직업은 일러스트레이터인데, 가끔 나라를 대표해 올림픽을 준비하는 국가대표를 보면서 위로 받는다. 국가대표까지 언급한 것은 과장이 아니다. 유명한 정형외과, 유명한 대학병원, 용하다는 한의원, 지압원, 안 가본 데 없이 돌아다니던 중, 결국 야구선수들이 다니는 체대 앞 정형외과까지 가게 되었기 때문이다. 병원에 갈 때마다 유쾌한 적은 없지만 그날만큼은 조금 색달랐다. 환자는 10~20대 까까머리 남자들뿐이었고 전부 야구 유니폼이나 트레이닝복을 입었다. 당연히 나 혼자 여자인 데다, 청바지에 알록달록한 티셔츠를 입고 있어서 혼자만 튀는 그 상황이 어처구니없고 재밌었다. 의사는 내게 도대체 무슨 일을 하는지 물었고, 그다음엔 도대체 그림을 어떻게 그리길래 어깨가 이 모양인지 의아해 했다. 근육이 울끈불끈한 이들 사이에서 갑자기 '그림'이라는 단어를 들으니 상대적으로 나의 노동이 굉장히 우아하고 여유롭게 들려, 잠시 억울한 표정을 짓기도 했다. 그래서 TV에 국위 선양한 국가대표가 나올 때마다 고작 개인의 안위와 즐거움을 위해 일하는 나 같은 사람의 삶은 양반이라며 위안 삼는다. 그들이 얼마만큼 혹독한 자기 관리와 훈련을 매일 견뎠는지를 보며 말이다. 그렇지만 물 마실 때 고개를 뒤로 젖히기 힘들고, 문자를 보내려면 팔이 너무 아프고, 옷마저 갈아입기 버거운 일상을 돌아보며, 메달을 딴 것도 아닌데 나의 아픔을 그들과 비교하는 것이 과연 공평한가 싶기도 하다. 무슨 일이든 사랑하면 고통을 수반한다고 하니까 사랑의 대가로 쳐야 한다. 그래도 그렇지, 이렇게까지 아프다니. '이렇게까지' 아플 때는 사랑이 뭔지도 모르겠다. 진짜 사랑하는 게 맞을까, 또 그런 생각이 든다. '이렇게까지' 아픈 걸 참으면서 하는 이유가 단지 좋아서라고? 그러면 좋아하는 정도로만 하면 될 것을.

잘하고 싶어서 무리했다. 잘하고 싶어서 이 지경이 되었다. 결국 모른 체 할 수 없을 만큼 아프니까 좋던 것도 싫어지려 한다. '좋아하는 것을 싫어하게 된다면, 좋아하는 것으로 인생 대부분을 채우며 돈까지 벌고 있던 나는 그럼 어떻게 되는 거지?

인생 대부분을 아파하고 싫어하며 보내야 하나? 그렇다고 이걸 그만둘 수 있을까? 좋아하는 건 아프지 않을 정도로만 하고 애정을 덜 쏟는 일로 돈을 번다면 모든 것이 나아지려나? 내가 이것 말고 뭘 할 수 있을까?'라는 생각이 그림 그리는 동안 꼬리를 물고 맴돌다가 끝내 서러워져 눈물 쏟았다. 눈물을 뚝뚝 흘리는 와중에도 앞에 놓인 그림이 예쁘니까 할 수 없다. 눈물 닦고 마저 그리다 보면 어느덧 잊어버리고, 결론은 이렇게 재밌는 걸 어떻게 안 할 수 있느냐며 끊을 수 없는 쳇바퀴에 한숨을 내쉰다.

Part 1 잘 해야 하는 좋아하는 것

좋아하는 것을 일로 하고 있다. 그러니까 좋아하는 것을 잘하고 싶다. 그래서 건강을 해쳤다. 몸만 괜찮으면 진짜 신나게 할 수 있을 텐데. 나의 몸도 사랑하고 나의 일도 사랑하기 때문에 그 어느 것도 쉬이 놓아버리지 못한다. 좋아하는 것을 일로 하면 싫어진다는 말은 남의 얘기인 줄 알았다. 욕심을 버려야 다시금 내가 좋아하는 일을 즐겁게 할 수 있고 그러려면 초심을 떠올려야 한다. 그림 그리면서 단순히 매우 기뻐 그것의 결과와 대가는 아무 상관없던 때의 마음, 회사를 그만두고 내 그림을 팔아 50만 원을 벌면 이 일을 계속 하겠노라고 엄마에게 선언했을 때 말이다. 아니, 실은 더 전, 그림 뒷장에 편지를 써서 친구들과 심지어 모르는 이들에게도 아낌없이 나눠주며 마음이 풍족했던 때 말이다. 아니, 그보다 더 전, 전공 수업 대신 공원 땡볕 아래 세밀한 캐리커처 그리는 아저씨들과 나란히 앉았던 날. 감각적인 척하며 선 몇 개 직직 그어보지만, 완성도가 확연히 떨어지는 캐리커처를 그리겠다며 겨우 한 명 그렸어도 한 달 내내 빠짐없이 출근했던 때 말이다. 아니, 더더욱 전, 고등학교 수학책 여백마다 촘촘히 만화를 그려 반 전체가 돌려볼 때 친구들 반응이 어떻든, 공장에서 실 뽑듯 다음 만화를 그려대며 집중력이 어마어마해짐을 느꼈을 때 말이다.

초심을 떠올릴 때마다 어김없이 눈물이 터지고, 그럴 때마다 오래 만난 애인과 헤어지는 기분이다.

Part 2 우리가 과연 헤어질 수 있을까

헤어질 건데 왜 이렇게 힘든 연애를 하고 있을까. 지난 사진들을 보는데 우리 너무 좋았잖아. 받기를 바란 적 없고 주기만 해도 가진 사랑이 넘쳐 모든 날이 너무 짧게 느껴져. 내가 너고 네가 나인 것이 기뻤어. 미안, 이제는 진짜 나로 살고 싶어졌어. 그렇다고 그림을 그만둬 버린다면 나는 진짜 나일까? 이 순수한 사랑은 어딜 향해야 하며 여태 사랑했던 것은 무엇일까. 이렇게 애틋한데 이별할 수 있을까, 우리.

Part 3 탈출을 상상한다

지금의 내가 결과와 대가를 신경 쓰지 않고 오롯이 좋아서 빠져드는 일은 글쓰기다. 고로 나의 탈출구는 글쓰기다. 어릴 적 나의 탈출구는 오로지 그림뿐이었다. 다시 한 번 어린 내가 되어 탈출을 상상한다. 이 도망에 성공하면 우리 헤어지지 않아도 돼.

39

그때 그 고민
해결됐어요?

"나 도저히 못 하겠어. 어깨가 너무 아파서 일을 그만둬야 할 것 같아."

"적어도 돈 때문은 아니잖아? 돈 때문에 그만두는 사람들 진짜 많아."

"그럼 왜 내 주변엔 다 부자거나 성공했거나 잘난 사람들이 많은 걸까?"

"원래 사람은 자기 아래를 보지 않아."

친구에게 그림 따위 그만두겠다고 어리광 반, 으름장 반으로 얘기했을 때 어떤 반응을 기대했던 건지 나도 모르겠다. 하지만 돌아온 대답은 전혀 다른 차원의 것이었다. 애초에 위로를 바란 것도 아니지만 걱정은 해줄 줄 알았나 보다. 굶어 죽게 생겨서, 다른 살길을 찾아 떠나는 것이 아니니까 덜 걱정스러운 일이고 그나마 다행인가. 미처 보지 않아서 그렇지, 내 아래에도 여럿 있다는 사실을 굳이 확인받고 안심한 건 사실이다. 그래, 맛있는 것 먹고 병원이나 가야지. 번 돈으로 병원 다니고 고기 사 먹고 치료도 받고 그럼 되겠다. 즐기는 사람 못 이기는 것이 아니고 즐기기라도 해야 험한 세상 덜 억울하게 살아갈 것 같다. 잘하느라 애쓰다가 지레 포기해 버리면 아까우니까 그럴 바엔 그냥 즐기자고. 똑같은 말을 해도 제각기 다른 대답을 차려주는 친구들에게 고맙고, 그냥 즐기는 게 어떠냐고 거리낌 없이 말하는 사람이 주위에 없어 다행이다.

"너 똑같은 고민을 저번 달에도 했던 것 같은데."

"그래? 내가?"

"응, 그때 고민이랑 똑같은 것 같은데."

시간이 흘러도 늘 그 자리인 고민도 있지만 어느덧 사르르 없어져 흔적을 찾기 힘든 것도 있다. 고민이란 게 그렇다. 해결되면 또 다른 놈이 약 올리듯 비집고 들어오기도 하고, 마치 한 번도 한 적 없는 낯선 고민인 양 어제 하던 고민을 새로이 시작하기도 한다. 어딜 가나 쓰레기 같은 놈이 있고 이곳에 드디어 쓰레기가 없으면 내가 쓰레기라는 '쓰레기 질량 보존의 법칙'이 여기에도 해당되는 것 같다. 자고 일어나면 똥차 고민이 가고 벤츠 고민이 올지니, 자기 직전까지 옛 연인의 멱살을 붙들고 무슨 말이라도 좀 해보라며 질척대는 꼴이다. 연차와 무관하게 이제는 나의 커리어를 업그레이드해야 할 시기라는 것을 직감적으로 느낀 봄이었다. 그렇지 않으면 갓 시작한 1년 차 일러스트레이터와 다를 바 없다고 생각했다. 특별한 까닭은 없지만 내가 그리 생각하기로 했으니 인생에서 그런 때인 것이다. 만에 하나 스스로 인정할 만한 스텝 업이 이루어지지 않는다면 10년 차에 1년 차와 겨루는 것이 자존심 상하니 그만두는 편이 낫지 않나 싶기도 했다. 무슨 뾰족한 수가 있을까 싶어 걸어 다니는 내내 땅만 쳐다보며 골똘히 생각했다. 그러다가 매우 감사하게도 꽤 큰 규모의 두 번째 개인전을 준비하게 되며, 이런저런 잡스러운 고민을 할 시간이 없어졌다.

그림자 방향도 모르고 시선을 조금만 틀어도 헷갈려서 못 그리는 주제에 용하게 전시도 하고 일도 하며 살아가는 내 자신이 말이다. 전시를 자주 하는 작가가 아닌 탓에 전시 준비가 여간 힘든 게 아니었기 때문이다. 그전보다 몸을 더 혹사하는 스케줄이었지만 어깨가 아프다고 울거나 그림과 헤어져야겠다 따위의 서글픈 감정에 빠질 여유가 없어서 그 점은 다행이었다.

그러다가 너무 힘들면 걸으면서 울고 작업실에 도착하면 멀쩡하게 일하다가 재밌어서 다시 웃고. 이쯤 되니 그 찰나의 즐거움과 짜릿함으로 나머지 90%의 힘듦을 해소하는 것 같다. 그림 얼른 그리고 싶어서 머리를 묶었는지, 풀었는지, 무슨 옷을 입었는지도 모른 채 헐레벌떡 뛰어다니는 내 모습을 보자니 영락없이 사랑에 미친 여자다. '그래서 이렇게까지 하는 걸까? 나 원 참', 하다가도 '이렇게까지' 짊어지고 계속하는 것 같기도 하다. 일주일 전의 그림은 이제 와 맘에 들지 않고, 오늘 새로 그린 그림이 당연히 더 예쁘기 때문에 이 일을 멈출 수 없다. 지난 그림들의 부족함을 메꾸려고 화내면서 분노의 붓질을 하다가 달래듯 쓰다듬다가 '이렇게까지' 하게 된다. 한의원에서 어깨에 기다란 침 꽂고 누워 투덜거리면서 '이번 전시가 끝나면 올겨울엔 아무것도 하지 않을 테다' 단단히 마음 먹었다. 그리고 겨울에 아무것도 안 하게 된다면 그 시간에 무얼 하면 좋을지 행복한 고민에 빠졌다. 그러다 역시 이 재밌는 걸 어떻게 그만두나 싶어서 친구에게 느닷없이 전화를 걸어 "친구야, 나 울어쪄. 그리고 이번 겨울에 아무것도 안 하면 시간 남아돌 테니까 이것도 하고 저것도 할 거야"라고 선언했다.

"그래서 저번주에 하던 고민은 해결 됐어?"

"응? 저번주에는 무슨 고민을 했었지?"

"그거 그거."

"아, 그거. 응, 조금."

"고민이 해결되고 새로운 고민을 하는 거야? 아니면 그건 그것대로 갖고 있는 거야?"

"어느 정도 해결된 것 같아."

불과 일주일 전에 나는 저런 고민을 하고 있었구나. 잊고 있었는데 어느 정도 해결된 것 같다. 얼마나 전투적으로 하루도 빠지지 않고 고민과 씨름하며 사는지 알겠다. 이 일을 시작할 때까지만 해도 계절마다 달리 피는 집 앞 꽃과 풀이 흥미롭고 날씨에 어울리는 멜로디가 참 자주도 떠올랐는데. 좋아하던 6월은 언제 지나가 버렸지? 좋아하는 계절이 돌아와도 그것에 설렐 틈 없이, 다음 계절에도 어김없이 찾아올 갖가지 논제의 해결책을 궁리하느라 초여름이 온 것도 까마득히 몰랐다. 그림이고 뭐고, 좋아하는 계절을 모르고 지나쳤다는 사실은 조금 속상하다. 보아하니, 그저 하루하루 똑같은 질문들은 너무 질겨 끝나지도 않을 것 같다. 비틀어 짠 채로 수분이 다 빠져 방구석에서 말라 버린 꽈배기 모양 걸레 조각 같다.

이렇게 열심히 머리를 굴려봐야, 인터뷰 마지막 단골 질문인 "앞으로 어떻게 살고 싶으세요?" 같은 물음에 답하는 것은 언제나 난감하다. 구체적이고 명쾌하게 답을 말해본 적이 없다.

여하튼 지지난 주의 고민은 해결이 되었고 지난주에 하던 고민 역시 잊은 걸 보니 어느 정도 해결된 것 같다. 그렇다면 오늘의 고민도 수명이 길어봐야 다음 주라는 거다. 빙판에 미끄러지듯 준비했던 개인전이 끝났지만 나의 바람과는 달리 이번 겨울, 시간이 남아돌지 않아 이것도 하고 저것도 하겠다는 야무진 다짐을 지키지 못했다.

그러나 다음 전시가 내후년 상반기까지 연이어 잡히는 경사가 났다. 그리고 월요일 기상과 동시에 업무 전화가 쏟아졌다. 다시금 활기찬 생활로 접어든 것이다.

그림을 그리느라 여기저기 아픈 것도 있고, 같은 자리에 머무르는 느낌을 지우지 못한다면 일을 그만두겠다고 마음 먹었었다. 이런 다짐과 함께 연초에 몇 가지 목표도 했다. 어느덧 그 목표들은 한 해 동안 잡다한 고민이 해결되는 과정에서 자연스레 이루어져 있었다. 그리고 저절로 다음 스텝을 계획하고 있다. 다행히도 나름의 스텝 업에 성공한 셈이다.

얼마 후면 새해가 올 것이다. 이 일, 계속해도 되겠다. 그림 수업 역시 아직도 사직서를 품에 안고 살지만 고민을 멈추지 않는 이상, 자연스레 다음 얼굴을 하고 멤버들을 맞이할 것이다.

'아방이와 얼굴들'이 표정을 바꿔가며 매해 함께하기를.

꼭 재밌는 일이
일어날 것만 같아

초판 1쇄   2022년 5월 11일

글·그림   아방(신혜원)

발행인   유철상
편집장   정은영
기획   윤소담, 정예슬
디자인   조연경, 주인지, 노세희
마케팅   조종삼, 윤소담
콘텐츠   강한나

펴낸곳   상상출판
출판등록   2009년 9월 22일(제305-2010-02호)
주소   서울특별시 성동구 뚝섬로17가길 48, 성수에이원센터 1205호(성수동 2가)
전화   02-963-9891
팩스   02-963-9892
전자우편   sangsang9892@gmail.com
홈페이지   www.esangsang.co.kr
블로그   blog.naver.com/sangsang_pub
인쇄   다라니
종이   ㈜월드페이퍼

ISBN 979-11-6782-073-0 (03810)
ⓒ2022 아방(신혜원)